Arsène Lupin

2
Arsène Lupin
contre
Herlock Sholmès

아르센 뤼팽 전집 2
아르센 뤼팽 대 헐록 숌즈

1판 1쇄 펴냄 2015년 3월 1일
1판 3쇄 펴냄 2021년 6월 15일

지은이 모리스 르블랑
옮긴이 바른번역
감수 장경현, 나혁진
펴낸이 하진석
펴낸곳 코너스톤
주소 서울시 마포구 독막로 3길 51
전화 02-518-3919
ISBN 979-11-85546-27-8 04860

＊이 책 내용의 전부나 일부를 이용하려면 반드시 저작권자와
   코너스톤의 서면 동의를 받아야 합니다.
＊책값은 뒤표지에 있습니다.
＊잘못된 책은 구입하신 곳에서 바꾸어 드립니다.

아르센 뤼팽
전집

2

A r s è n e　　　L u p i n

아르센 뤼팽
대 헐록 숌즈

모리스 르블랑 지음　바른번역 옮김
장경현, 나혁진 감수

코너스톤
Cornerstone

일러두기

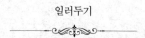

저자 모리스 르블랑은 아르센 뤼팽 시리즈의 초기작에서 영국 작가 아서 코난 도일의 추리소설에 등장하는 주인공 셜록 홈즈Sherlock Holmes를 등장시켜 뤼팽과 대결하게 한다. 모리스 르블랑은 아서 코난 도일에게 캐릭터 사용을 허락받고자 했지만 거절당하자 셜록 홈즈의 성과 이름의 머리글자를 바꿔 힐록 숌즈Herlock Sholmes로, 셜록 홈즈의 파트너인 왓슨Watson은 윌슨Wilson으로 수정해 등장시킨다. 이 책에서는 모리스 르블랑의 표기를 따랐다.

차례

첫 번째 사건

금발 여인

Arsène
Lupin

1
23조 514번 복권

작년 12월 8일, 베르사유 고등학교 수학 교사인 제르부아는 한 고물상에 잔뜩 쌓인 물건들 틈에서 자그마한 마호가니 책상을 하나 발견했다. 서랍이 여러 개 달려서 마음에 쏙 들었다.

"쉬잔 생일 선물로 딱 좋겠군." 제르부아는 생각했다.

넉넉지 않은 주머니 사정에 맞춰 딸 마음에 들 만한 선물을 고르기 위해 전전긍긍하던 터라, 값을 깎고 또 깎아 65프랑을 지급했다.

주인에게 배달할 주소를 알려주는 참인데 아까부터 여기저기를 두루 살피던 고상한 차림의 한 젊은이가 그 책상을 보더니 물었다.

"이거 얼마인가요?"

"벌써 팔렸는데요." 고물상 주인이 대답했다.

"아…! 이분께 팔렸군요?"

제르부아는 살짝 고개를 숙여보이고 가게 문을 나섰다. 자기가 산 물건을 누군가 탐내는 걸 보니 마음이 흐뭇했다.

그러나 한 열 발짝이나 떼었을까, 아까 그 젊은이가 다가오더니 모자를 벗고 공손하게 말을 걸었다.

"선생님, 실례합니다…. 외람되지만 한 가지만 여쭙겠습니다. 혹시 아까 그 책상을 특별히 찾고 계셨습니까?"

"아닙니다. 사실 수업에 필요한 실험에 쓰려고 중고 저울을 찾다가 발견했습니다."

"그렇다면 그 책상에 각별히 애착을 느끼지는 않겠군요?"

"웬걸요, 마음에 쏙 듭니다."

"아마 오래된 물건이라 그러시겠지요?"

"편리해 보여서 그렇습니다."

"그렇다면 그 책상만큼 편리하면서 상태는 좀 더 좋은 다른 책상과 바꿔주실 수 있습니까?"

"이만하면 이 책상도 상태가 좋으니 굳이 바꿀 필요는 없을 것 같군요."

"그래도…."

화를 잘 내고 성격이 까다로운 제르부아는 무뚝뚝하게 대꾸했다.

"여봐요, 신사 양반, 자꾸 이러지 마십시오."

낯선 젊은이가 수학 교사를 가로막았다.

"얼마를 지급했는지 모르지만 선생님… 제가 두 배를 드리겠습니다."

"됐습니다."

"그러면 세 배를 드리는 건 어떻습니까?"

수학 교사는 참을성을 잃고 소리를 빽 질렀다.

"어이, 그만합시다. 이 물건은 이제 내 거고 팔 생각이 없단 말입니다."

젊은이는 제르부아를 뚫어지게 바라보았는데 그 강렬한 눈빛이 제르부아의 뇌리에 깊이 박혔다. 잠시 후 젊은이는 한마디도 없이 휙 돌아서 가버렸다.

한 시간이 지나 비로플레 거리, 수학 교사의 아담한 집으로 책상이 배달되었다. 제르부아는 딸을 불렀다.

"쉬잔, 네게 주는 거란다. 마음에 들었으면 좋겠구나."

쉬잔은 활달하고 명랑한 성격을 가진 어여쁜 아가씨다. 딸은 더없이 값진 선물이라도 받은 듯 기뻐하며 품으로 달려들어 아버지를 꼭 끌어안았다.

바로 그날 저녁 쉬잔은 하녀 오르탕스와 함께 책상을 자기 방에 들여놓고 서랍을 싹싹 문질러 닦았다. 그러고는 종이, 받은 편지들과 편지함, 우편엽서 수집품, 사촌 필리프와의 은밀한 추억이 간직된 몇 가지 물건들을 정성스럽게 챙겨 넣었다.

다음 날 아침 7시 30분, 제르부아는 학교로 출근했다. 오전 10시에 쉬잔은 평소처럼 학교 문을 나서는 아버지를 기다렸다. 철책 문 맞은편 보도에서 아직 소녀티를 벗지 않은 앳된 딸의 얼굴과 아리따운 자태가 보이면 제르부아는 그렇게 마음이 흐뭇할 수가 없었다.

두 사람은 함께 집을 향해 걷기 시작했다.

"네 책상은 어떠니?"

"진짜 멋져요! 오르탕스와 함께 구리 장식을 싹싹 닦았어요. 누가 보면 금으로 만든 줄 알 거예요."

"그래서 마음에 드니?"

"마음에 드느냐고요! 지금껏 그 책상 없이 어떻게 살아왔나 싶을 정도예요."

부녀는 집 앞의 정원을 가로질렀다. 제르부아가 제안했다.

"그럼 점심 먹기 전에 책상이나 한번 보러 갈까?"

"오, 좋아요! 좋은 생각이에요."

딸은 자신의 방으로 앞서 올라갔다. 그런데 쉬잔은 방문턱에 발을 딛자마자 끔찍한 비명을 질렀다.

"무슨 일인데 그러니?" 제르부아는 놀라 더듬거렸다.

뒤이어 자신도 쉬잔의 방으로 들어섰다. 책상이 사라지고 없었다.

예심판사는 절도 수법이 놀라우리만치 간단한 데 놀랐다. 하녀가 장을 보러 나가고 쉬잔도 집을 비운 사이, 명찰까지 단 배달원(이웃 사람들이 봤다고 했다)이 짐마차를 정원 앞에 세워두고 초인종을 두 번 울렸다. 이웃들은 하녀가 나가고 없는 걸 몰랐기 때문에 아무 의심도 하지 않았고, 덕분에 유유히 자기 일을 해치울 수 있었다.

그런데 주목할 점은 책상 말고는 그 무엇에도 손을 댄 흔적이 없다는 사실이다. 심지어 훔쳐간 책상의 대리석판 위에 놓여 있던 쉬잔의 지갑은 금화까지 고스란히 든 채 옆 탁자로 옮겨져 있었다. 그러니 절도의 목적이 분명한데, 오히려 그 때문에 이 사건을 이해하기 더욱 어려웠다. 왜 그다지 중요하지 않은 물건을 훔치려고 그토록 큰 위험을 감수했을까?

단서라고는 수학 교사가 전해준 전날 벌어진 일뿐이다.

"제가 거절하자 그 젊은이가 상당히 불만스러운 티를 내더란 말입니다. 돌아갈 때도 제게 앙심을 품었다는 느낌을 확실히 받았습니다."

단서치고는 너무 모호했다. 고물상 주인에게 물어보니 제르부아도, 그 젊은이도 모르는 사람이라고 했다. 책상은 고물상 주인이 슈브뢰즈 마을 유품 정리 판매장에서 40프랑을 주고 산 물건이고 주인은 제값을 주고 팔았다고 여겼다. 조사를 계속 진행해봤으나 더는 아무것도 밝혀지지 않았다.

제르부아는 자기가 엄청난 손해를 봤다는 확신을 떨쳐버릴 수 없었다. 사실은 책상 서랍에 이중 바닥이 있어서 그 안에 엄청난 재물이 숨겨져 있고, 이 사실을 알고 있던 젊은이가 보물을 차지하려고 그런 짓을 했을 거라는 뜻이다.

"아버지도 딱하셔라. 그 재물을 가지고 우리가 무얼 했겠어요?" 쉬잔은 시시때때로 말했다.

"무얼 했겠느냐고! 그런 큰 지참금이 있으면 최상류층에서 네 혼처를 구해볼 수도 있지 않겠니."

그 말을 듣고 쉬잔은 그저 씁쓸히 한숨만 쉬었다. 보잘것없는 혼처이긴 하지만 사촌 필리프에게 마음을 두고 있었기 때문이다. 베르사유에 있는 작은 집에서 부녀는 아쉬움과 실망감에 젖어 전보다 덜 유쾌하고 덜 태평스러운 나날을 보냈다.

어느덧 두 달이 흘렀다. 그리고 느닷없이 엄청난 사건들이 잇달아 터졌는데 상상도 못 했던 행운과 재앙의 연속이었다…!

2월 1일 오후 5시 30분, 제르부아는 집에 막 돌아왔다. 석간

신문을 손에 들고 자리에 앉아 안경을 끼고 신문을 읽어 내려갔다. 정치에는 별로 관심이 없기에 앞쪽은 그냥 넘겼다. 이때 기사 하나가 눈에 띄었다.

제3차 언론협회 복권 추첨.
23조 514번 복권이 100만 프랑에 당첨….

손에서 신문이 스르르 미끄러졌다. 벽이 눈앞에서 흔들리고 심장이 내려앉았다. 23조 514번은 바로 자신의 복권 번호다!

복권 당첨 같은 행운을 잘 믿지 않던 제르부아는 우연한 기회에 어떤 친구를 도와줄 겸 친구에게서 복권을 샀는데, 바로 그 복권이 당첨된 것이다!

제르부아는 재빨리 수첩을 꺼내보았다. 번호를 잊지 않으려고 수첩 표지 안쪽에 번호를 적어두었기 때문이다. 23조 514번이 맞다. 그런데 복권이 어디에 있더라?

그 금쪽같은 복권을 넣어두었던 봉투함을 뒤져보려고 서재로 달려가던 제르부아는 서재에 들어서자마자 우뚝 멈춰 섰다. 다시금 현기증이 나며 심장이 죄어들었다. 봉투함이 서재에서 보이지 않았다. 심지어 몇 주 동안 보이지 않았다는 사실이 퍼뜩 생각나 정신이 아득해졌다! 서재에서 학생들 숙제를 검사하며 시간을 보냈으나 몇 주 전부터 그 상자가 눈앞에 없었던 것이다!

그때 누군가 정원의 자갈을 밟는 소리가 들렸다…. 제르부아는 딸을 불렀다.

"쉬잔! 쉬잔!"

쉬잔이 한달음에 뛰어 올라왔다. 수학 교사는 목이 메어 말을 더듬었다.

"쉬잔… 그 상자… 봉투함이 어디에 있니…?"

"어떤 상자요?"

"루브르 박물관 상자 말이야…. 내가 어느 목요일에 가져왔던… 이 탁자 가장자리에 놔두었는데."

"아버지, 잊으셨나 봐요…. 우리가 함께 정리했잖아요…."

"언제?"

"그날 저녁에요…. 그러니까… 그 일이 일어나기 전날…."

"그래서 어디에다 뒀다는 말이니…? 말해보렴…. 속이 타 죽겠다…."

"어디냐고요? 그… 책상 속에요."

"도둑맞은 책상 말이냐?"

"예."

"도둑맞은 책상 속에 있다고!"

제르부아는 잔뜩 겁먹은 사람처럼 나지막이 이 말을 반복했다. 그러더니 딸의 손을 붙들고 목소리를 더 낮춰 말했다.

"얘야, 거기에 100만 프랑이 들어 있단다."

"아, 아버지! 왜 그런 말씀을 안 하셨어요?" 딸은 영문을 모르고 중얼거렸다.

"100만 프랑! 그게 언론협회 당첨 복권이었단 말이지." 제르부아가 반복해 말했다.

엄청난 낭패감에 휩싸여 부녀는 잠시 동안 섣불리 입을 열지 못했다.

마침내 쉬잔이 말문을 열었다.

"하지만 아버지, 그렇더라도 아버지께 상금을 줄 거예요."

"무슨 말이냐? 무슨 증거가 있다고 상금을 주겠니?"

"증거가 필요한가요?"

"당연하지!"

"그런데 아버지한테는 증거가 없는 거고요?"

"아니, 하나 있지."

"어디요?"

"상자 안에 있지."

"없어진 상자요?"

"그래. 그 작자가 상금을 받아가겠지."

"그래도 그건 너무하잖아요! 항의할 수는 없나요?"

"누가 알겠느냐, 누가 이 사정을 알아준단 말이냐! 그자는 만만치 않은 놈일 거다! 온갖 수단과 방법을 다 동원할 테지! 그… 기억해보렴…. 책상 사건 말이다….'

수학 교사는 별안간 벌떡 일어나더니 발을 쿵 굴렀다.

"그래, 안 돼, 절대 안 되지. 그놈이 100만 프랑을 고스란히 가져가게 할 순 없어, 그럴 수는 없다고! 어째서 그자가 그걸 차지해야 하는 거야? 결국 아무리 날고 뛰어봤자 그놈도 어쩔 도리가 없을걸. 놈이 상금을 받겠다고 나타나는 순간 체포될 테니까! 아, 두고 보라고, 이놈!"

"아버지, 무슨 좋은 생각이라도 있는 거예요?"

"무슨 일이 있어도 우리 권리를 끝까지 지켜낼 거야! 반드시

해낼 테니 두고 봐라! 그 100만 프랑은 내 것이고 반드시 받아
내고 말겠어!"

몇 분 후 제르부아는 다음과 같은 전보를 보냈다.

> 파리 카퓌신가 프랑스 부동산 은행장 귀하,
> 본인은 23조 514번 복권 소지자로서 해당 복권에 대한 수상
> 한 상금 요청에 법적 지불 정지를 요청함.
> ― 제르부아

그런데 거의 동시에 부동산 은행에 다음과 같은 전보가 도착
했다.

> 23조 514번 복권을 소지하고 있음.
> ― 아르센 뤼팽

아르센 뤼팽의 무수한 모험 가운데 어느 하나를 이야기할 때
마다 정말 당혹스럽다. 뤼팽이 연루되면 아무리 사소한 사건이
라도, 내 글을 읽기도 전에 모든 사람이 이미 낱낱이 알고 있다
는 느낌이 들기 때문이다. 실제로 누군가 멋들어지게 이름 붙
였듯 우리의 '국가 대표 도둑'의 행적은 빠짐없이 알려져 파문
을 일으켰고, 그가 이룬 쾌거는 하나하나 여러모로 검토되었
다. 보통 영웅적인 행동을 다룬 기사가 그러하듯 뤼팽의 일거
수일투족에 시시콜콜 자세한 논평이 이루어지곤 했다.

가령 그런 사건 중에서 '금발 여인'이 연루된 그 기묘한 사건

들을 모르는 이가 누가 있을까! 기자들은 그 사건들을 〈23조 514번 복권〉이니 〈앙리 마르탱가 범죄〉라느니 〈푸른 다이아몬드〉 따위로 크게 표제를 달아 떠벌였다! 유명한 영국 탐정 헐록 숌즈의 개입에도 얼마나 의견이 분분했는지! 두 고수가 맞붙는 사건이 터질 때마다 사람들은 흥분의 도가니로 빠졌다! 그리고 신문팔이들이 "아르센 뤼팽 체포요!"라고 고래고래 떠들던 날, 거리마다 그야말로 한바탕 소동이 벌어지지 않았던가!

그럼에도 내가 굳이 뤼팽의 이야기를 쓰는 이유는 새로운 사실을 밝히기 위해서다. 내 이야기에는 수수께끼의 해답이 담겨 있다. 뤼팽을 둘러싼 사건에는 항상 풀리지 않는 수수께끼가 남아 있기 마련인데 나는 이 수수께끼를 풀어 쓴다. 관련 기사를 읽고 또 읽고 나서 사건을 재구성하고 과거의 인터뷰도 다시 적어본다. 이 모든 자료를 정리해 분류한 후 오로지 진실만을 가려낸다. 이 일을 해내는 데 도움을 주는 사람은 바로 아르센 뤼팽이며 이 친구가 나를 배려하는 마음은 끝이 없다. 그리고 이번 사건을 글로 정리하는 데는 숌즈의 친구이자 심복인 못 말리는 인물 윌슨도 도움을 주었다.

앞서 인용했던 두 개의 전보문이 신문에 실리자 사람들이 얼마나 즐거워했는지 모두 기억할 것이다. 아르센 뤼팽이라는 이름만으로도 이미 구경꾼들은 깜짝 놀랄 흥미진진한 일이 벌어지리라고 예상한다. 그리고 이 구경꾼은 바로 전 세계 사람들이다.

부동산 은행은 즉시 조사에 착수했다. 23조 514번 복권은 리옹 은행의 베르사유 지점에서 베시 포병 소령에게 판매되었다고 확인됐다. 그런데 소령은 말에서 떨어져 사망했다. 소령의 동료를 조사해보니, 소령이 사망하기 얼마 전에 자기 복권을 친구에게 팔아넘겼다고 털어놓았다고 한다.

"그 친구가 바로 접니다." 제르부아가 주장했다.

"그럼 증명해보십시오." 부동산 은행장은 이렇게 요구했다.

"증명해보라고요? 간단하지요. 제가 소령과 계속 친분 관계를 맺어왔고 아름 광장에 있는 카페에서 즐겨 만났다고 증언해 줄 사람이 스무 명은 될 겁니다. 언젠가 소령이 자기 사정이 어렵다며 20프랑을 받고 제게 복권을 넘긴 곳도 바로 그 카페였다고요."

"그 거래를 목격한 증인이 있나요?"

"없습니다."

"그렇다면 무슨 근거로 그 주장을 믿으란 말입니까?"

"소령이 제게 쓴 편지가 있어요."

"무슨 편지 말씀이십니까?"

"복권에 핀으로 꽂아놓은 편지였습니다."

"보여주십시오."

"그러니까, 그게 도둑맞은 책상 속에 있단 말입니다!"

"그럼 그걸 찾아오십시오."

하지만 정작 편지 내용은 아르센 뤼팽이 알려왔다. 〈에코 드 프랑스〉에 실린 짤막한 광고를 통해서. 이 신문은 뤼팽의 공식 소식통 노릇을 했으며 뤼팽 자신이 신문사의 대주주라는 말도 있다. 광고는 베시 소령이 뤼팽 앞으로 직접 쓴 편지를 뤼팽이 자기 고문 변호사인 드티낭에게 맡긴다는 내용이었다.

사람들은 환호성을 터뜨렸다. 아르센 뤼팽이 변호사를 내세우다니! 기존 질서를 존중하는 의미로 자신을 대변할 변호사를 선임했다는 말이다!

기자들이 일제히 드티낭 변호사 사무실로 몰려들었다. 드티낭은 급진파 국회의원으로 영향력이 큰 편이고, 매우 청렴하며 명민하고 조금은 회의적인 성향에 역설을 즐기는 인물이다.

드티낭 변호사는 아쉽게도 아르센 뤼팽을 직접 만나본 적은 없고, 방금 막 지시 사항을 전해 받았다고 했다. 하지만 뤼팽이 자신을 선택해준 것을 크나큰 영광으로 여기고 전력을 다해 의뢰인의 권리를 변호하겠다고 밝혔다. 드티낭 변호사는 새로 만든 사건 파일을 열어 보이며 주저 없이 소령이 보낸 편지를 공개했다. 이 편지에는 복권 양도 사실이 뚜렷이 적혀 있었으나 취득인의 성명은 적혀 있지 않았다. 그저 '나의 친애하는 친구…'라고 적혀 있을 뿐이었다.

소령의 편지에 동봉된 쪽지에서 뤼팽은 이렇게 덧붙였다.

"'나의 친애하는 친구…'가 바로 접니다. 내게 편지가 있다는 게 최고의 증거지요."

기자들은 제르부아의 집으로 벌떼같이 몰려갔다. 수학 교사는 계속 같은 말만 반복했다.

"그 '나의 친애하는 친구'가 바로 나란 말입니다. 아르센 뤼팽이 복권과 소령의 편지를 함께 훔쳐간 거예요."

"그자더러 증명해보라고 하십시오." 뤼팽은 기자들에게 대꾸했다.

"아니, 그자가 책상을 훔쳐갔는데 어쩌란 말인지!" 제르부아는 기자들 앞에서 부르짖었다.

뤼팽은 이렇게 응수했다.

"증명해보라고 하십시오!"

이리하여 자신이 23조 514번 복권 소지자라고 주장하는 두 사람이 공공연히 승강이를 벌이는 가운데 기자들은 양쪽을 오갔다. 아르센 뤼팽은 차분히 응대했지만 제르부아는 딱하게도 흥분해서 안절부절못하고 있었으니 이는 참으로 재밌는 볼거리였다.

신문은 제르부아가 늘어놓은 한탄으로 도배됐다! 제르부아는 자신의 불행한 처지를 눈물 나게 감동적으로 호소했다.

"여러분, 생각해보십시오. 그놈이 바로 쉬잔 지참금을 홀랑 훔쳐갔단 말입니다! 저만 생각한다면야 아무 상관 없습니다만, 우리 쉬잔을 생각해보십시오! 100만 프랑이란 말입니다! 10만 프랑의 열 배란 말입니다! 아, 그 책상에는 보물이 숨겨져 있었다고요!"

책상을 훔칠 때 뤼팽은 복권이 들어 있다는 사실을 모르고 있었으며 설사 알았더라도 그 복권이 당첨될지는 알 수 없었다고 사람들이 아무리 반박해도 소용없었다. 수학 교사는 계속 우는소리를 해댔다.

"어쨌거나 그자는 알고 있었어요…! 아니면 그 보잘것없는 가구를 가져가겠다고 그 고생을 했겠습니까?"

"진짜 이유야 따로 있겠지요. 기껏 20프랑짜리 종이 쪼가리

하나 가져가겠다고 꾸민 일은 아닐 거예요."

"상금이 100만 프랑이라고요! 그자가 그걸 알고 있었지요…. 그놈은 다 알고 있었습니다…! 아, 당신들은 절대 몰라요, 그 뤼팽이란 도둑놈을! 하긴… 그자한테 100만 프랑을 뺏긴 사람은 당신들이 아니지!"

이런 식으로 입씨름은 끝도 없이 이어질 듯했다. 그런데 싸움이 시작된 지 열흘하고도 이틀째 되는 날, 제르부아는 아르센 뤼팽으로부터 '친전'이라고 적힌 편지를 받았다. 편지를 읽으며 제르부아의 조바심은 커져만 갔다.

선생, 우리 덕분에 구경꾼들은 실컷 즐기고 있습니다만, 이제는 좀 더 진지해질 때가 왔다고 보지 않습니까? 적어도 나는 그러려고 합니다.

상황은 분명합니다. 내가 소지할 권리가 없는 복권은 내 손에 있고 선생한테는 그 복권에 대한 권리가 있습니다. 그러니 우리가 상부상조하지 않으면 아무것도 이룰 수 없습니다.

하지만 선생도 '선생' 권리를 내게 양보할 생각이 없고, 나도 '내' 복권을 선생께 드릴 생각이 없습니다.

어떻게 할까요?

내 생각에는 한 가지 방법밖에 없는 것 같군요. 이걸 나눕시다. 선생이 50만 프랑을 가지고 나도 50만 프랑을 가지는 겁니다. 공평하지 않습니까? 솔로몬의 판결은 각자가 원하는 바를 이루어주지 않던가요?

이 해결책이 가장 적절해 보이며 덧붙여 즉각 실천해야 합니

다. 선생이 왈가왈부할 여유는 없으며 선생이 처한 상황으로
는 반드시 이 제안을 따를 수밖에 없다고 판단합니다. 생각할
시간은 사흘 드리겠습니다. 금요일 아침에 〈에코 드 프랑스〉
광고란에 Ars. Lup. 씨 앞으로 보내는 짧은 글을 실어주십시
오. 지금 이 제안에 전적으로 동의한다는 내용만 넌지시 전하
면 됩니다. 이렇게 하면 선생은 즉시 복권을 되돌려받고 100
만 프랑도 수령할 겁니다. 물론 50만 프랑은 내게 전해줘야 하
며 그 방법은 나중에 알려드리겠습니다.

만약 거절하신다 해도 결국은 같은 결과에 이르도록 조치할
것입니다. 단, 쓸데없는 고집을 부린다면 선생은 심각한 어려
움을 겪을 것이며 더불어 추가 비용으로 2만 5000프랑을 내
가 더 가지겠습니다.

존경의 마음을 전하며.

—아르센 뤼팽

제르부아는 머리끝까지 화가 나서 이 편지를 사람들에게 보
여주고 사본을 넘기는 크나큰 실수를 저질렀다. 분노에 눈이
멀어 온갖 어리석은 짓은 다 저지른 셈이다.

"한 푼도, 땡전 한 푼도 못 줍니다! 전부 내 것인데 왜 나눕니
까? 어림도 없지요. 그냥 복권을 찢어버리라고 하세요!"

제르부아는 몰려든 기자들 앞에서 이렇게 울부짖었다.

"그래도 하나도 못 받는 것보단 50만 프랑이라도 받는 게 더
낫지 않습니까?"

"그런 문제가 아니란 말입니다. 내 권리에 대한 문제예요. 법

정에서 권리를 되찾겠습니다."

"아르센 뤼팽을 고소하시겠다고요? 재밌겠군요."

"그게 아니라 부동산 은행을 고소하겠습니다. 은행이 100만
프랑을 내게 지급해야 하니 말입니다."

"상금을 지급 받으려면 복권을 반환하거나 적어도 복권을 샀
다는 증거를 제시해야겠지요."

"증거물은 존재합니다. 바로 아르센 뤼팽이 책상을 훔쳐갔다
는 것이 그 증거예요."

"아르센 뤼팽의 말이 법정에서 통할까요?"

"상관없습니다. 내 뜻은 확고하니까."

사람들은 후끈 달아올랐고 여기저기에서 내기가 벌어졌다.
어떤 이들은 뤼팽이 제르부아를 꼼짝 못 하게 할 거라고 했고,
또 다른 이들은 뤼팽이 제르부아의 협박에 잠잠해질 거라고 했
다. 하지만 걱정스러운 분위기였다. 두 사람의 힘 차이가 워낙
컸기 때문이다. 한쪽이 가차 없이 공격하는 중이라면 그 상대
는 쫓기는 짐승인 양 질겁하고 있었다.

드디어 금요일, 사람들은 〈에코 드 프랑스〉로 달려들어 정신
없이 5쪽 광고란을 살펴보았다. 'Ars. Lup.' 앞으로 전하는 광
고는 없었다. 아르센 뤼팽의 제안에 제르부아는 침묵으로 답했
다. 이는 선전포고였다.

그날 저녁 신문에 제르부아 양이 납치되었다는 소식이 실렸
다.

아르센 뤼팽이 꾸민 볼거리에서 가장 재밌는 요소는 경찰이

맡은 우스꽝스럽기 짝이 없는 역할이다. 모든 상황이 경찰의 손에서 벗어나 있었다. 뤼팽은 자기 계획에 방해될 만한 사람, 예컨대 치안국장, 형사, 경찰서장 등을 애초에 제외한 채 말하고, 편지 쓰고, 예고하고, 지시하고, 협박하고 마침내 실행에 옮겼다. 뤼팽은 이 모든 공권력을 완전히 없는 걸로 치부했다. 장애물은 존재하지 않았다.

하지만 경찰은 얼마나 애를 쓰고 있는지! 아르센 뤼팽에 관한 일이라면 지위 고하를 막론하고 모두가 열을 내며 화가 나서 펄펄 날뛰었다. 뤼팽은 적이다. 자기들을 비웃고 자극하고 경멸하는 적인데, 더욱 견딜 수 없는 것은 자신들에게 아주 무관심한 적이라는 사실이다.

이런 적수에 맞서 과연 무엇을 한단 말인가? 하녀의 증언으로는 쉬잔이 집을 나선 시각은 9시 40분이다. 10시 5분, 제르부아가 학교에서 나왔을 때 딸이 평소 자기를 기다리던 보도에 없었다. 따라서 사건은 쉬잔이 집에서 나와 고등학교까지, 아니 적어도 학교 언저리까지 걸어가던 그 짧은 20분 사이에 벌어졌을 터였다.

제르부아의 이웃 사람 두 명이 집에서 300보쯤 떨어진 곳에서 쉬잔과 마주쳤다고 증언했다. 한 부인이 쉬잔의 인상착의와 일치하는 어떤 젊은 여자가 거리를 따라 걸어가는 것을 보았다고 증언했다. 그러고 나서는? 그 이후로는 아무도 쉬잔의 행방을 몰랐다.

사방으로 수색이 진행되었다. 기차역과 입시 세관소 직원을 상대로 탐문 수사가 벌어졌다. 그날 젊은 여자가 납치되었다고 볼 만한 수상한 정황을 목격한 사람은 아무도 없었다. 다만, 빌 다브레의 한 잡화점 주인이 파리 방향에서 온 덮개 닫힌 자동차에 기름을 넣어주었다고 증언했다. 운전석에는 기사로 보이는 한 남자가 있었고 차 안에는 눈부신 금발 머리 여인이 앉아 있었다고 했다. 한 시간 후 자동차가 베르사유 쪽에서 되돌아왔다. 차가 막혀서 자동차가 속도를 늦출 수밖에 없었는데 이때 잡화점 주인은 이미 봤던 금발 여인 옆에 숄과 베일을 쓴 다른 여자가 있는 것을 봤다고 했다. 이 여자가 쉬잔 제르부아임이 틀림없다.

그렇다면 대낮에 도시 중심가의 번잡한 도로에서 납치가 벌어졌다는 이야기다!

어떻게? 어디에서 말인가? 비명을 들은 사람도, 수상한 움직임을 목격했다는 사람도 없었다.

잡화점 주인이 문제의 자동차 특징을 알려주었다. 프종 회사에서 나온 24마력짜리 리무진이었고 차체가 짙은 청색이라고 했다. 혹시나 하는 마음에 차량 납치 범죄의 전문가나 다름없는 그 지역 프종 차량 정비소 사장 봅 발투르 여사에게 문의했다. 아니나 다를까, 사장은 금요일 아침에 어떤 금발 머리 부인이 프종 리무진 한 대를 하루 동안 임대했는데 이후로 그 여자를 다시 본 적은 없다고 증언했다.

"그럼 타고 있던 기사는요?"

"에르네스트라는 사람인데 이력서가 확실해서 바로 전날 고용했지요."

"지금 여기 있습니까?"

"아니요. 그 차를 가져온 이후로 다시 오지는 않았습니다."

"그 사람 행적을 찾아볼 수 있을까요?"

"물론이에요. 에르네스트를 추천한 사람들에게 물어보면 될 겁니다. 여기 명단이 있어요."

경찰은 명단에 있는 사람들을 찾아갔다. 하지만 에르네스트라는 남자를 아는 이는 아무도 없었다.

이처럼 해결의 실마리가 보이는가 싶으면 또 다른 미궁, 또 다른 수수께끼에 부닥쳤다.

제르부아는 초반부터 이렇게 끔찍한 일을 겪자 더는 이 싸움을 지속할 힘이 없었다. 결국 딸이 사라진 후 슬픔과 회한에 사무쳐 괴로워하다가 항복하고 말았다.

〈에코 드 프랑스〉에 제르부아가 무조건 항복한다는 짤막한 광고가 나갔고, 이를 본 모든 사람은 제르부아의 완벽한 패배라고 평했다.

아르센 뤼팽이 나흘 만에 거둔 완벽한 승리다.

그로부터 이틀 후 제르부아는 부동산 은행 안뜰을 가로질러 갔다. 은행장에게 안내된 제르부아는 23조 514번 복권을 내밀었다. 은행장은 깜짝 놀랐다.

"아! 이제 복권을 되찾으셨습니까? 뤼팽이 돌려주었나요?"

"잠깐 잃어버렸던 겁니다. 자, 받으십시오." 제르부아가 대답했다.

"하지만 주장하시기를… 문제가 있다고…."

"다 숙덕공론에 낭설일 뿐입니다."

"하지만 사실을 증명할 서류가 필요합니다."

"소령이 쓴 편지면 되겠습니까?"

"물론이지요."

"여기 있습니다."

"좋습니다. 복권과 편지를 여기에 두고 가십시오. 확인하는 데 보름이 걸립니다. 돈을 찾아갈 수 있을 때 바로 알려드리겠습니다. 선생님, 이 일이 완전히 끝날 때까지는 절대 아무에게도 이야기하지 마십시오."

"안 그래도 그러려고 했습니다."

제르부아와 은행장 둘 다 아무에게도 이 이야기를 하지 않았다. 하지만 누설하지 않아도 알려지는 비밀이 있는 법. 아르센 뤼팽이 과감하게 제르부아에게 23조 514번 복권을 돌려주었다는 소식이 순식간에 퍼졌다. 사람들은 이 소식을 듣고 경탄해 마지않았다. 소중한 복권, 그 중요한 패를 내놓다니 과연 대단한 승부사가 틀림없다! 물론 심사숙고한 뒤에 더 좋은 패를 얻을 목적으로 내놓았을 것이고 조금 있으면 다시 이 손실을 만회할 터였다. 하지만 만약 그 사이에 쉬잔이 도망치면? 뤼팽이 붙잡은 인질을 경찰이 구해낸다면?

경찰은 적의 약점이 드러났다고 판단해 수사에 더욱 총력을 기울였다. 스스로 무기를 버리고 제 꾀에 빠져 100만 프랑을 한 푼도 만져보지 못하게 된 뤼팽…. 이제 전세는 역전된 것처럼 보였다.

쉬잔을 찾아내는 게 관건이었다. 하지만 인질을 구하지도 못하고 쉬잔이 도망치는 일도 일어나지 않았으니!

사람들 의견은 대체로 이러했다. 그래, 아르센 뤼팽이 첫판은 이겼다. 하지만 제일 어려운 부분이 남아 있지 않은가! 제르부아 양이 뤼팽 손아귀에 있고, 50만 프랑을 받지 않는 한 뤼팽이 인질을 풀어주지 않을 것임을 모두가 인정했다. 하지만 어디에서, 어떻게, 언제 이 교환이 이루어질까? 교환하려면 약속을 잡아야 한다. 이때 제르부아가 경찰에 알려서 딸도 되찾고 돈도 독차지하지 말라는 법이 어디 있는가?

기자들이 수학 교사를 인터뷰했다. 기가 푹 꺾이고 침묵으로 일관하고 있어 제르부아의 속내는 알 수 없었다.

"할 말이 없습니다. 기다리기만 할 뿐이에요."

"따님은요?"

"계속 찾고 있습니다."

"아르센 뤼팽이 또 전갈을 보냈습니까?"

"아니요."

"그 발언이 진실입니까?"

"아닙니다."

"그렇다면 전갈을 보내왔단 말씀이군요. 지시 내용은 무엇이었습니까?"

"할 말이 없습니다."

이번에는 기자들이 드티낭 변호사에게 몰려갔다. 변호사도 말을 아끼기는 마찬가지였다. 변호사는 한껏 심각한 태도로 이렇게 말했다.

"뤼팽 씨는 제 고객입니다. 제게 의뢰인의 비밀을 준수해야할 의무가 있다는 점을 이해하시리라 믿습니다."

이런 애매한 대답에 구경꾼들은 짜증이 났다. 물론 암암리에 계획이 진행되고 있는 건 확실했다. 경찰이 제르부아를 밤낮없이 감시하는 동안 아르센 뤼팽에게도 그물을 쳐두고 그 망을 점점 좁혀가고 있었다. 경찰은 오직 세 가지 결론만 염두에 두었다. 뤼팽이 체포되거나 승리하거나, 아니면 우습고 민망스럽게 실패하는 것이다.

하지만 당시 사람들의 엄청난 호기심에도 이 사건의 참된 진실은 고작 일부만이 알려졌으며 바로 이 글에서 최초로 속속들이 내막을 밝힐 것이다.

3월 12일 화요일, 제르부아는 부동산 은행이 보낸 평범해 보이는 통지문 한 통을 받았다.

그리고 목요일 오후 1시에 파리로 가는 열차를 탔고, 오후 2시에는 1000프랑짜리 지폐 1000장을 인수받았다.

제르부아가 떨리는 손으로 지폐를 한 장씩 세어보는 동안(이 돈이 바로 쉬잔의 몸값 아니던가?) 은행 정문에서 얼마 떨어지지 않은 곳에 주차된 차 안에서 두 남자가 이야기를 나누고 있었다. 그중 한 사람은 머리카락이 희끗희끗했는데 말단 직원 차림새나 외모와 달리 강렬한 인상을 풍겼다. 바로 집요한 가니마르 형사, 뤼팽의 숙적인 노형사 가니마르였다. 가니마르 경감은 폴랑팡 경사에게 말했다.

"이제 곧 시작될 걸세…. 5분 있으면 제르부아가 나타날 거라고. 모두 준비됐나?"

"물론입니다."

"우리 편이 몇 명이지?"

"여덟입니다. 이 중 두 명은 자전거를 타고 있습니다."

"그리고 나도 있네. 세 사람 몫은 거뜬히 해내겠네. 그걸로 충분하겠지만 그렇다고 방심해선 안 되네. 무슨 일이 있어도 제르부아를 놓쳐선 안 돼…. 그러면 끝장이라고. 뤼팽을 만나러 약속 장소로 가버릴 테고 딸과 50만 프랑을 교환하면 그걸로 끝이란 말이지."

"제르부아가 왜 우리에게 협조하지 않는 겁니까? 그러면 간단할 텐데 말이지요! 우리를 끌어들이면 자기도 100만 프랑을 전부 차지할 거란 말입니다."

"맞는 말이네. 하지만 두려운 거야. 상대를 속이려다 딸을 잃을까 봐 말이지."

"상대가 누구입니까?"

"그놈이야."

가니마르의 어조는 근엄했지만 두려움이 약간 배어 있었다. 날카로운 발톱 맛을 이미 본, 어떤 초자연적 존재에 관한 이야기를 하는 듯했다.

"일이 웃기게 됐군요. 본인은 원하지도 않는데 우리가 제르부아를 보호해줘야 할 처지니 말입니다."

폴랑팡의 지적은 옳았다.

"뤼팽 놈이 끼어들면 세상이 거꾸로 간다니까!"

가니마르가 한숨을 내쉬며 말했다.

1분이 흘렀다.

"저길 보게." 가니마르가 말했다.

제르부아가 나오고 있었다. 카퓌신가 끄트머리로 가더니 왼쪽 대로로 접어들었다. 제르부아는 진열장을 바라보며 상점가를 따라 천천히 걸어갔다.

"굉장히 침착하군." 가니마르가 말했다. "100만 프랑을 가진 사람이 저렇게 침착할 순 없지."

"그렇다고 뭘 어쩌겠습니까?"

"오! 뭘 어째야 한다는 건 아니고… 조금 의심스럽다는 거지. 뤼팽, 그놈이 끼어 있단 말이야."

이때 제르부아는 가두판매점에서 신문 몇 개를 골라 사고 거스름돈을 받은 다음, 신문 하나를 펼치고는 종종걸음으로 걸어가며 읽었다. 그러더니 별안간 도로변에 주차된 택시로 쏙 들어가 버렸다. 이미 시동이 걸려 있었는지, 택시는 곧바로 출발해 마들렌 성당을 지나 사라져버렸다.

"빌어먹을! 또 그 작자 수법이라고!" 가니마르가 으르렁거렸다.

그러면서 곧장 뛰어나갔고 동시에 부하들도 마들렌 성당 부근으로 달려갔다.

하지만 가니마르는 이내 웃음을 터뜨렸다. 고장이 나버렸는지 말제르브 대로 입구에서 멈춰 선 차에서 제르부아가 내리고 있었다.

"서두르게, 폴랑팡…. 운전사를 맡아…. 아마 그 에르네스트란 자일지도 몰라."

폴랑팡은 운전사를 조사했다. 남자는 가스통이란 사람으로 택시 조합 소속 직원이었다. 10분쯤 전에 한 신사가 자기 차를 세우더니 '시동을 걸어놓고' 가두판매점 근처에서 다른 신사가 도착할 때까지 기다리라고 했다는 것이다.

"그럼 그 두 번째 손님이 어디로 데려다 달라고 했습니까?" 폴랑팡 형사가 물었다.

"주소는 없었고… '말제르브 대로로… 메신가까지… 요금은 두 배…'라고만 했습니다."

그사이 제르부아는 한시도 지체하지 않고 제일 먼저 지나가는 마차를 잡아탔다.

"마부 양반, 콩코르드 지하철역으로 가주십시오."

그곳에서 지하철을 타고 팔레 루아알 광장 역에서 내리더니 곧바로 뛰어가 다른 마차를 잡아타고 증권거래소 광장으로 갔다. 내려서 다시 한 번 지하철을 타더니 빌리에가에서 세 번째로 마차를 잡아탔다.

"마부 양반, 클라페롱가 25번지로 가주십시오."

클라페롱가 25번지는 모퉁이 집 하나를 사이에 두고 바티뇰 대로와 면해 있었다. 제르부아는 2층으로 올라가 초인종을 눌렀다. 한 남자가 문을 열었다.

"드티냥 변호사 계십니까?"

"제가 드티냥입니다. 제르부아 씨겠군요."

"그렇습니다."

"기다리고 있었습니다. 들어오시지요."

제르부아가 변호사 사무실로 들어가자 괘종시계가 3시를 알리는 종을 쳤다. 제르부아는 황급히 말했다.

"그 사람이 정해준 시간입니다. 지금 여기 없습니까?"

"아직 안 왔습니다."

제르부아는 자리에 앉아 이마에 흐른 땀을 닦고 마치 지금이 몇 시인지 모른다는 듯 회중시계를 꺼내 들여다보았다. 그러더니 걱정스럽게 다시 말했다.

"그자가 올까요?"

변호사가 대답했다.

"선생님, 저 역시 그 질문의 답이 더없이 궁금합니다. 일찍이 이처럼 초조했던 적은 없는 듯하군요. 그에게는 이리로 오는 일이 위험천만할 겁니다. 보름 전부터 이 집 주변을 경찰이 바짝 감시하고 있으니까요…. 저까지 의심하는 거지요."

"아마 저를 더 의심하고 있을 겁니다. 저를 감시하던 경찰들을 제대로 따돌렸는지 지금도 장담할 수가 없습니다."

"아니, 그렇다면…."

수학 교사는 격한 어조로 대꾸했다.

"그건 제 잘못이 아니라고요. 저를 탓할 순 없습니다. 제가 약속한 게 뭐였습니까? 그자 지시에 따른다고 했지요. 그래서 시키는 대로 다 했습니다. 돈도 찾으라는 시각에 가서 찾았고 변호사님 사무실까지 올 때도 그자가 정해준 방법대로 왔습니다. 내 딸에게 그런 짓을 한 자에게 충실히 약속을 지켰단 말입니다. 이제 그자가 약속을 지킬 차례예요."

그러더니 불안한 목소리로 덧붙였다.

"제 딸을 되돌려주겠지요, 아닙니까?"

"저도 그러길 바랍니다."

"하지만… 변호사님께선 그자를 보셨지요?"

"저요? 아니요, 못 봤습니다! 단지 두 분을 사무실로 들이라고 요청한 편지만 받았을 뿐이에요. 오후 3시 이전에 하인들을 내보내고 두 분이 올 때부터 떠날 때까지 아무도 사무실에 들이지 말라고 하더군요. 만약 이 제안을 받아들이지 않을 거면 〈에코 드 프랑스〉에 두 줄짜리 광고를 내서 알리라고 했습니다. 하지만 아르센 뤼팽의 부탁이라면 무엇이든 기꺼이 들어주고 싶어요."

제르부아가 고통스럽게 한숨을 지었다.

"맙소사! 대체 일이 어떻게 되어갈까?"

그러더니 주머니에서 은행권 지폐 다발을 꺼내 책상 위에 늘어놓고 똑같은 액수로 나눠 두 다발을 만들었다. 두 사람 사이에 침묵이 흘렀다. 때때로 제르부아는 누군가 초인종을 누르지 않나 하고 귀를 쫑긋 세웠다….

시간이 흐를수록 제르부아는 더욱 불안해졌고 드티낭 변호사도 초조하기는 마찬가지였다.

한순간 변호사마저 침착성을 잃고 벌떡 일어났다.

"뤼팽은 안 나타날 겁니다…. 여길 어떻게 오겠습니까? 미친 짓이지요! 설령 뤼팽이 우리를 믿는다고 합시다. 우리는 그를 배신할 만한 속물이 못 되니까요. 하지만 위험한 요소가 우리뿐만은 아니지 않습니까."

제르부아는 맥이 탁 풀려 지폐 다발에 손을 얹은 채 중얼거렸다.

"제발 그자가 오기를, 하느님, 그자가 오기를! 쉬잔만 찾을 수 있다면 몽땅 줄 겁니다."

이때 사무실 문이 열렸다.

"절반이면 됩니다, 제르부아 씨."

문턱에 누군가 서 있었다. 고상하게 차려입은 젊은이였다. 수학 교사는 베르사유 고물상에서 만난 이 젊은이를 곧바로 알아보고 다가갔다.

"쉬잔은요? 제 딸은 어디 있습니까?"

아르센 뤼팽은 조심스레 문을 닫고 더할 나위 없이 태평스럽게 장갑을 벗으며 변호사에게 말했다.

"친애하는 변호사님, 제 변호를 기꺼이 맡아주신 데 대해 어떻게 감사드려야 할지 모르겠습니다. 절대로 잊지 않겠습니다."

드티낭 변호사는 중얼거렸다.

"하지만 초인종도 안 울렸고… 문소리도 못 들었는데…."

"초인종이나 문이란 자고로 소리 없이 작동해야 하는 법이지요. 어쨌든 내가 여기에 왔다는 사실이 중요한 게 아닙니까."

"내 딸, 쉬잔은! 대체 어떻게 한 겁니까?" 수학 교사는 다시 물었다.

"오, 어찌 그리 급하십니까? 자, 자, 진정하십시오. 조금만 기다리면 따님이 선생 품에 안길 겁니다."

뤼팽은 몇 걸음을 떼더니 공적을 치하하는 지체 높은 귀족 같은 태도로 말문을 열었다.

"제르부아 씨, 조금 전에 보여주신 능란한 모습에 찬사를 보냅니다. 그놈의 차가 어이없게 고장 나지 않았더라면 에투왈 광장에서 만났을 텐데요. 그랬으면 드티낭 변호사께도 이렇게 불편을 끼칠 필요가 없었을 테고…. 하지만 어쩌겠습니까! 일이 그렇게 되었으니…."

뤼팽은 지폐 두 다발을 발견하더니 환호했다.

"아, 완벽하군요! 100만 프랑이 여기 있으니… 시간 낭비하지 맙시다. 좀 봐도 될까요?"

드티낭 변호사가 책상 앞을 가로막아 서며 말했다.

"하지만 제르부아 양이 아직 안 왔습니다."

"그래서요?"

"제르부아 양이 일단 와야 하지 않겠습니까?"

"아, 예, 이해합니다! 이해해요! 아르센 뤼팽을 전적으로 신뢰할 수 없겠지요. 50만 프랑을 챙기고 인질은 보내주지 않는다. 아, 변호사 선생, 날 정말 몰라주는군요! 운명이 어찌 흐르다 보니 내 일의 성격이 좀… 특별해졌습니다만, 그래도 선의를 의심하시다니요…. 내 선의를! 나는 꽤 양심적이고 예민한 사람인데 말이지요! 게다가 변호사님, 만약 겁이 나면 창문을 열고 소리치시지요. 길가에 경찰이 십여 명은 깔렸으니까요."

"정말입니까?"

아르센 뤼팽이 커튼을 들어 올렸다.

"제르부아 씨가 가니마르를 따돌릴 수는 없었군요…. 내가 뭐라고 했습니까? 아, 그 충직한 양반이 저기 있군요!"

제르부아가 외쳤다.

"말도 안 돼! 하지만 나는 맹세코…."

"배신하지 않으셨다고요? 물론 믿습니다만, 저 친구들은 워낙 능력이 좋거든요. 아, 저기 폴랑팡이 보이는군요…. 그레옴도 와 있고… 디외지 형사도! 전부 좋은 친구들 아니겠습니까!"

드티낭은 어리둥절해져서 뤼팽을 바라보았다. 어쩌면 저리도 침착할까! 뤼팽은 정말로 즐겁게 웃었다. 마치 어린아이가 놀이할 때처럼 그 어떤 위험도 없다는 듯이.

경찰을 봤을 때보다 뤼팽의 태평한 모습을 보니 변호사는 더욱 마음이 놓였다. 그래서 지폐가 놓인 책상에서 물러났다.

아르센 뤼팽은 지폐 다발 두 개에서 각각 스물다섯 장을 빼서 한데 모아 5만 프랑을 드티낭 변호사에게 내밀었다.

"제르부아 씨와 아르센 뤼팽이 드리는 사례금입니다, 변호사님. 당연히 이 정도는 드려야지요."

"그러실 필요 없습니다." 드티낭 변호사가 대답했다.

"어째서요? 우리 때문에 이렇게나 불편을 겪으시는데요!"

"이런 불편을 겪는 게 매우 즐겁습니다!"

"변호사님, 아르센 뤼팽이 드리는 건 하나도 받지 않겠단 말씀이군요. 평판이 안 좋다는 게 이런 거로군요."

뤼팽은 5만 프랑을 수학 교사에게 내밀었다.

"선생, 우리 만남을 기억하며 이것을 받아주세요. 제르부아 양의 결혼 선물이라고 생각하시지요."

제르부아는 잽싸게 지폐를 채가며 소리쳤다.

"우리 딸은 결혼 계획이 없습니다."

"선생께서 동의하지 않으면 그렇겠지요. 하지만 따님께서는 결혼하고 싶어 안달입니다."

"당신이 대체 뭘 안다는 겁니까?"

"자고로 젊은 아가씨들이란 아버지의 허락을 받지 못해 아련한 꿈만 꾸고 있다는 걸 잘 알지요. 다행히 아르센 뤼팽 같은 수호천사는 책상 서랍 구석에서 그 아리따운 젊은이들의 비밀을 발견했습니다."

그러자 드티낭 변호사가 물었다.

"그 책상에 다른 건 없었습니까? 솔직히 그 가구를 왜 그렇게 탐내셨는지 매우 궁금합니다."

"변호사님, 역사적인 이유입니다. 제르부아 씨가 생각하셨던 것과 달리 그 책상에는 복권 말고는 아무런 보물도 없었습니다. 게다가 당시에 나는 복권이 있는지도 몰랐지요. 오래전부터 이 책상을 찾아 헤매었습니다. 주목과 마호가니로 만들어졌고 아칸서스 잎사귀 문양 뚜껑이 달린 이 책상은 마리 발레브스카가 살던 불로뉴의 소박한 집에서 발견되었는데 서랍 하나에 이렇게 새겨져 있어요. '프랑스 황제, 나폴레옹 1세에게 헌정. 충직한 신하 망시옹'이라고 말입니다. 그리고 그 아래에는 칼끝으로 '마리, 당신에게'라고 새겨져 있지요. 훗날 나폴레옹은 황후 조제핀을 위해 이것과 똑같은 책상을 만들게 합니다. 즉 조제핀이 살았던 말메종 성에 전시되어 지금도 관람객의 감탄을 자아내는 책상이 사실 지금은 내 소장품이 된 그 책상을 조잡하게 복사해놓은 것에 불과하단 말입니다."

제르부아는 신음했다.

"맙소사, 가게에서 그 사실을 알았더라면 당장 물건을 양보했을 텐데!"

아르센 뤼팽이 웃으며 말했다.

"그러셨다면 또한 23조 514번 복권을 독차지하실 수도 있었겠지요."

"게다가 당신이 내 딸을 납치하지도 않았을 거고. 그 애가 이 모든 일 때문에 얼마나 충격을 받았을지."

"이 모든 일이라니요?"

"납치 말입니다…."

"아니, 선생, 오해하고 계십니다. 제르부아 양은 납치되지 않았습니다."

"내 딸이 납치된 게 아니라고!"

"아니지요. 납치라 하면 폭력이 뒤따르는 법인데 제르부아 양은 순전히 자의로 따라왔으니까요."

"순전히 자의로!" 제르부아는 멍해져서 이 말을 반복했다.

"심지어 따님께서 부탁하기까지 했습니다! 그럼요! 제르부아 양처럼 똑똑하고 게다가 마음속 깊이 남몰래 연정을 불태우고 있던 아가씨는 혼인 지참금을 되찾기 위해서라는 말에 참여할 수밖에 없었을 테지요! 아, 선생의 고집을 꺾을 다른 방법은 없다는 걸 이해시키는 게 얼마나 간단했는지 모릅니다."

드티낭 변호사는 몹시 재밌어하다가 이렇게 반박했다.

"제르부아 양과 애초에 합의를 보는 게 가장 어려웠을 텐데요. 제르부아 양이 그렇게 호락호락 접근하게 두지는 않았을 테니 말입니다."

"오! 내가 접근하지 않았습니다. 아쉽게도 제르부아 양을 만날 기회마저도 없었습니다. 내 친구인 숙녀 한 분이 중간 역할을 해주셨지요."

"자동차에 타고 있던 금발 숙녀를 말씀하시는군요." 변호사
가 끼어들었다.

"그렇습니다. 제르부아 씨의 학교 근처에서 처음 만났을 때
제르부아 양은 곧바로 결정했다더군요. 그 이후 제르부아 양과
내 친구는 함께 벨기에와 네덜란드로 여행을 떠났습니다. 젊은
아가씨에게 그보다 더 유쾌하고도 교육적인 여행은 없었을 겁
니다. 나머지는 따님께서 직접 이야기….'

이때 누군가 초인종을 울렸다. 종은 빠르게 세 번, 이어서 한
번, 그리고 또다시 한 번 울렸다.

뤼팽이 말했다.

"따님이시군요. 변호사님, 문을 좀….'

변호사는 서둘러 현관으로 갔다.

두 여자가 들어섰다. 한 아가씨가 제르부아의 품으로 뛰어들
었다. 다른 여인은 뤼팽 곁에 섰다. 키가 훤칠했고 균형 잡힌 상
체와 아주 하얀 얼굴색, 두 갈래로 나뉘어 느슨한 물결을 이루
며 흘러내리는 눈부신 금발 머리를 가진 여인이었다. 검은 옷
차림에 다섯 줄의 흑옥 목걸이 말고는 아무런 장신구도 없었지
만, 여인의 자태는 세련되고 우아했다.

아르센 뤼팽이 여인에게 몇 마디 말을 건넨 후 제르부아 양
에게 인사했다.

"아가씨, 이렇게 고생시켜 죄송합니다. 그래도 너무 불행하
지는 않으셨기를 바랍니다….'

"불행하다고요! 가련한 우리 아버지만 아니었다면 오히려

무척 행복했어요."

"그러면 모든 게 잘된 셈이군요. 아버지를 다시 포옹하고 이 기회에, 마침 안성맞춤인 기회가 찾아왔으니 아가씨 사촌에 대해 말씀드리는 게 어떨까요."

"제 사촌이라니… 무슨 말씀이신지…? 잘 모르겠네요."

"천만에요, 모르시다니요…. 아가씨 사촌인 필리프 말입니다…. 그 청년이 보낸 편지를 소중히 보관해두지 않았습니까…."

쉬잔의 볼이 발갛게 달아오르더니 어찌할 바를 몰라 하다, 뤼팽이 말했던 대로 아버지 품으로 다시금 뛰어들었다.

뤼팽은 두 사람을 부드러운 눈길로 바라보았다.

'좋은 일을 하면 보상을 받는 법이야! 이 얼마나 뭉클한 광경인가! 행복한 아버지! 행복한 딸! 그게 네 작품이라고, 뤼팽! 나중에 이 사람들은 네게 고마워할 거야…. 손주들한테 두고두고 뤼팽 이야기를 하겠지…. 오, 가족… 가족이라…!'

뤼팽은 창문으로 다가갔다.

'가니마르 그 양반은 아직도 저기 있을까…? 이 뭉클한 광경을 보면 좋아했겠지…. 어, 없잖아…. 아무도 없어…. 가니마르도, 다른 형사들도…. 제기랄! 이거 심각한데…. 벌써 대문 앞… 아니, 아마도 수위실… 아니면 벌써 계단을 오르고 있을지도 모르겠군!'

이때 제르부아가 슬쩍 움직였다. 딸을 되찾고 나니 현실 감각이 되돌아온 것이다. 뤼팽만 체포하면 50만 프랑을 더 차지할 수 있다. 본능적으로 한 걸음 옮기는데… 뤼팽이 그 앞을 막

아셨다.

"어딜 가십니까, 제르부아 씨? 형사들에게서 나를 지켜주시려고요? 무척이나 친절하군요! 하지만 그러실 필요 없습니다. 더구나 지금 저자들은 나보다 더 당황했을 게 틀림없거든요!"

뤼팽은 생각에 잠겨 말을 이었다.

"저들이 아는 사실이 무엇일까요? 선생이 여기 있다, 어쩌면 제르부아 양도 여기 있을 것이다…. 왜냐하면 미지의 여인과 함께 이곳에 도착하는 모습을 봤을 테니까요. 하지만 나에 대해서는 어떻습니까? 짐작도 못 하고 있지요. 오늘 아침 지하실부터 다락방까지 샅샅이 뒤진 건물에 어떻게 들어올 수 있었겠습니까? 불가능한 일이지요. 그러니 모든 가능성을 고려해볼 때 저들은 내가 도착하면 잡으려고 대기 중이란 말입니다…. 딱한 친구들 같으니라고…! 아니면 미리 부탁을 받은 미지의 여인이 나 대신 인질 교환을 한다고 여길 수도 있겠군요. 만일 그렇다면 여인이 이곳을 떠날 때 체포하려고 하겠고…."

이때 초인종이 울렸다.

뤼팽은 재빠른 동작으로 제르부아를 제지하며 냉정하고 강압적인 목소리로 말했다.

"멈추십시오, 선생. 따님을 생각해서라도 이성적으로 행동하세요. 안 그러면…. 그리고 드티낭 변호사, 당신도 약속을 지키세요."

제르부아는 그 자리에 멈춰 섰고 변호사도 움직이지 않았다.

전혀 서두르지 않고 뤼팽은 모자를 집어들었다. 먼지가 살짝 묻어 있었다. 뤼팽은 소맷부리 안쪽으로 모자의 먼지를 툭툭

털었다.

"친애하는 변호사 선생, 혹시 내 도움이 필요하면 언제고…. 쉬잔 양, 행복한 앞날을 빕니다. 필리프 씨에게도 인사를 전해 주십시오."

그런 뒤 뤼팽은 주머니에서 이중으로 된 황금 갑을 꺼내 거 기에 있던 묵직한 회중시계를 들어 보았다.

"제르부아 씨, 지금은 3시 42분입니다. 3시 46분에는 이 응 접실에서 나가도 좋습니다…. 3시 46분보다 1분이라도 먼저 나가서는 안 됩니다, 알아들었습니까?"

"하지만 저들이 강제로 들어올 텐데요." 드티낭 변호사가 끼 어들었다.

"변호사 선생, 법을 잊으셨나 봅니다! 가니마르는 절대 프랑 스 시민의 자택에 무단으로 들어오지 못할 겁니다. 덕분에 브 리지 게임이라도 한판 할 만큼 여유가 있을 거예요. 이런, 죄송 합니다, 세 분 모두 몹시 긴장하셨군요. 폐를 끼칠 생각은 없으 니 염려 마십시오…."

뤼팽은 회중시계를 책상 위에 올려놓고 응접실의 문을 연 채 금발 여인에게 말했다.

"준비됐나요, 친구?"

뤼팽은 금발 여인을 먼저 내보낸 후 제르부아 양에게 매우 정중하게 작별 인사를 하더니 문을 닫고 나갔다.

뒤이어 현관에서 큰 목소리가 들려왔다.

"안녕하십니까, 가니마르, 요즘 어떻게 지내십니까? 부인께 안부 전해주십시오…. 조만간 찾아 뵙고 함께 점심이나 들겠다고 말입니다…. 그럼 또 봅시다, 형사님."

초인종이 또다시 요란스레 울리더니 끊임없이 울렸다. 곧이어 층계참에서 사람들 목소리가 들렸다.

"3시 45분." 제르부아가 우물거렸다.

그러더니 몇 초 후 결연하게 현관 쪽으로 나갔다. 뤼팽과 금발 여인은 사라지고 없었다.

"아버지! 그러시면 안 돼요! 기다리시라고요." 쉬잔이 소리쳤다.

"기다리라고? 너 제정신이 아니구나…! 그놈을 생각해달란 말이냐…. 50만 프랑은 어쩌고…?"

제르부아가 문을 열었고 가니마르가 후다닥 들이닥쳤다.

"그 여자는… 어디 있습니까? 뤼팽은요?"

"뤼팽이 여기 있었습니다…. 여기 있었어요."

가니마르가 승리의 환호성을 질렀다.

"이제 네놈은 잡힌 거나 다름없어…. 이 집은 완전히 포위됐다고."

드티낭 변호사가 반박했다.

"하지만 하인용 계단은요?"

"하인용 계단은 안뜰로 통하는데 출입구가 하나밖에 없습니다. 경찰 십여 명이 지키고 있는 건물 출입구지요."

"하지만 뤼팽은 건물 출입구로 들어온 게 아닙니다…. 그러니 그쪽으로 나가지 않았을 겁니다…."

"그럼 어디로 나간다는 말입니까? 공중으로 날아가기라도 하겠습니까?" 가니마르가 반박했다.

그러면서 커튼을 젖혔다. 긴 복도가 부엌까지 연결되어 있었다. 가니마르는 복도를 따라 달려가 하인용 계단으로 통하는 문이 이중으로 잠겨 있음을 확인했다.

그런 뒤 창밖으로 일행 중 한 명에게 외쳤다.

"아무도 안 나왔나?"

"안 나왔습니다."

"그렇다면 아직 건물 안에 있겠군…! 어떤 방에 숨어 있겠지…! 도망치는 건 물리적으로 불가능하니까…. 아! 뤼팽, 이 녀석이 나를 잘도 가지고 놀았겠다. 하지만 이번엔 단단히 맛 좀 보라지." 가니마르가 의기양양하게 말했다.

저녁 7시가 되어도 아무런 소식이 없자 치안국장 뒤두이는 적잖이 당황해 직접 클라페롱가를 찾아왔다. 건물을 지키던 경찰들에게 몇 가지를 질문한 후 드티낭 변호사의 사무실로 올라왔고 변호사는 자기 방으로 국장을 안내했다. 국장이 방에 들어왔을 때 한 남자가, 아니, 다리 두 개가 양탄자 위에서 버둥거리고 있었고 그 사람의 상반신은 벽난로 굴뚝 깊숙이 들어가 있었다.

"어이…! 어이…!" 둔탁한 목소리가 쩌렁쩌렁 울렸다.

그러자 위쪽 멀리서 다른 목소리가 대답했다.

"어이…! 어이…!"

뒤두이 국장은 껄껄대며 소리쳤다.

"아니, 가니마르, 굴뚝이라도 고치려는 건가?"

가니마르는 굴뚝에서 간신히 빠져나왔다. 얼굴은 시커멓고

옷에는 온통 검댕이 묻어 있었는데 눈만은 열에 달떠 빛나는 바람에 평소 모습은 온데간데없었다.

"그자를 찾는 중입니다." 가니마르가 툴툴거렸다.

"누구 말인가?"

"아르센 뤼팽… 뤼팽과 그 여자 말입니다."

"아, 그렇겠지! 아니, 그들이 굴뚝에 숨었다고 생각하는 건가?"

분노가 치민 듯 가니마르는 일어서서 상관의 소매를 석탄처럼 새까매진 손으로 붙들고는 똑똑히 들리지 않는 목소리로 말했다.

"그자들이 어디 있으리라고 생각하시는 겁니까, 국장님? 어딘가에는 있을 게 아닙니까. 그자들도 국장님이나 저처럼 뼈와 살로 이루어진 존재들이니 연기처럼 사라질 리가 없어요."

"그렇겠지, 하지만 어쨌든 그자들은 이미 가고 없다네."

"어디로요? 어디로 말입니까? 집은 포위돼 있습니다! 지붕에도 요원들이 있고요."

"옆집은 어떤가?"

"서로 연결된 통로가 없습니다."

"그럼 다른 층에 있는 집은?"

"입주자들을 전부 만나봤습니다. 아무도 못 봤고… 아무 소리도 못 들었다고 합니다."

"입주자들을 다 조사해본 게 확실한가?"

"한 명도 빠짐없이 조사했습니다. 관리인도 신원을 보증해주었고요. 게다가 확실히 하려고 가구마다 한 사람씩 요원을 배치해놓았습니다."

"아무튼 그자들을 잡아야 하네."

"제 말이 그 말입니다, 국장님. 제 말이 그 말이라고요. 잡아야 하고, 잡을 겁니다. 두 사람 모두 여기 있는 게 틀림없으니까요…. 여기 없다는 건 말이 안 됩니다! 안심하십시오, 국장님. 오늘 밤이 아니면 내일은 잡을 겁니다…. 제가 여기서 밤을 새우지요…. 밤을 새우겠습니다!"

실제로 가니마르는 그곳에서 밤을 보냈다. 그리고 그다음 날도, 그 다음다음 날도.

그렇게 사흘 밤낮이 꼬박 지나갔다. 가니마르는 신출귀몰한 뤼팽, 또 뤼팽만큼이나 신출귀몰한 뤼팽의 여자 친구를 찾아내지 못했을 뿐만 아니라 이렇다 할 가정이라도 세워볼 단서 하나 찾아내지 못했다.

바로 이 때문에 가니마르는 애초의 생각을 굽히지 않았다.

"도망쳤다는 흔적이 없는 한 그자들은 여기에 있는 거라고!"

어쩌면 가니마르 마음 깊은 곳에서는 그렇게 생각하지 않았을 수도 있다. 하지만 가니마르는 이 사실을 인정하려고 하지 않았다. 아니, 절대로 인정할 수 없었다. 한 남자와 여자가 아이들 동화 속에나 나오는 못된 요정처럼 사라져버릴 수는 없는 노릇이다. 노형사는 용기를 잃지 않고 탐색과 조사를 계속해나갔다. 마치 뚫고 들어갈 수 없는 은신처에 숨어 있거나 벽돌 틈에 끼어 벽과 하나가 된 두 사람을 발견하고야 말겠다는 듯이.

2
푸른 다이아몬드

3월 27일 저녁, 앙리 마르탱가 134번지. 제2제정기에 베를린 주재 프랑스 대사직을 지냈던 노장군 도트렉 남작은 6개월 전에 형한테서 물려받은 작은 저택에서 푹신한 소파에 파묻혀 잠들었다. 간병인 여자가 남작 곁에서 책을 읽어주었고, 오귀스트 수녀는 난상기(숯불이 담긴 그릇에 구멍 뚫린 뚜껑이 달려 있으며 침대를 따뜻하게 덥히는 용도의 물건 – 옮긴이)로 남작의 침대를 덥히는가 하면 야등을 켤 준비를 했다.

저녁 11시가 되자 수녀는 그날만큼은 소속 수녀원으로 돌아가 선배 수녀 곁에서 밤을 보내야 했기에 간병인 여자에게 말했다.

"앙투아네트 양, 내가 할 일은 끝났습니다. 이제 가봐야겠어요."

"예, 수녀님."

"요리사도 휴가를 떠나고 없으니 저택에 하인과 앙투아네트 양밖에 없다는 사실을 명심하세요."

"남작님 일이라면 걱정하지 마세요. 약속한 대로 옆방에서 문을 열어놓고 잘게요."

수녀는 저택을 떠났다. 얼마 후 이번에는 하인 샤를이 남작의 지시를 받으러 왔다. 잠에서 깨어난 남작은 직접 지시를 내렸다.

"평소와 다를 게 없네, 샤를. 자네 방과 연결된 전기벨이 잘 작동하나 확인해보게. 벨이 울리면 즉시 달려가 의사를 모셔오게."

"장군님도 참, 매번 걱정이 많으십니다."

"좋지 않아…. 별로 안 좋다네. 자, 앙투아네트 양, 어디까지 읽었더라?"

"남작님, 잠자리에 드셔야지요?"

"천만에, 나는 아주 늦게 자네. 게다가 혼자서도 충분히 잠자리에 들 수 있어."

20분 후 노인은 다시 졸기 시작했고 앙투아네트는 까치발로 살짝 방을 빠져나왔다.

그때 샤를은 평소처럼 1층의 덧문과 창문을 전부 꼼꼼히 닫아걸고 있었다.

부엌에서 정원으로 통하는 문과 현관문에 빗장을 지르고 안전 사슬까지 채웠다. 그리고 지붕 아래의 4층에 있는 자기 방으로 돌아가 잠이 들었다.

한 시간쯤 지났을까, 샤를은 침대에서 벌떡 일어났다. 벨이 울리고 있었다. 7초에서 8초가량 끊임없이 울렸다….

'아이고, 남작님이 또 변덕을 부리시나 보군.' 샤를은 정신을 추스르며 생각했다.

옷을 주섬주섬 챙겨 입고 재빨리 계단을 내려와 평소처럼 남작의 방문을 두드렸다. 대답이 없자 일단 방으로 들어섰다.

'이런, 컴컴하네…. 불은 왜 끄신 거지?' 샤를이 중얼거렸다.

샤를은 나지막하게 간병인 여자를 불러보았다.

"앙투아네트 양?"

대답이 없었다.

"아가씨, 거기 계세요…? 무슨 일입니까? 남작님이 편찮으세요?"

주변은 여전히 조용하기만 했다. 침묵이 너무 오래 계속되자 샤를은 불안해졌다. 앞으로 두 걸음을 떼었다. 발에 뭔가가 채여 만져보니 넘어진 의자였다. 이내 다른 물건들도 손에 닿았다. 원탁과 병풍이었다. 샤를은 걱정스러운 마음이 들어 다시 벽 쪽으로 돌아와 손을 더듬어 전등을 찾았다. 마침내 스위치가 손에 닿자 곧바로 켰다.

방 한가운데, 탁자와 거울이 달린 옷장 사이에 주인 도트렉 남작이 널브러져 있었다.

"무슨 일이야! 이… 이런 일이…?" 샤를은 더듬거렸다.

어찌해야 할지 몰라 샤를은 꼼짝 못 하고 눈만 휘둥그레 뜬 채 난장판이 된 방 안을 살펴보았다. 의자는 나동그라져 있고 대형 크리스털 촛대는 산산조각으로 부서져 있었으며 괘종시계는 벽난로 앞 대리석 판 위로 넘어져 있었다. 모든 흔적으로 봐서 끔찍하고 거친 몸싸움이 벌어졌던 게 틀림없었다. 시체에서 멀지 않은 곳에서 강철로 된 단검 손잡이가 번뜩였다. 칼날에서는 피가 뚝뚝 떨어졌다. 침대 매트리스 주변에는 붉은 흔적으로 더러워진 손수건이 걸쳐 있었다.

샤를은 공포에 휩싸여 비명을 질렀다. 남작이 마지막 힘을 다해 몸을 쭉 펴는가 싶더니 금세 다시 움츠러들었기 때문이다… 이어 두세 차례 경련이 일어나더니 그걸로 끝이었다.

샤를은 다가가 시체를 살펴보았다. 목에 난 가느다란 상처에서 피가 콸콸 쏟아져나와 양탄자를 시커멓게 물들였다. 남작의 얼굴에는 끔찍한 공포가 그대로 각인되어 있었다.

"누군가 죽였어, 죽인 거라고." 샤를은 중얼거렸다.

그러고는 불현듯 다른 범죄가 벌어졌을지도 모른다는 생각에 전율했다. 간병인 여자가 바로 옆방에서 자지 않았던가? 살인범이 그 여자도 죽였다면?

간병인의 방문을 열어보았다. 방은 텅 비어 있었다. 샤를은 앙투아네트가 납치됐거나 범죄가 벌어지기 전에 방을 떠났을 거라고 결론지었다.

다시 남작의 방으로 돌아온 하인은 문득 책상으로 눈길을 주었다. 서랍은 강제로 연 흔적이 없었다.

더구나 남작이 매일 저녁 탁자 위에 놓아두던 열쇠 꾸러미와 지갑 옆에는 20프랑짜리 금화 한 움큼이 놓여 있었다. 샤를은 지갑을 집어들고 안을 살펴보았다. 100프랑짜리 지폐 열세 장이 들어 있었다.

순간 샤를은 자신도 어쩌지 못할 감정에 휩싸였다. 본능에 따라 그리고 반사적으로, 자신이 무엇을 하고 있는지 미처 깨닫기도 전에 지갑에서 지폐 열세 장을 꺼냈다. 윗도리 주머니에 지폐를 넣은 샤를은 허둥지둥 계단을 뛰어 내려와 차례로 빗장과 안전 사슬을 푼 뒤 다시 문을 닫고 정원으로 내달려 도망쳤다.

샤를은 본래 정직한 사내다. 철책 대문을 나선 샤를은 시원한 바람과 비가 얼굴을 식혀주자 곧바로 걸음을 멈췄다. 그제야 자신의 행동을 깨닫고 별안간 끔찍한 생각이 든 것이다.

마침 삯마차 한 대가 지나갔다. 샤를은 마부를 불러 마차를 세웠다.

"여봐요, 경찰서로 가서 경찰을 불러오세요…. 전속력으로 말입니다! 여기 살인이 났어요!"

마부는 말을 채찍질해 급히 떠났다. 샤를은 다시 저택으로 들어가려 했지만 그럴 수 없었다. 자기가 닫아버린 철문은 밖에서는 열 수 없는 문이었다.

저택에 아무도 없으니 초인종을 누르는 것도 소용없는 짓이었다.

샤를은 앙리 마르탱가에서 뮈에트가 쪽으로 이어진 잘 정돈된 관목 숲을 따라 서성거리며 기다렸다. 한 시간이 지나서야 샤를은 형사에게 사건을 설명하고 지폐 열세 장을 되돌려 줄 수 있었다.

그사이에 열쇠공이 도착했고 간신히 철문과 현관문을 여는 데 성공했다. 형사는 올라가자마자 방을 쓱 훑어보더니 뒤로 돌아 샤를에게 말했다.

"이런, 방이 엉망으로 흐트러져 있다고 하지 않았습니까."

샤를은 최면에 걸려 문턱에 못 박힌 사람처럼 서 있었다. 모든 집기며 가구가 제자리로 돌아와 있었다! 원탁은 두 창문 사이에 놓여 있고 의자들도 제대로 세워져 있으며 괘종시계도 벽난로 한가운데에 얌전히 놓여 있었다. 부서진 크리스털 촛대 조각도 온데간데없었다.

샤를은 기가 차서 입을 다물지 못하고 더듬거렸다.

"시, 시체는… 남작님은…."

"그러게요, 피해자는 어디 있습니까?" 형사가 외쳤다.

그러면서 형사는 침대로 다가갔다. 커다란 요를 들춰보니 베를린 주재 프랑스 대사를 지냈던 장군, 도트렉 남작이 누워 있었다. 레종 도뇌르 훈장이 달린 장군복이 남작의 몸에 덮여 있었다.

얼굴은 평온했으며 눈은 감겨 있었다.

하인이 더듬더듬 말했다.

"누군가 이곳에 왔던 겁니다."

"어디로 말인가요?"

"모르겠습니다, 하지만 분명 제가 없는 동안에 누가 온 거예요. 보세요, 여기 바닥이요. 강철로 된 아주 가느다란 단검이 있었어요…. 그리고 침대 매트리스 주변에는 피가 묻은 손수건이 있었고… 그런데 지금은 전부 없어졌어요…. 누군가 치운 겁니다…. 싹 정돈해놨다고요…."

"아니, 누가 말입니까?"

"살인자 말고 또 누가 있겠습니까!"

"문이 전부 잠겨 있지 않았습니까?"

"그자가 저택 안에 있었던 거지요."

"당신이 집 앞에 계속 서 있었으니 그럼 그자가 아직도 여기 있겠군요."

하인은 잠시 생각해보더니 느릿느릿 말했다.

"그래요…. 제가 철문에서 멀리 가지 않았으니… 하지만…."

"그럼 남작님 곁에서 마지막으로 본 사람이 누굽니까?"

"앙투아네트 양이에요. 간병인 아가씨지요."

"그 아가씨는 지금 어디에 있습니까?"

"침대에 들었던 흔적이 없는 걸 보면 제 생각에 오귀스트 수녀가 안 계신 틈을 타서 놀러 나간 것 같습니다. 놀랄 건 없지요, 예쁘장하고… 젊은 아가씨니까…."

"그 아가씨가 대체 어떻게 나갔을까요?"

"문으로 나갔겠지요."

"하지만 빗장과 안전 사슬까지 잠가 놓으시지 않았습니까!"

"문을 잠근 건 그 뒤일 거예요. 간병인이 이미 저택을 나가고 없었을 때였겠지요."

"그럼 간병인 아가씨가 나간 후에 범죄가 벌어졌다는 건가요?"

"그렇지요."

경찰은 저택을 샅샅이 수색했다. 하지만 범인은 달아나고 없었다. 어떻게? 어느 순간에? 범인이나 그 공범이 단서가 될 흔적을 없애려고 범죄 현장에 다시 돌아왔던 것일까? 이런 의문들이 수사 선상에서 제기되었다.

아침 7시에는 법의학자가, 8시에는 치안국장이 현장에 도착했다. 그다음에는 검사와 예심판사가 들렀다. 이 밖에도 경찰

관과 형사들, 기자들, 도트렉 남작의 조카와 다른 가족들이 몰려와 저택을 가득 메웠다.

집을 뒤지고 샤를의 증언에 따라 시체가 있었다던 위치를 재구성했으며 오귀스트 수녀가 돌아오자 질문을 퍼부었다. 하지만 아무것도 알아낼 수 없었다. 수녀는 그저 간병인 앙투아네트 브레아가 돌아오지 않았다며 의아해했을 뿐이었다. 열이틀 전에 자신이 직접 훌륭한 자격증을 가진 아가씨를 고용했기에, 수녀는 이 아가씨가 환자를 두고 밤에 놀러 갔을 거라는 이야기를 도통 믿지 않았다.

예심판사는 이 점에 대해 이렇게 강조했다.

"게다가 만약 그런 경우였다면 지금쯤은 돌아왔어야 합니다. 또 원점이로군요. 대체 이 아가씨는 어디로 간 겁니까?"

"제가 보기에 살인범한테 납치된 것 같습니다." 샤를이 말했다.

과연 있을 법한 가정이고 정황도 맞아떨어졌다. 치안국장이 말했다.

"납치됐다고? 하긴, 전혀 말이 안 되는 건 아니지."

이때 또 다른 목소리가 들려왔다.

"말도 안 될 뿐만 아니라 지금껏 조사한 사실과 정반대지요. 심지어 증거와도 들어맞지 않습니다."

무뚝뚝한 목소리에 거친 어조, 다름 아닌 가니마르 형사였다. 가니마르가 아니라면 그런 무례한 말투는 용납되지 않았을 것이다.

"이런, 자넨가, 가니마르? 미처 못 봤네."

뒤두이 국장이 큰 소리로 말했다.

"여기 온 지 두 시간 정도 됐습니다."

"그럼 클라페롱가 사건이나 23조 514번 복권 사건, 금발 여인이나 아르센 뤼팽 말고도 자네가 관심을 두는 게 있다는 말인가?"

"허! 지금 이 사건이 뤼팽하고 전혀 상관없다고 보이진 않습니다만… 일단 새로운 사실이 나올 때까지 복권 사건은 제쳐놓고 이 사건이나 살펴보지요."

가니마르가 냉소적으로 말했다.

가니마르는 수사 방법이 뛰어나 본보기가 되거나 사법 연감에 길이 이름을 남길 만큼 탁월한 형사는 아니다. 에드거 앨런 포의 뒤팽이나 에밀 가보리오의 르콕, 헐록 숌즈 같은 이들이 지닌 천재적 영감이 없다. 하지만 관찰력이나 통찰력, 끈기, 직관 등에서는 보통 사람이 보기에는 빼어난 자질을 지녔다. 특히 가니마르는 완벽히 독자적으로 수사했다. 이 형사는 그 어떤 것에도 당황하거나 좌지우지되지 않았다. 아르센 뤼팽이 가니마르에게 발산하는 일종의 마력만 제외하면 말이다.

이날 아침, 가니마르의 능력은 빛을 발했고 판사는 가니마르의 협조가 든든했다.

가니마르는 이렇게 말을 꺼냈다. "우선 샤를 씨는 이 점을 분명히 밝혀주십시오. 처음으로 방에 들어왔을 때 넘어져 있거나 위치가 바뀌어 있던 모든 물건이 그다음에 들어왔을 때는 완벽하게 제자리로 돌아가 있었습니까?"

"확실히 그랬습니다."

"그렇다면 이 물건들의 원래 위치를 아주 잘 아는 사람이 제자리로 돌려놓은 게 틀림없군요."

사람들은 이러한 지적에 깜짝 놀랐다. 가니마르는 말을 이었다.

"한 가지 질문을 더 하겠습니다, 샤를 씨…. 벨소리를 듣고 잠에서 깼다고 하셨습니다…. 당신은 누가 불렀다고 생각하십니까?"

"당연히 남작님이지요."

"그렇다고 합시다. 그럼 남작님은 언제 벨을 누르셨을까요?"

"몸싸움 후에… 숨을 거두는 순간이었겠지요."

"불가능합니다. 직접 보신 대로 남작님은 벨 스위치에서 4미터도 더 떨어진 곳에 의식을 잃고 쓰러져 있었습니다."

"그렇다면 싸우는 중에 누르셨겠지요."

"그것도 불가능합니다. 벨소리가 나고 샤를 씨가 방으로 들어오기까지, 길어야 3분 정도라고 직접 말씀하셨습니다. 그러니 남작님께서 싸움 중에 벨을 누르셨다면 몸싸움과 살인, 임종, 살인자의 도망까지 모두 3분이라는 짧은 시간 안에 일어났다는 뜻입니다. 다시 말씀드리지만 불가능한 일입니다."

예심판사가 끼어들었다.

"하지만 누군가 벨을 누르지 않았습니까. 그게 남작이 아니라면 누구란 말인가요?"

"살인범입니다."

"어떤 목적으로?"

"그자의 목적은 알 수 없습니다. 하지만 어쨌거나 살인범이 벨을 눌렀다는 사실은 그자가 이 벨이 하인 방과 연결되었음을 안다는 뜻입니다. 이 집에 사는 사람이 아니라면 이런 세세한 사실을 누가 알 수 있겠습니까?"

수사 범위가 점차 좁혀졌다. 간단명료하고 논리적인 몇 마디 말로 가니마르는 문제의 핵심을 파고들었다. 노형사의 생각은 분명했다. 따라서 예심판사는 자연스럽게 다음과 같이 결론 내렸다.

"그러니 간단히 말해 앙투아네트 브레아에게 혐의를 둔단 말이군요."

"혐의를 두는 게 아니라 범인으로 지목합니다."

"공범으로 말인가요?"

"도트렉 남작 살해자입니다."

"뭐라고요! 무슨 증거로…?"

"피해자의 오른손 주먹, 남작의 손톱이 힘껏 파고든 자리에서 발견한 이 머리카락 한 움큼이 그 증거지요."

가니마르가 문제의 머리카락을 보여주었다. 금줄처럼 눈부시게 빛나는 금발이었다. 샤를이 중얼거렸다.

"앙투아네트 양의 머리카락이 맞습니다. 틀림없어요."

그러더니 덧붙였다.

"그리고… 다른 게 있는데… 제 생각에 그 단검이… 그러니까 다시 왔을 때 사라지고 없던 그 단검은… 앙투아네트 양의 것이에요…. 그걸로 편지 봉투를 뜯곤 했지요."

여자가 저지른 범죄라니 더욱 끔찍하게 여겨진 듯 샤를의 말이 끝나자 견디기 어려운 긴 침묵이 흘렀다. 예심판사가 의견을 내놓았다.

"새로운 증거가 나타날 때까지 앙투아네트 브레아가 남작을 살해했다고 칩시다. 그렇다면 범죄를 저지른 후에 어떻게 빠져나갔으며 샤를 씨가 나간 다음 어떻게 다시 들어왔는지, 또 형사가 도착하기 전에 어떻게 다시 빠져나갔는지를 설명해야 합니다. 가니마르, 이에 대해 의견이 있습니까?"

"없습니다."

"없다고요?"

가니마르는 당황한 기색을 보였다. 간신히 생각을 추슬러 입을 떼었다.

"제가 말할 수 있는 건 이 범죄 방식이 23조 514번 복권 사건과 동일하다, 즉 사라지는 능력이라 부를 만한 현상이 두 사건 모두에 나타난다는 겁니다. 앙투아네트 브레아가 이 저택에 나타났다가 사라졌고, 이는 아르센 뤼팽이 드티낭 변호사 사무실에 홀연히 나타났다가 금발 여인과 함께 사라졌던 일과 같습니다."

"그게 의미하는 바는 뭘까요?"

"기묘하다고밖에 할 수 없는 두 가지 우연으로 자꾸 생각이 쏠리는군요. 우선 한 가지 우연은 앙투아네트 브레아가 오귀스트 수녀에게 고용된 날이 열이틀 전이라는 것입니다. 그날은 금발 여인이 제 손아귀에서 빠져나간 다음 날입니다. 다른 하나는 금발 여인의 머리카락이 여기서 발견된 금속성 느낌의 금색 머리카락과 똑같은 색깔이라는 사실입니다."

"당신 말에 따르면, 앙투아네트 브레아가…."

"바로 금발 여인이지요."

"그렇다면 뤼팽이 이 두 사건의 배후에 있다는 이야기입니까?"

"그렇다고 생각합니다."

갑자기 껄껄대는 웃음소리가 터졌다. 치안국장이 배를 움켜쥐고 웃고 있었다.

"뤼팽! 그놈의 뤼팽! 매번 뤼팽 타령이군, 뤼팽이 어딜 가나 있단 말인가!"

"있으니까 있다고 하는 겁니다." 가니마르는 기분이 상해 툭 내뱉었다.

뒤두이 국장이 지적했다.

"그래도 어딘가에 나타났다면 이유가 있을 게 아닌가. 지금 이 사건에선 그 이유란 게 좀 모호해 보이는군. 책상을 부수어 연 흔적도 없고 지갑을 훔쳐가지도 않았네. 심지어 탁자 위에 금화까지 그대로 있고 말이야."

이때 가니마르가 외쳤다.

"생각났습니다, 그 유명한 다이아몬드가 어디에 있습니까?"

"무슨 다이아몬드 말인가?"

"푸른 다이아몬드 말입니다! 프랑스 왕관에 박혀 있던 다이아몬드로, A 후작이 여배우 레오니드 L에게 양도했고 여배우가 죽고 나자 자신이 사모했던 그 뛰어난 여배우를 기리려고 도트렉 남작이 사들였지요. 젊은 사람들이라면 몰라도 제 나이쯤 되는 파리 사람이라면 잊을 수 없는 일화 중 하나입니다."

예심판사가 말했다. "그렇군요. 그 다이아몬드가 없어졌다면 모든 게 설명되는군요…. 그런데 어디에서 찾을 수 있을까요?"

샤를이 대답했다.

"남작님 손가락에 있습니다. 남작님은 푸른 다이아몬드를 왼손에서 빼신 적이 없어요."

가니마르가 피해자에게 다가서며 말했다.

"그 손을 봤습니다. 보시다시피 금반지만 있습니다."

"손바닥 쪽을 보세요." 하인이 다시 말했다.

가니마르는 오므려 있던 손가락을 폈다. 과연 거미발이 안쪽으로 돌아가 있고 거기에는 휘황찬란한 푸른 다이아몬드가 박혀 있었다.

"제기랄, 대체 무슨 영문인지 모르겠군." 가니마르는 어안이 벙벙해서 중얼거렸다.

"가니마르, 이제 그 딱한 뤼팽은 그만 의심하는 게 어떤가?" 뒤두이 국장이 빈정거렸다.

한동안 생각해보더니 가니마르는 거만한 어조로 반박했다.

"이렇듯 뭐가 뭔지 모를 때야말로 아르센 뤼팽을 의심할 수밖에 없습니다."

사법 당국이 진행한 이 이상한 범죄의 초동수사는 그 범죄가 일어난 다음 날 이렇게 막을 내렸다. 모호했으며 일관성이 없는 수사였고, 이후에 진행된 심리를 통해서도 일관되고 확실한 가닥이 잡히지 않았다. 앙투아네트 브레아가 어떻게 드나들었는지 오리무중이었으며 금발 여인에 대해서도 마찬가지였다. 게다가 황금빛 머리카락의 불가사의한 여인이 대체 누구인지, 도트렉 남작을 살해했음에도 프랑스 왕관에 박혀 있던 그 훌륭한 다이아몬드를 손가락에서 빼 가지 않은 사람이 누구인지 알아낼 수 없었다.

무엇보다 금발 여인이 불러일으키는 호기심 때문에 이 사건은 엄청난 범죄로 간주되었고 사람들의 관심은 더욱 고조되었다.

이번 사건으로 홍보 효과를 톡톡히 받은 도트렉 남작의 상속자들은 큰 이득을 보았다. 원래 드루오 경매장(파리의 유서 깊은 경매장─옮긴이)에서 팔아야 할 남작의 가구와 물건들을 아예 앙리 마르탱가 저택에 전시해놓았다. 남작의 가구들은 현대식이라 품격이 없었으며 다른 물건들도 예술적 가치가 별로 없었다…. 하지만 전시실 한가운데에는 검붉은 벨벳 받침에 반구형 유리 보호막 덮개가 있고 경찰관 두 명이 서서 지키는 물건이 있었으니, 바로 푸른 다이아몬드 반지다.

휘황찬란하고 거대하며 비할 바 없이 순도가 높은 다이아몬드였다. 하늘빛을 머금은 맑은 물빛처럼 무한하고 순백색 리넨을 연상시키는 푸른빛을 띠었다. 사람들은 감탄하며 넋을 잃고 바라보았다…. 또한 사람들은 피해자의 방을 두려움에 떨며 들여다보았다. 시체가 널브러져 있던 곳과 피 칠갑을 한 양탄자를 걷어낸 마룻바닥, 특히 범인인 미지의 여인이 흔적도 없이 빠져나갔을 사방의 벽을 바라보았다. 경찰이 샅샅이 살펴본 결과 벽난로 대리석은 꿈쩍도 안 했고, 벽에 걸린 거울 테두리에도 거울을 회전시킬 용수철 장치 따위는 없었다. 사람들은 어딘가에 있는 뻥 뚫린 구멍이나 터널 입구가 하수도나 지하 묘

지로 연결되었으리라고 상상했다.

푸른 다이아몬드는 드루오 경매장에서 판매되었다. 어마어마한 인파가 몰려들었으며 경매 열기는 가히 하늘을 찔렀다.

내로라하는 파리 저명인사는 모두 모였다. 실제로 반지를 사러 온 사람들, 자신이 반지를 살 재력이 있다고 믿게 하려는 사람들, 증권 거래인, 예술가, 각계각층의 부인들, 장관 두 명, 이탈리아 테너 가수, 유배 중인 왕도 있었다. 이 왕은 자기 재정 상태 신용도를 높이려고 입찰가를 10만 프랑까지 올려놓는 여유를 부렸다. 짐짓 태연한 척했지만 목소리가 파르르 떨렸다. 10만 프랑! 이 정도 액수야 문제없이 지급할 수 있다는 뜻을 내비치기 위한 것이었다. 이탈리아 가수는 15만 프랑까지 불렀고 예술가협회의 한 여자 회원은 17만 5000프랑을 불렀다.

급기야 20만 프랑에 이르자 웬만한 수집가들은 기가 꺾였다. 입찰가 25만 프랑에 이르러서는 입찰자가 두 사람밖에 남지 않았다. 유명한 금융업자이자 금광계의 황제 헤르슈만, 그리고 다이아몬드와 보석 소장품으로 명성이 자자한 미국인 재력가 크로종 백작부인이었다.

"26만… 27만… 27만 5000… 28만….

경매 진행자가 입찰자 두 사람을 번갈아 바라보며 질문하듯 외쳤다….

"부인께서 28만 프랑을 부르셨습니다…. 더 부르실 분 없습니까…?"

"30만." 헤르슈만이 나직이 말했다.

침묵이 감돌았다. 모두 크로종 백작부인을 쳐다보았다. 일어선 채 미소 짓고 있었으나 동요한 기색이 역력한 창백한 얼굴로 앞에 있는 의자 등받이를 짚고 있었다. 사실 백작부인도, 경매장에 모인 모든 사람도 이 경매가 어떻게 끝날지 잘 알고 있었다. 논리적으로 따지면 5억 프랑을 웃도는 재산을 가지고 객기를 부리는 금융업자 헤르슈만의 승리가 확실했다. 백작부인이 입을 열었다.

"30만 5000."

다시 침묵이 감돌았다. 이번에는 모두 금광 황제 쪽을 바라보며 당연히 더 높은 가격을 부르기를 기다렸다. 분명 엄청난 가격을 불러 경매를 끝장낼 게 틀림없었다.

하지만 그런 일은 일어나지 않았다. 헤르슈만은 꿈쩍도 안 하고 오른손에 든 종이쪽지를 뚫어지게 바라보았다. 왼손에는 뜯긴 봉투 하나가 들려 있었다.

"30만 5000프랑입니다." 경매 진행자가 다그쳤다. "하나… 둘… 아직 시간은 있습니다…. 더 부르실 분 없습니까…? 반복하겠습니다. 하나… 둘…?"

헤르슈만은 아무 말이 없었다. 결정적인 침묵이 흐른 후 진행자가 망치를 내리쳤다.

"40만." 망치 소리에 혼수상태에서 깨어난 사람처럼 소스라치게 놀라며 헤르슈만이 외쳤다.

하지만 이미 늦었다. 경매는 돌이킬 수 없다.

모두 헤르슈만 주변으로 몰려들었다. 무슨 일이 벌어졌던 걸까? 왜 좀 더 일찍 말하지 않았을까?

헤르슈만이 별안간 껄껄 웃었다.

"무슨 일이 벌어졌느냐고요? 정말이지, 저도 모르겠습니다. 잠시 정신이 분산됐던 터라."

"어떻게 그럴 수 있습니까?"

"그렇게 됐습니다. 누가 편지를 전해와서요."

"그렇다고 편지 하나 때문에…."

"어떻게 정신이 분산될 수 있었느냐고요? 뭐, 그 순간엔 그랬습니다."

가니마르가 경매장에 와 있었다. 반지 경매를 보러 온 것이다. 가니마르 경감은 한 경매장 직원에게 다가갔다.

"헤르슈만 씨에게 편지를 전한 게 자네 맞지?"

"예."

"누가 편지를 전하라 했나?"

"한 부인께서 시켰습니다."

"그 부인은 지금 어디에 있지?"

"어디에 있느냐고요…? 아, 저기 보입니다…. 진보라색 옷을 입은 부인이에요."

"지금 나가는 부인?"

"맞습니다."

서둘러 문 쪽으로 달려간 가니마르는 계단을 내려가는 부인을 보았다. 서둘러 따라갔다. 하지만 출입구에 인파가 몰리는 바람에 할 수 없이 걸음을 멈추었다. 밖으로 나와보니 여인은 이미 사라지고 없었다.

가니마르는 경매장으로 돌아와 헤르슈만에게 자신을 소개하고 문제의 편지에 대해 물어보았다. 헤르슈만은 편지를 노형사에게 건넸다. 연필로 급히 쓴 편지였고 헤르슈만이 모르는 글씨체로 이렇게 적혀 있었다.

푸른 다이아몬드는 불행을 가져옵니다. 도트렉 남작을 기억하십시오.

푸른 다이아몬드가 불러일으킨 파란은 이게 전부가 아니다. 도트렉 남작 살인 사건과 드루오 경매장 사건으로 이미 장안이 들썩하긴 했으나 정작 다이아몬드가 유명세를 탄 때는 6개월 후다. 그해 여름 크로종 백작부인이 그토록 힘들여 얻은 이 귀한 보석을 도난당하고 말았기 때문이다.

나로서도 이제야 이 사건의 전말을 마음 놓고 밝힐 수 있으니, 놀랍고 극적인 상황 덕분에 우리 모두 열광했던 이 기이한 사건을 다시 한 번 요약해보자.

8월 10일 저녁, 크로종 백작과 백작부인의 초대를 받은 손님들은 솜 강 하구가 내려다보이는 훌륭한 성채의 응접실에 모였다. 곡이 연주되었다. 백작부인은 피아노를 치기 위해 장신구들을 빼어 피아노 옆의 작은 가구 위에 올려놓았다. 도트렉 남작의 반지도 그중에 있었다.

한 시간 후 백작은 자신의 사촌 앙델 형제와 크로종 백작부인의 절친한 친구 드 레알 부인과 함께 자리에서 물러났다. 백작부인은 블라이셴 오스트리아 영사 부부와 함께 남았다.

이들은 이야기를 나눴다. 잠시 후 자리를 뜨면서 백작부인은 응접실 탁자에 놓인 커다란 등불을, 블라이셴 영사는 피아

노 위에 놓인 등불 두 개를 껐다. 한순간 응접실이 칠흑같이 캄캄해져서 모두 당황했으나 블라이셴 영사가 얼른 촛불을 밝혔고, 세 사람은 이내 각자 자신이 기거하는 방으로 돌아갔다. 자기 방에 도착한 백작부인은 장신구를 응접실에 두고 왔음을 즉시 깨닫고 하녀에게 찾아오라고 시켰다. 돌아온 하녀는 벽난로 위 선반에 보석들을 올려두었는데 백작부인은 이때 특별히 보석들을 확인하지는 않았다. 이튿날 크로종 부인은 반지 하나가 없어졌음을 발견했다. 바로 푸른 다이아몬드 반지였다.

부인은 곧바로 남편에게 이 사실을 알렸고 부부는 곧바로 결론을 내렸다. 하녀는 의심할 필요도 없었으므로 범인은 블라이셴 영사였다.

백작은 아미앵 중앙 경찰서에 이 사실을 신고했고, 경찰서장은 곧바로 수사에 들어가 오스트리아 영사가 반지를 팔거나 외부로 넘기지 못하도록 은밀하지만 철저한 감시망을 폈다.

그리고 경찰은 밤낮없이 성채 주변을 지켰다.

이렇다 할 사건 없이 2주가 흘렀다. 블라이셴 영사가 크로종 백작의 성을 떠난다고 알려왔다. 바로 그날, 영사를 상대로 고소가 접수됐다. 경찰서장은 공식적으로 개입해 영사의 짐을 수색하라고 지시했다. 그런데 영사가 항상 열쇠를 지니고 다니던 작은 가방 안에 가루비누 병이 있었고, 그 병 안에 반지가 있었다!

블라이셴 영사는 현장에서 체포되었고 부인은 실신했다.

피고가 어떤 변호를 펼쳤는지 모두가 똑똑히 기억할 것이다. 영사는 반지가 자기에게 있었던 이유는 크로종 백작이 복수하려고 일을 꾸몄기 때문이라고 했다. "백작은 성정이 거칠고 평소에 아내를 괴롭혀왔습니다. 백작부인과 오래 대화를 나눈 저는 부인께 이혼하시라고 강력히 권유했습니다. 이 사실을 알고서 백작이 반지를 가져다 제 세면도구에 넣어 복수하려고 했단 말입니다."

한편 백작부부는 자신들의 고소 내용을 강하게 밀고 나갔다. 영사의 설명이나 백작부부의 설명 모두 일리가 있고 정황이 그럴듯해서 사람들은 이쪽 아니면 저쪽 의견을 골라잡았다. 팽팽히 맞선 두 주장 가운데 어느 하나를 뒷받침해줄 새로운 사실도 밝혀지지 않았다. 한 달 동안을 떠들고 가설을 세워보며 조사를 벌였으나 확실한 사실은 밝혀지지 않았다.

이 모든 소동에 지치고 영사의 혐의를 뒷받침할 아무런 증거도 내세우지 못한 크로종 부부는 파리 경찰청에 이 복잡한 사건을 해결해줄 요원을 보내달라고 요청했다. 이리하여 이 사건에 가니마르가 투입되었다.

노형사는 나흘 동안 구석구석 저택을 뒤지고 정원을 돌아다녔다. 하녀, 운전기사, 정원사, 인근에 있는 우체국 직원들을 상대로 오랫동안 면담했으며 블라이센 부부나 사촌 앙델 형제, 드 레알 부인이 머물던 방을 조사했다. 그러더니 어느 날 아침 가니마르는 백작부부에게 아무 말도 없이 사라졌다.

그로부터 일주일 후 백작부부는 이와 같은 전보를 받았다.

내일, 금요일 오후 5시, 부아시 당글레가에 있는 '테 자포네(일본 차라는 뜻 – 옮긴이)' 찻집으로 와주시길 바람.

—가니마르

금요일 5시 정각, 백작부부의 자동차가 부아시 당글레가 9번지 앞에 멈췄다. 노형사는 찻집 앞에서 이들을 기다리고 있다가 한마디 설명도 없이 이들을 '테 자포네' 2층으로 인도했다.

찻집의 한 방에서 두 사람이 기다리고 있었다. 가니마르가 이들을 소개해주었다.

"베르사유 고등학교 교사 제르부아 씨입니다. 기억하시겠지만, 아르센 뤼팽이 이분께 50만 프랑을 훔쳐갔지요. 그리고 레옹스 도트렉 씨, 도트렉 남작의 조카이자 상속인이십니다."

네 사람은 자리를 잡고 앉았다. 몇 분 후 다섯 번째 인물이 도착했다. 치안국장이었다.

뒤두이 국장은 상당히 불쾌해 보였다. 인사하자마자 이렇게 내뱉었다.

"그래, 무슨 일인가, 가니마르? 경찰청으로 전화 메시지를 보내놓았더군. 중요한 일인가?"

"아주 중요합니다, 국장님. 한 시간 안에 제가 관여했던 최근의 모든 사건이 이 자리에서 해결될 겁니다. 그래서 국장님이 이 자리에 반드시 오셔야 한다고 판단했습니다."

"디외지와 폴랑팡 형사도 반드시 여기 있어야 했나? 문 근처에서 보았네."

"그렇습니다, 국장님."

"이유가 뭔가? 누굴 체포하기라도 하는 건가? 이렇게 잔뜩 꾸며놓다니! 자, 가니마르, 말해보게."

가니마르는 잠시 머뭇거리더니 듣는 사람에게 강한 인상을 주려는 듯한 어조로 말을 꺼냈다.

"우선 블라이셴 씨는 반지 절도 사건과 아무런 관련이 없다고 단언합니다."

"오호! 그렇게 간단히 단정해버리다니…. 그건 심각한 발언일세." 뒤두이 국장이 말했다.

백작도 물어왔다.

"고작 그… 그 사실을 알리겠다고 이 소동을 피웠단 말입니까?"

"아닙니다, 백작님. 절도 사건이 일어난 지 이틀 후 우연한 일치인지는 모르지만 백작님 댁 손님 세 분이 자동차로 유람을 나가 크레시 마을을 둘러보았습니다. 그곳에서 두 분이 유명한 전쟁터(백년전쟁 중 가장 중요했던 전투인 크레시 전투 유적지 – 옮긴이)를 둘러보시는 동안 나머지 한 분은 황급히 우체국에 가서 끈으로 동여맨 작은 상자를 소포로 부쳤습니다. 규정에 맞게 봉인했고 그 가치를 100프랑이라고 적었지요."

백작이 반박했다.

"전혀 이상할 게 없는 일입니다."

"그럼 그 사람이 자신의 본명 대신 루소라는 이름으로 소포를 부쳤고, 소포 수신인인 파리 거주자 브루 씨는 소포를 받자마자 그날 저녁에 이사했다면 어떻습니까? 좀 이상하다고 여겨지지요. 게다가 그 소포는 바로 푸른 다이아몬드 반지였습니다."

"그렇다면 혹시 그 사람이 내 사촌 앙델 형제 중 한 명이었습니까?" 백작이 물었다.

"그분들이 아니었습니다."

"그렇다면 드 레알 부인?"

"그렇습니다."

백작부인이 당황하여 소리쳤다.

"제 친구인 드 레알 부인이 범인이라는 겁니까?"

"단순한 질문입니다만, 부인, 드 레알 부인이 푸른 다이아몬드 경매에 와 계셨습니까?" 가니마르가 되물었다.

"예, 하지만 따로 있었어요. 우리는 함께 있지 않았어요."

"혹시 백작부인이 그 반지를 사도록 권한 게 드 레알 부인이었습니까?"

백작부인은 기억을 더듬어보았다.

"예…. 그래요…. 심지어 처음 그 이야기를 꺼낸 사람도 드 레알 부인이었던 것 같아요."

"중요한 질문을 하겠습니다, 부인. 그러니까 백작부인께 처음으로 푸른 다이아몬드 반지 이야기를 하고, 또 그 반지를 구매하라고 권한 사람이 드 레알 부인인 게 확실합니까?"

"하지만… 제 친구는 그런 짓을 할 수가…."

"죄송합니다. 정말 죄송한 말이지만, 드 레알 부인은 가끔 만나는 친구일 뿐이지 절친한 친구는 아니지요. 신문에서는 두 분이 절친하다고 떠들어댔고, 그 덕분에 처음부터 드 레알 부인에게 혐의를 두지 않았습니다. 사실 부인께서는 그분을 지난 겨울부터 알아왔을 뿐이지요. 드 레알 부인이 자신이나 과거 행적, 인간관계에 대해 한 이야기가 전부 거짓말이라는 걸 증명할 수도 있습니다. 블랑슈 드 레알 부인은 백작부인을 만난 지난겨울 이전에는 존재하지 않았으며 현재 이 시각에도 존재하지 않는 사람이라는 점도 말입니다."

"그래서요?"

"그래서라니요?" 가니마르가 되물었다.

"그래요. 이 모든 이야기가 매우 놀랍지만, 드 레알 부인이 이번 사건과 어떻게 연관된다는 거지요? 설사 드 레알 부인이 반지를 훔쳤다고 해봐요. 물론 이 사실은 증명되지도 않았지만요. 그렇다면 그걸 왜 블라이셴 씨 가루비누 병에 숨겼을까요? 정말 이상하지 않나요! 푸른 다이아몬드를 그렇게 애써 훔쳤으면 가지고 있었겠지요. 이 부분에 대해서는 어떻게 대답하시겠어요?"

"드릴 말씀이 없습니다. 그건 드 레알 부인이 대답해줄 겁니다."

"그렇다면 그 사람이 존재한단 말씀인가요?"

"존재하기도 하고… 한편으로는 존재하지 않습니다. 간단히 말하면 이렇습니다. 사흘 전 제가 매일 보는 신문의 외지인 명단 맨 윗줄에 트루빌 시 '보리바주 호텔 체류자 : 드 레알 부인 등'이라고 나와 있었습니다. 그런데 마침 제가 그날 저녁에 트루빌에 있었거든요. 그래서 보리바주 호텔 지배인을 만나봤지요. 인상착의와 몇 가지 단서를 종합해본 결과 드 레알 부인이 바로 제가 찾던 사람이더군요. 드 레알 부인은 호텔을 떠나면서 파리 콜리제가 3번지라고 자기 주소를 남겼습니다. 그저께 이 주소를 찾아가 보니 드 레알 부인은 없고 레알 부인이란 여자가 3층에 살고 있다더군요. 다이아몬드 판매 중개를 하며 자주 집을 비운다고 했고, 바로 그 전날 여행에서 돌아왔다는 이야기도 들었습니다. 저는 어제 다시 그 집에 찾아가 가명을 대고 레알 부인에게 고가의 보석을 살 만한 사람들을 알선해주겠다고 했습니다. 오늘 바로 이 자리에서 만나기로 약속했지요."

"뭐라고요! 지금 그 부인을 기다리고 있단 말인가요?"

"5시 30분에 오기로 했습니다."

"확신하는 건가요…?"

"그 부인이 크로종 성의 드 레알 부인이냐고요? 확실한 증거가 있습니다. 그러나… 잠깐만요…. 폴랑팡 형사가 신호를 보내고 있습니다…."

휘파람 소리가 한 차례 울려 퍼지자 가니마르가 잽싸게 일어났다.

"서둘러야겠습니다. 크로종 내외분께서는 옆방으로 자리를 옮겨주십시오. 도트렉 씨와… 제르부아 씨도요…. 문은 잠그지 않을 거고 뭔가 낌새가 보이면 바로 알릴 테니 들어오십시오. 국장님께서는 여기 계십시오."

"만약 다른 사람이 오면?" 뒤두이 국장이 말했다.

"아닙니다. 여기는 새로 개업한 곳인 데다 주인이 제 친구니 아무도 들여보내지 않을 겁니다…. '금발 여인'을 제외하고요."

"'금발 여인'이라고! 그게 무슨 말인가?"

"바로 그 금발 여인입니다. 아르센 뤼팽의 공범이자 친구인 불가사의한 '금발 여인' 말입니다. 혐의를 뒷받침할 만한 확실한 증거가 있을 뿐 아니라 그 여자에게 피해를 본 사람들의 증언을 이곳에서 한데 모으려고 합니다."

가니마르가 창문으로 몸을 기울였다.

"그 여자가 오는군요…. 들어옵니다…. 이제 달아날 방법은 없습니다. 폴랑팡과 디외지 형사가 문을 지키고 있으니까요…. '금발 여인'이 우리 손아귀에 있습니다, 국장님!"

이 말이 끝나자마자 한 여자가 문간에 나타났다. 키가 크고 날씬했으며 얼굴은 백옥 같았다. 머리카락은 강렬한 금빛이었다.

가니마르는 감정이 북받친 나머지 숨이 막혀 단 한마디도 할 수 없었다. 그 여자가 여기, 바로 자기 앞에 있다!

아르센 뤼팽을 상대로 거둔 이 얼마나 통쾌한 승리인가! 얼마나 훌륭한 복수란 말인가! 어찌나 간단히 이룬 승리인지, 뤼팽이 또다시 기적 같은 방법으로 '금발 여인'을 손아귀에서 빼갈 듯한 생각마저 들었다.

하지만 여자는 기다리고 있었다. 분위기가 너무 고요한 데 놀라 걱정스럽게 자기 주위를 둘러보았다.

'저 여자는 떠날 거야! 사라져버리겠지!' 가니마르는 생각했다.

그래서 불쑥 여자와 문 사이를 가로막고 섰다. 여자는 뒤돌아서 떠나려고 했다.

"안 돼요, 안 됩니다. 왜 떠나려고 하십니까?" 가니마르가 말했다.

"아니, 선생님, 왜 그렇게 행동하시는지 도무지 모르겠군요. 저를 그냥 떠나도록…."

"떠나실 필요가 전혀 없습니다. 아니, 부인, 반대로 꼭 계셔야합니다."

"하지만…."

"소용없습니다. 떠나시지 못합니다."

여자는 하얗게 질려서 무너지듯 의자에 주저앉아 간신히 입을 떼었다.

"무얼 원하시나요…?"

가니마르는 승리했다. '금발 여인'을 손아귀에 넣었으니까. 제정신을 차린 가니마르는 말문을 열었다.

"제가 말씀드렸던 친구를 소개해드리지요. 보석을 구매하겠다던 그 친구 말입니다…. 특히 다이아몬드였지요. 약속하신 건 구하셨습니까?"

"아니, 아니…. 무슨 말씀인지… 기억이 안 나요."

"기억이 날 겁니다…. 잘 생각해보세요…. 아시는 분에게서 색깔 있는 다이아몬드를 받기로 했다고 하셨지요…. 제가 웃으며 '푸른 다이아몬드랑 비슷한 물건'이라고 말했더니 부인께서 '그거라면 아마 구할 수 있을 것 같다'라고 대답하셨습니다. 기억나십니까?"

여자는 말이 없었다. 들고 있던 작은 핸드백이 바닥에 떨어졌다. 여자는 핸드백을 재빨리 주워 품에 끌어안았다. 손가락이 미세하게 떨렸다.

가니마르가 말했다.

"자, 우리를 못 믿는 것 같군요, 드 레알 부인. 그럼 제가 먼저 본을 보이겠습니다. 제가 가진 걸 보여드리지요."

가니마르는 자기 지갑에서 종이를 하나 꺼내 펼치더니 거기에 든 머리카락 몇 올을 집어 내밀었다.

"우선, 이건 앙투아네트 브레아의 머리카락입니다. 남작이 잡아챈 건데 사망자 손에서 나왔지요. 제르부아 양을 만나 물어보니 이 머리칼 색이 '금발 여인'의 머리칼 색과 일치한다고 말했고… 바로 부인 머리칼 색과 같습니다…. 아주 똑같지 않습니까?"

여자는 어리둥절한 얼굴로 가니마르를 바라보았다. 가니마르가 무슨 말을 하는지 정말로 모르겠다는 표정이었다. 형사는 말을 이었다.

"그리고 이건 향수병 두 개입니다. 상표도 없고 비어 있지만, 여전히 강한 향기가 납니다. 오늘 아침에 '금발 여인'과 2주 동안 여행했던 제르부아 양을 만나 물어보았고 이 향수가 그 여자의 향수였다고 확인해주었습니다. 향수병 중 하나는 크로종 성 드 레알 부인 방에서 가져온 것이고 다른 하나는 바로 부인께서 묵었던 보리바주 호텔 방에서 가져온 겁니다."

"무슨 말씀을 하시는 거지요…! 금발 여인… 크로종 성이라니요…."

대답은 하지 않고, 형사는 탁자 위에 종이 네 장을 늘어놓았다.

가니마르가 말했다.

"끝으로! 이 종이 네 장이 무엇인지 말씀드리겠습니다. 하나는 앙투아네트 브레아의 글씨체, 또 하나는 푸른 다이아몬드 경매 때 어느 부인이 헤르슈만 남작에게 전달한 쪽지의 글씨체, 세 번째는 크로종 성에 머물렀을 때 드 레알 부인의 글씨체, 네 번째는… 바로 부인의 글씨체가 쓰인 종이입니다…. 트루빌의 보리바주 호텔 짐꾼에게 이름과 주소를 써주셨던 종이지요. 자, 글씨체를 비교해보십시오. 모두 똑같습니다."

"아니, 선생님, 정신이 어떻게 되셨군요! 정말 제정신이 아니세요! 지금 무슨 말씀을 하시는 거예요?"

"무슨 말이냐고요, 부인." 가니마르는 과장된 몸짓을 하며 외쳤다. "금발 여인, 즉 아르센 뤼팽의 친구이자 공범이 바로 부인이라는 겁니다."

형사는 옆 응접실로 통하는 문을 열어젖히고 제르부아에게 달려가 레알 부인 앞으로 데려왔다.

"제르부아 씨, 드티낭 변호사 사무실에서 보셨던 따님 납치범인데 알아보시겠습니까?"

"아니요."

뜻밖의 대답에 충격이 휩쓸고 지나갔다. 가니마르가 휘청였다.

"아니라고요? 그게… 가능합니까…? 보세요, 잘 생각해보십시오…."

"잘 생각해봤습니다…. 이 부인께서는 '금발 여인'처럼 금발이고… 피부도 그만큼 창백하지만… 전혀 닮지 않았습니다."

"믿을 수가 없군요…. 그런 실수를 하다니 말이 안 돼요…. 도트렉 씨, 앙투아네트 브레아를 알아보시겠지요?"

"작은아버지 댁에서 앙투아네트 브레아를 본 적이 있습니다…. 하지만 이분은 아닙니다."

"이 부인은 드 레알 부인도 아닙니다." 크로종 백작도 딱 잘라 말했다.

이 말은 최후의 일격과도 같았다. 가니마르는 얼이 빠져 아무 말 없이 고개를 숙인 채 시선을 피했다. 자기가 세운 가설 중 하나도 들어맞는 게 없다. 공들여 이룬 수사가 무산된 셈이었다.

뒤두이 국장이 일어섰다.

"우리의 실수를 용서해주십시오, 부인. 절대 일어나서는 안 될 혼동이 있었으니 잊어주시길 바랍니다. 하지만 한 가지 이해되지 않는 점이 있습니다만, 왜 그렇게 당황하셨는지요…. 이곳에 도착한 이후로 다소 이상한 행동을 보이셨습니다."

"맙소사, 선생님, 겁이 났던 거지요…. 10만 프랑을 웃도는 보석이 제 가방에 들어 있으니까요. 또 선생님의 동료인 저분 태도가 이상하기도 했고요."

"그럼 자주 집을 비우시는 이유는…?"

"제 직업상 어쩔 수 없는 일 아니겠어요?"

뒤두이 국장은 할 말이 없었다. 자기 부하에게 몸을 돌렸다.

"자네가 한심하리만치 경솔하게 정보를 다룬 것 같군. 게다가 레알 부인께 대단히 무분별한 태도를 보였네. 내 사무실로 와서 이 일을 해명하도록 하게."

만남은 이렇게 끝이 났고 치안국장이 막 자리를 떠나려는 순간, 정말 놀라운 일이 벌어졌다. 레알 부인이 가니마르에게 다가가서 이렇게 말했다.

"선생님의 성함이 가니마르라고 들었는데… 맞나요?"

"맞습니다."

"그렇다면 이 편지를 선생님께 드리는 게 옳겠군요. 오늘 아침에 받은 편지인데, 보시다시피 겉봉 주소에 '쥐스탱 가니마르 씨 앞, 레알 부인 전교'라고 쓰여 있어요. 선생님 본명을 모르고 있었으니 그저 장난인 줄 알았지요. 하지만 이 발신자는 우리의 약속을 알고 있었던 것 같군요."

기묘한 충동에 사로잡힌 쥐스탱 가니마르는 편지를 낚아채 갈가리 찢어버리고 싶었다. 하지만 상관 앞에서 감히 그럴 수 없어서 점잖게 편지봉투를 뜯었다. 편지에는 다음과 같이 쓰여 있었고, 가니마르는 들릴락 말락 한 목소리로 읽어 내려갔다.

옛날 옛적에 금발 여인과 뤼팽, 가니마르라는 사람이 살았습니다. 못된 가니마르는 어여쁜 금발 여인을 해치려고 했지만 착한 뤼팽은 그걸 바라지 않았어요. 착한 뤼팽은 금발 여인이 크로종 백작부인과 친해지길 바라는 마음에 드 레알 부인이라는 이름을 쓰게 했습니다. 그 이름은 정직하며 머리카락이 금빛이고 얼굴은 새하얀 여자 상인의 이름(조금 다르긴 했지만)이지요. 착한 뤼팽은 이렇게 생각했습니다. '만약 못된 가니마르가 금발 여인을 찾아 나섰을 때 금발 여인 대신 정직한 상인을 뒤쫓는다면 얼마나 좋을까!' 이토록 신중을 기했으니 이제야 그 덕을 보는군요. 못된 가니마르가 보는 신문에 낸 작은 광고, 진짜 금발 여인이 보리바주 호텔에 슬쩍 남기고 간 향수병과 호텔 숙박부에 적어놓은 레알 부인의 이름과 주소, 그거면 충분했지요. 가니마르 형사님, 어떻게 생각하십니까? 형사님

께 이 모험담을 직접 소상히 전하고 싶었습니다. 형사님 정도
의 아량이면 그 누구보다 먼저 웃어넘기실 테니까요. 정말이
지 짜릿하고 무진장 재밌는 모험이었습니다.

그러니 친구, 고맙습니다. 그리고 훌륭한 뒤두이 씨에게도 안
부를 전해주세요.

—아르센 뤼팽

웃을 생각이라고는 추호도 없는 가니마르 형사가 신음하듯
말했다.

"아니, 다 알고 있다니! 아무한테도 말하지 않은 사실까지 다
알고 있습니다. 국장님께 와달라고 요청할 것을 어떻게 알 수
있었단 말입니까? 첫 번째 향수병을 발견한 걸 어떻게 알았을
까요…? 대체 어떻게 알았단 말입니까…?"

가니마르는 깊은 절망에 빠져 발을 구르며 머리를 쥐어뜯었
다.

뒤두이는 측은함을 느꼈다.

"자, 가니마르, 기운 내게. 다음번엔 성공할 걸세."

치안국장은 레알 부인과 함께 멀어져갔다.

10여 분이 흘렀다. 가니마르는 뤼팽의 편지를 읽고 또 읽었
다. 다른 한쪽에서는 크로종 백작부부와 도트렉 남작의 조카,
제르부아가 열심히 이야기를 나누었다. 그러다 백작이 형사 쪽
으로 다가섰다.

"친애하는 형사님, 결국 다시 원점으로 돌아왔군요."

"무슨 말씀이십니까. 제 수사로 '금발 여인'이 모든 사건의 주인공임이 틀림없고 그 배후에 뤼팽이 있다는 게 밝혀지지 않았습니까. 이것만으로도 대단한 거지요."

"하지만 소용없지 않습니까. 오히려 문제가 더 아리송해졌어요. 금발 여인은 푸른 다이아몬드를 훔치려고 살인까지 저질렀지만 정작 다이아몬드는 가져가지 않았습니다. 또 나중에 훔쳐놓고는 다른 사람한테 넘겼습니다."

"제가 그 이유를 어찌 알겠습니까."

"그러실 테지요. 하지만 혹시 그 사람이라면 알지도⋯."

"무슨 말씀을 하시려는 겁니까?"

백작이 머뭇거리자 백작부인이 뒤이어 똑 부러지게 말했다.

"형사님 다음으로 훌륭한 분이 딱 한 사람 있지요. 그 사람이 뤼팽을 꼼짝 못 하게 할 거예요. 가니마르 씨, 우리가 헐록 숌즈 씨에게 도움을 요청한다면 기분이 상하실까요?"

가니마르는 당황했다.

"아니, 하지만⋯ 그러니까⋯ 무슨 말씀이신지 잘⋯."

"말씀드리지요. 이 수수께끼 놀음에 짜증이 날 지경이에요. 이젠 좀 더 확실히 결판을 내고 싶단 말이에요. 제르부아 씨와 도트렉 씨 역시 같은 생각이고, 그래서 그 유명한 영국 탐정에게 도움을 청하기로 합의했습니다."

"옳으신 말씀입니다."

가니마르는 솔직하게 말했다. 이러한 솔직함은 노형사의 장점이다.

"부인 말씀이 맞습니다. 늙은 가니마르는 아르센 뤼팽에게 맞서 싸울 능력이 모자랍니다. 그렇다면 헐록 숌즈는 과연 이 일을 해낼까요? 그랬으면 좋겠습니다. 그 탐정을 몹시 존경하고 있으니까요…. 하지만… 거의 가능성이 없지요….”

“헐록 숌즈도 성공하지 못할 거라는 말씀인가요?”

“제 의견일 뿐입니다. 헐록 숌즈와 아르센 뤼팽의 일대일 대결은 벌써 결판이 난 거나 다름없지요. 영국인이 질 겁니다.”

“어쨌든 형사님도 도와주시겠지요?”

“물론입니다, 부인. 아낌없이 협조하겠다고 약속합니다.”

“영국 탐정 주소를 아시나요?”

“예, 런던 베이커가 221B번지입니다.”

바로 그날 저녁 크로종 백작부부는 블라이셴 영사에 대한 소송을 취하했고, 한편 공동 발신자가 쓴 편지 한 통이 헐록 숌즈 앞으로 발송됐다.

3
헐록 숌즈, 포문을 열다

"두 분, 무얼 주문하시겠습니까?"

"아무거나 가져오게." 아르센 뤼팽은 먹을거리에 시시콜콜한 관심을 두지 않는 사람처럼 대답했다…"아무거나, 하지만 고기나 술은 안 되네."

종업원이 입을 비죽거리며 멀어졌다.

내가 물었다.

"아직도 채식을 하나?"

"점점 더 그렇게 되어간다네." 뤼팽이 대답했다.

"맛 때문인가? 아니면 신념이나 습관 때문인가?"

"건강 관리 때문이지."

"그럼 한 번도 어긴 적은 없나?"

"오! 있지…. 사교계 모임에서는 어긴다네…. 별난 사람처럼 보이면 안 되니까."

아르센 뤼팽이 파리 북역 근처의 작은 식당으로 나를 불러냈고 우리는 함께 식당 구석 자리에서 저녁 식사를 했다. 이 친구는 가끔 이렇게 아침에 전보를 보내와 파리 어딘가로 나를 불러내곤 했다. 그때마다 뤼팽은 기운 넘치게 삶을 즐기는 단순하고 천진한 아이 같은 모습으로 나타나서 예기치 못한 일화나 추억, 내가 모르는 모험담을 들려주었다.

그날 저녁 뤼팽은 평소보다 훨씬 더 기운이 넘쳐 보였다. 그 특유의 활력을 띠고 뤼팽만이 할 수 있는 뒤끝 없고 가벼우며 세련된 반어법을 술술 쏟아냈는데 유난히 자주 웃어댔고 말이 많았다. 이 친구의 그런 모습을 보고 기분이 좋아져서 나도 모르게 내 생각을 털어놓았다.

뤼팽이 소리쳤다.

"아, 그렇다네! 요즘 만사가 달콤하기만 하다네. 아무리 써도 닳지 않는 보물처럼 생명력이 솟아난다니까. 내가 얼마나 몸을 사리지 않고 살아가는지는 아무도 모를 걸세!"

"그 도가 지나치기까지 하지."

"보물은 끝이 없다고 하지 않나! 아무리 날고뛰며 여기저기 힘과 젊음을 뿌려대도, 더욱 큰 활기와 젊음이 다시금 솟아오른다네…. 게다가 내 삶이 정말로 얼마나 멋진지 모를 걸세…. 사실 바라기만 하면 하루아침에… 그래, 뭐가 좋을까…. 웅변가, 사업가, 정치가… 뭐든 그 무엇도 될 수 있을 걸세. 하지만 맹세코 그런 일은 안 생기지! 나는 아르센 뤼팽이고 언제까지나 아르센 뤼팽으로 남을 거야. 역사 속에서 내 인생에 견줄 만한, 아니 더 충만하고 더 강렬한 삶을 살았던 사람을 찾아 헤매보았지만… 나폴레옹 정도일까? 그래, 아마 그럴 걸세…. 하지만 나폴레옹도 황제 말년에 유럽 전체에 맞서다가 처참하게 당했고 매번 전투를 치를 때마다 이게 마지막 전투가 아닐까 하고 자문하지 않았나."

진지한 말일까? 농담일까? 열에 들뜬 목소리로 뤼팽은 말을
이어갔다.

"알겠는가, 위험, 바로 이게 본질이네! 끊임없이 위험이 다
가온다는 느낌! 이 느낌을 숨 쉬듯 들이마시며, 불어닥치고 울
부짖고 엿보면서 호시탐탐 다가오는 주변의 위험을 감지하는
것…. 폭풍우 한가운데서 평정을 잃지 않고 눈 하나 깜짝하지
않는 것! 만약 그걸 못 해내면 끝장이라네…. 이에 비견할 감정
이란 딱 하나, 바로 자동차 경주 선수의 심정뿐일세! 차이가 있
다면 자동차 경주는 하루아침이면 끝나지만 내가 하는 경주는
평생 계속된다는 것이지!"

나는 외쳤다.

"아주 서정적이군! 그런데 이렇게 흥분하는 데 특별한 이유
가 없다고 말하진 않겠지!"

뤼팽이 빙긋 웃으며 말했다.

"하, 대단한 심리학자시로군. 그래, 다른 이유가 있지."

그러더니 시원한 물을 큰 컵에 가득 채워 벌컥벌컥 마셨다.

"자네 오늘 자 〈르 탕〉 기사를 읽었나?"

"아니, 못 읽었네."

"헐록 숌즈가 오늘 오후에 도버 해협을 건너 6시쯤 도착했다
네."

"맙소사! 도대체 왜?"

"크로종 백작부부와 도트렉의 조카, 제르부아가 불렀다네.
파리 북역에서 이 사람들이 만나 가니마르를 보러 갔지. 지금

쯤 여섯 명이 모두 모여 이야기를 나누고 있겠군."

여태껏 아무리 궁금해도 아르센 뤼팽 자신이 말해주기 전까지는 절대로 사생활에 대해 질문하지 않았다. 내가 반드시 넘지 않으려고 지키는 선이다. 게다가 푸른 다이아몬드 사건과 관련해 공식적으로는 뤼팽의 이름이 언급되지 않았다. 나는 잠자코 기다렸다. 뤼팽이 말을 이었다.

"또 〈르 탕〉에는 그 훌륭하신 가니마르 인터뷰도 실렸더군. 인터뷰를 보니 내 친구라는 어떤 금발 머리 여인이 도트렉 남작을 살해했고 크로종 백작부인에게서 그 유명한 반지를 빼돌리려고 했다더군. 두 범죄의 배후 인물로 나를 지목하는 건 물론이고."

나는 살짝 전율했다. 뤼팽이 정말로 배후 인물일까? 이 사내의 도벽이나 특별한 삶의 방식, 사건의 정황을 고려해 그런 범죄까지 저질렀다는 사실을 믿어야 할까? 나는 뤼팽을 찬찬히 들여다보았다. 뤼팽은 아주 침착했으며 숨길 게 없다는 눈빛으로 나를 바라보았다!

뤼팽의 손도 살펴봤다. 조각해놓은 듯 한없이 섬세했으며 사람을 공격하는 일 따위는 절대로 할 수 없을 예술가의 손이었다….

"가니마르 그 사람이 정신이 나갔나 보군." 내가 중얼거렸다.

그런데 뤼팽이 반박했다.

"아니, 절대 그렇지 않네. 가니마르는 날카로운 구석이 있거든…. 가끔은 명석하기까지 해."

"명석하다고!"

"그래, 그렇다네. 가령 이 시점에 인터뷰를 한 건 기막힌 생각이라네. 일단 가니마르의 경쟁자인 영국 탐정이 도착했다고 광고하면 내가 바짝 경계할 테니 숌즈가 활동하기 더 어려워지거든. 또 하나는 가니마르가 자신이 진행한 수사 내용을 정확히 밝힘으로써 숌즈가 스스로 발견한 내용만으로 세간의 평가를 받게 하겠다는 계산이지. 숌즈와 한번 겨뤄보겠다는 말일세."

"어쨌거나 자네는 적을 두 명이나 둔 셈인데, 그게 또 보통 만만한 상대여야 말이지!"

"오! 한 명은 없는 거나 마찬가지네."

"그럼 나머지 한 명은?"

"숌즈? 뭐! 대단한 사람이긴 하네. 하지만 그래서 더 겨뤄볼 맛이 나지. 자네가 보다시피 지금 내 기분은 날아갈 듯하다네. 일단 자존심 문제란 말이지. 나를 잡으려고 그 유명한 영국인까지 내세우다니. 더구나 나 같은 선수가 헐록 숌즈와 단둘이 한판 벌인다니 그 얼마나 기쁠지 생각해보게나. 드디어! 내 능력을 끝까지 발휘해볼 수 있단 말이네! 그자를 알지. 한 치도 양보하지 않을 걸세."

"대단한 사람일 텐데."

"아주 대단해. 그만한 탐정은 과거에도 없었고 지금도 없네. 단, 내가 그자보다 유리한 점이 하나 있지. 그자는 공격하고 나는 방어한다는 거야. 내 역할이 더 쉽거든. 게다가…"

뤼팽은 희미하게 미소 짓더니 말을 이었다.

"게다가 나는 그자의 전법을 알지만 그자는 내 방식을 전혀 모른다는 거야. 슬쩍 함정을 몇 개 만들어놓았으니 정신이 번

쩍 나겠지…."

뤼팽은 손가락 끝으로 톡톡 탁자를 두드리며 즐겁다는 듯 짤막한 문구를 날렸다.

"아르센 뤼팽 대 헐록 숌즈… 프랑스 대 영국이라…. 드디어 트라팔가르 해전(1805년 영국 함대가 프랑스 스페인 연합 함대를 스페인 트라팔가르에서 격파한 해전 – 옮긴이)의 패배를 설욕하게 됐군…! 아, 가엾은 친구…. 내가 만반의 준비가 되었다는 것도 까맣게 모르고…. 뤼팽이 일단 미리 알고 있으면…."

그러다 갑자기 말을 멈추고 기도에 음식물이 걸린 사람처럼 기침을 심하게 하면서 냅킨으로 얼굴을 가렸다.

"빵 조각이 걸렸나…?" 내가 물었다. "물을 좀 마셔보게."

"아니, 그게 아니고." 뤼팽이 나직하게 말했다.

"그럼… 뭔가?"

"바람 좀 쐬어야겠어."

"창문 좀 열까?"

"아니, 나가 보겠네…. 얼른 내 외투와 모자를 가져다주게, 이만 나가겠네…."

"어? 대체 왜 그러나…?"

"지금 막 들어온 두 신사 중… 키가 큰 사람이 보일 걸세…. 나가면서 내 왼쪽으로 걸어가게. 저 신사가 나를 못 보게 말이야."

"자네 뒤에 앉은 사람 말인가…?"

"그래, 그 사람이네…. 개인적인 이유지만 아무래도 피하는 게…. 밖에서 설명해주겠네…."

"대체 누구기에 그러나?"

"헐록 숌즈."

뤼팽은 자신을 통제하려고 안간힘을 썼다. 숌즈를 보고 당황한 모습을 부끄러워하는 것 같았다. 그러더니 냅킨을 내려놓고 물을 한 모금 마셨고, 완전히 평정을 되찾은 후 나를 보며 미소 지었다.

"참 재미있지, 안 그런가? 평소에 나는 쉽게 당황하는 사람이 아닌데, 이번은 너무 뜻밖이라⋯."

"무얼 두려워하나? 계속 외모를 바꾸니 아무도 자네를 못 알아볼 텐데. 나조차도 자네를 만날 때마다 늘 새로운 사람을 만나는 것 같네."

뤼팽이 말했다.

"저이는 날 알아볼 걸세. 나를 딱 한 번 봤지만 내 모습을 평생 잊지 않을 거라는 느낌이 들었네. 언제고 바뀔 수 있는 겉모습을 본 게 아니라 나라는 인간 자체를 보았다고나 할까⋯. 게다가⋯ 그러니까⋯ 저이가 이 자리에 나타날 줄은 꿈에도 몰랐단 말이지. 허⋯! 거참, 신기하기도 하지⋯. 이 조그만 식당에서⋯."

"그럼 어서 나갈까?"

"아니, 아닐세⋯."

"어떻게 할 셈인가?"

"솔직하게 행동하는 게 최선이네⋯. 저이한테 한번 전적으로 맡겨보지⋯."

"설마 진심은 아니지?"

"아니, 진심이네…. 질문해서 무얼 알고 있는지 알아내면 나로서도 유리하지…. 아! 보라고, 저이의 눈이 내 목과 어깨를 바라보는 느낌이 드네…. 기억을 더듬어서… 기억해내고 있는 거야…."

생각에 잠긴 뤼팽의 입가에 짓궂은 미소가 떠올랐다. 뤼팽은 상황에 반드시 필요한 행동이라고 판단했다기보다 그저 충동적으로, 벌떡 일어서서 빙글 돌아서더니 유쾌하게 꾸벅 고개를 숙였다.

"이 무슨 우연입니까? 정말 운이 좋군요…. 여기 이 사람은 제 친구입니다…."

숌즈는 1~2초간 당황해 있다가 본능적으로 아르센 뤼팽에게 덤벼들 태세를 취했다. 뤼팽이 고개를 가로저었다.

"잘못 생각하시는 겁니다…. 그런 행동은 별로 고상하지도 않을뿐더러… 소용도 없으니까요!"

영국 탐정은 도움을 요청하려는 듯 좌우를 휘휘 둘러보았다. 뤼팽이 말했다.

"그런 행동도 마찬가지입니다…. 게다가 지금 날 체포할 권한이 있는 게 확실합니까? 자, 정정당당히 행동하시지요."

이런 상황에서 정정당당한 태도를 보인다는 게 별로 내킬 만한 상황은 아니었으나 영국 탐정은 그게 최선이라 여긴 듯했다. 숌즈는 엉거주춤 일어나 싸늘하게 말을 꺼냈다.

"이쪽은 윌슨 씨, 내 친구이자 협력자입니다. 이쪽은 아르센 뤼팽 씨일세."

윌슨이 놀라는 모양을 보았다면 그 누구라도 폭소를 터뜨렸을 것이다. 눈은 튀어나올 듯 휘둥그레지고 입은 떡 벌어졌으며 번들거리는 피부가 팽팽해져 얼굴이 마치 사과 같았다. 머리칼은 고슴도치 같고 짧은 수염은 잡초처럼 뻣뻣했다.

"윌슨, 이 세상에서 더없이 자연스러운 상황이 벌어졌는데 왜 그리 놀라나." 헐록 숌즈는 조롱기를 담아 빈정거렸다.

윌슨이 더듬거리며 말했다.

"자네, 왜 이자를 체포하지 않는 건가?"

"모르겠나, 윌슨. 이 신사분이 출입구와 나 사이, 문에서 두 발짝 떨어져 있는 곳에 앉아 계신단 말일세. 내가 꼼짝할 새도 없이 달아나버릴걸."

"정 그게 걱정이시라면." 뤼팽이 말했다.

그러더니 탁자를 한 바퀴 빙 돌아 숌즈보다 출입구에서 먼 곳에 자리 잡았다. 숌즈의 처분에 맡기겠다는 뜻이다.

윌슨은 숌즈를 힐끔 쳐다봤다. 이런 대담한 행동에 감탄해도 좋은지를 알아보려는 모양이었다. 영국 탐정은 전혀 동요하지 않더니 잠시 후 소리쳤다.

"종업원!"

종업원이 달려오자 숌즈가 주문했다.

"소다수와 맥주, 위스키 좀 가져오십시오."

이로써 평화 협정이 체결된 셈이다…. 물론 상황이 바뀔 때까지만. 잠시 후 네 사람은 모두 한 탁자에 앉아 두런두런 이야기를 나누었다.

헐록 숌즈는 뭐랄까…. 어디서나 마주칠 듯한 흔한 신사처럼 보였다. 오십 대쯤으로 보였는데 사무실에 앉아 평생 회계 장부나 뒤적거리며 살아왔을 법한 선량한 중산층 남자의 모습이었다. 다갈색 구레나룻이며 면도한 턱, 약간 과묵한 태도 등 이 모든 모습은 영락없이 평범한 런던 시민이었다. 단, 그 눈빛만큼은 소름 끼칠 만큼 날카롭고 명민해서 사람을 꿰뚫어보는 듯했다.

그렇다, 바로 헐록 숌즈다. 직관과 관찰력, 통찰력과 기발함의 대명사인 헐록 숌즈 말이다. 마치 인간의 상상력으로 빚어낸 최고의 탐정, 에드거 앨런 포의 뒤팽과 가보리오의 르콕을 자연이 제멋대로 한데 뒤섞어 소설에서보다 더 빼어나고 비현실적인 인물로 만든 듯했다. 전 세계에 알려진, 숌즈의 이름을 빛낸 무용담을 듣노라면 이 헐록 숌즈란 인물이 위대한 소설가, 예를 들면 코난 도일 같은 작가의 머릿속에서 곧장 튀어나온 전설 속 인물이나 영웅일지도 모른다는 생각마저 들었다.

아르센 뤼팽이 숌즈에게 얼마나 프랑스에 머물지 물어보자 대화는 곧장 본론으로 들어갔다.

"내가 얼마나 머물지는 당신에게 달렸습니다, 뤼팽 씨."

뤼팽이 웃으며 외쳤다.

"오! 내게 달렸다면, 오늘 저녁에 바로 배를 타고 돌아가 주시길 부탁드립니다."

"오늘 저녁은 너무 이르고 한 여드레나 열흘쯤으로 예상했는데…."

"그렇게 바쁘신가요?"

"진행 중인 일이 많습니다. 영중 합작 은행 도난 사건이나 에

클스톤 부인 납치 사건도 있고…. 여봐요, 뤼팽 씨, 일주일이면 충분하겠습니까?"

"충분하고말고요. 푸른 다이아몬드와 관련된 사건 두 개만 맡으신다면 말입니다. 나는 그동안 당신이 이 두 사건을 다 해결한 뒤에 내 신변을 위협하게 될 때를 대비하겠습니다."

"말씀하신 사건 해결 뒤의 상황까지 포함하느라 여드레나 열흘로 예상한 겁니다." 영국인이 말했다.

"그럼 열하루째는 저를 체포하겠다는 말씀이신가요?"

"늦어도 열흘째면 될 겁니다."

뤼팽은 생각해보더니 고개를 주억거리며 말했다.

"어려워요…. 어려울 거예요…."

"어렵겠지요, 하지만 가능한 일입니다. 아니, 틀림없지요."

"물론이고말고요." 윌슨이 끼어들었다. 마치 동료가 방금 말한 결론에 도달하기까지 거쳐온 일련의 기나긴 추론 과정을 확실히 아는 듯 확신에 차 있었다.

헐록 숌즈가 빙글거렸다.

"여기 계신 윌슨 씨가 이 점에 대해선 잘 아니 증명해주실 수 있습니다."

그러더니 말을 이었다.

"물론 내게 모든 패가 있는 건 아닙니다. 벌써 몇 개월이 흐른 사건들 아닙니까. 평소 수사하던 사건보다 정보와 단서가 부족하지요."

"진흙이나 담뱃재 같은 흔적 말입니다." 윌슨이 힘주어 말했다.

"그러나 가니마르 형사가 내렸던 뛰어난 결론은 말할 것도 없고, 이 주제를 다룬 기사와 모든 관찰 기록이 수중에 있으니 사건에 대한 몇 가지 개인적인 의견은 갖고 있지요."

"분석과 가설을 통해 몇 가지 견해를 세워볼 수 있었습니다." 윌슨이 엄숙하게 덧붙였다.

아르센 뤼팽이 숌즈에게 말할 때 사용하는 특유의 공손한 어조로 말했다.

"그렇다면 종합적 견해를 여쭤봐도 실례가 아닌는지요?"

뤼팽과 숌즈, 두 사람이 한자리에 모여 식탁에 팔을 괴고 앉아 심각하고도 차분하게 이야기를 나누는 모습은 참으로 흥미진진했다. 마치 어려운 문제를 푸느라 서로 견해 차이를 조정하는 사람들 같았다. 두 사람 모두 호사가이자 예술가답게 격조 높은 반어법을 쏟아내며 한없이 즐겼다. 한편 윌슨은 마음을 놓고 기뻐했다.

헐록은 느긋하게 파이프에 담배를 채워 넣은 후 불을 붙이고 말을 시작했다.

"내 생각에 이 사건은 얼핏 드러난 것보다 훨씬 단순합니다."

"그래요, 훨씬 단순하지요." 과연 윌슨은 헐록 숌즈의 충실한 메아리였다.

"여기에서 '이 사건'은 오로지 하나밖에 없습니다. 도트렉 남작의 죽음이나 반지, 또 잊지 말아야 할 23조 514번 복권에 이르기까지 이 모든 사건은 '금발 여인'에 얽힌 수수께끼의 각기 다른 단면에 지나지 않습니다. 금발 여인과 세 사건을 엮어줄 연결 고리, 세 가지 범행 방법이 동일하다는 걸 증명해줄 증거만 찾아내면 되는 겁니다. 가니마르 형사의 판단은 다소 피상적이었습니다. 이 모든 사건이 사라지는 능력, 즉 보이지 않게 드나드는 능력으로 연결된다고 보고 있지요. 하지만 그런 신비한 능력이 사건의 연결 고리라는 설명에 만족할 순 없습니다."

"그래서요?"

"아주 당연하고 분명하게도 이 세 사건의 특징은 여태껏 간과되었던 뤼팽, 당신의 의도와 관련되어 있습니다. 당신은 사건을 당신이 택한 장소로 몰아가지요. 당신 편에서 보면 장소는 단지 계획의 일부인 게 아니라 꼭 필요한 요소, 성공하기 위한 필요 불가결한 조건입니다." 숌즈의 말은 똑 부러졌다.

"좀 더 자세히 설명해주시겠습니까?"

"물론이지요. 제르부아 씨와 처음으로 맞붙기 시작했을 때부터 이미 드티낭 변호사의 사무실이 바로 뤼팽 당신이 선별해 놓은 장소라는 게 분명하지 않던가요? 모두가 그곳에서 모여야 했단 말입니다. 그 장소가 안전하다고 어찌나 확신하셨는지 '금발 여인'과 제르부아 양의 약속 장소를 그곳으로 잡고 나서 여기저기 광고까지 하셨습니다."

"제르부아 양은 수학 교사 딸입니다." 윌슨이 덧붙였다.

"그럼 푸른 다이아몬드 이야기를 해봅시다. 도트렉 남작이 이 반지를 소유하던 때부터 훔치려고 하셨습니까? 아니지요. 그런데 남작이 자신의 형 저택을 인수합니다. 6개월 후 앙투아네트 브레아가 등장해 첫 범행 시도가 이루어지지요. 그러나 다이아몬드는 손에 넣지 못했고 시끌벅적한 드루오 경매장에서 보석 판매 경매가 열립니다. 이 판매가 당신의 영향력에서 벗어날 수 있었을까요? 가장 부유한 자가 그 보석을 손에 넣을 수 있었을까요? 아니지요. 은행가 헤르슈만이 보석을 막 손에 넣으려는 순간, 한 여인이 등장해 은행가에게 협박 편지를 전달합니다. 한편 크로종 백작부인은 편지를 전한 여인과 같은 사람에게 설득당해 결국 다이아몬드를 사지요. 그럼 그 보석이 금세 사라질까요? 아닙니다. 아직도 훔칠 만한 여건이 조성되지 않았어요. 즉 매개물이 없습니다. 하지만 백작부인이 자기 소유의 성에 머무르지요. 당신이 기다렸던 순간은 바로 이때입니다. 이제 반지는 사라지지요."

"그랬다가 블라이셴 영사의 가루비누 병에서 나왔지요. 거참, 기이한 일이로군요." 뤼팽이 반박했다.

이에 헐록은 주먹으로 식탁을 내리치며 호통을 쳤다.

"여봐요, 그런 헛소리를 나한테 한단 말입니까. 멍청이들이나 그런 함정에 걸리지요. 하지만 나 같은 늙은 여우한테는 통하지 않습니다."

"무슨 뜻입니까?"

"그러니까… 그 말은."

숌즈는 효과를 극대화하기 위해 잠시 뜸을 들였다.

"가루비누 병 속에 든 푸른 다이아몬드는 가짜입니다. 진짜는 뤼팽이 갖고 있지요."

아르센 뤼팽은 잠시 침묵했다. 그러더니 영국 탐정을 똑바로 바라보며 이렇게 말했을 뿐이다.

"정말 대단하군요."

"정말 대단하지요, 그렇지 않나요?" 윌슨이 입을 헤벌리고 경탄하며 장단을 맞췄다.

뤼팽이 단언했다.

"그렇습니다. 모든 게 명료해지고 의미가 확실해지는군요. 이 사건을 다뤘던 예심판사나 전문 기자 중 누구도 이렇게까지 진실에 다가간 적이 없습니다. 직관력과 논리력이 천재적이시군요."

숌즈는 뤼팽 같은 인물에게 찬사를 받자 기분이 좋아졌다.

"별건가요! 조금만 생각해보면 알 수 있지요."

"생각하는 방법을 알면 되지요. 하지만 그 방법을 아는 사람이 과연 몇이나 될지! 이제 가설의 범위가 좁혀졌고 잡다한 것들도 쳐냈으니…"

"그러니 이제 세 사건이 어째서 클라페롱가 25번지와 앙리 마르탱가 134번지, 그리고 크로종 성에서 벌어졌는지 그 이유만 찾아내면 됩니다. 사건의 핵심은 이겁니다. 나머지는 허튼소리고 아이들 수수께끼 놀음에 불과하지요. 동의하지 않으십니까?"

"전적으로 동의합니다."

"뤼팽 씨, 열흘 후면 내가 모든 일을 마칠 것이라고 다시 말씀드리지요. 이 말에 동의하십니까?"

"열흘 후면, 그렇습니다, 모든 진실이 밝혀지겠군요."

"그리고 당신은 체포될 겁니다."

"아닙니다."

"아니라고요?"

"내가 체포되려면 일어날 수 없는 상황이 연달아 일어나고 또 운도 지독하게 안 따라야 할 텐데, 그럴 일은 절대 없을 것 같군요."

"상황이나 운이 할 수 없는 일을 한 인간의 의지와 고집으로 해낼 수 있을 겁니다, 뤼팽 씨."

"물론 다른 사람 또한 의지와 고집으로 그 계획을 물리칠 장벽을 세우지 않는다면 말이지요."

"물리칠 수 없는 장벽이란 없는 법이지요, 뤼팽 씨."

두 사람은 의미심장한 눈길을 주고받았다. 서로 도발하지 않으면서도 차분하고 대담한 시선이 오갔다. 철로 된 봉 두 자루가 맞부딪쳐 맑고 거침없는 소리가 울려 퍼지는 듯했다.

"정말 잘됐군요. 드디어 대단한 맞수를 만났습니다! 맞수란 진정 귀한 존재인데, 여기 헐록 숌즈께서 와 계시군요! 정말 흥미진진하겠습니다." 뤼팽이 외쳤다.

"당신은 두렵지 않습니까?" 윌슨이 물었다.

"두려워질 지경입니다, 윌슨 씨."

뤼팽이 일어섰다.

"그 증거로 이제 퇴각 준비를 서둘러야겠습니다…. 그러지 않으면 꼼짝없이 잡힐지도 모르니까요. 열흘이라고 하셨습니까, 숌즈 씨?"

"열흘입니다. 오늘이 일요일이니 수요일이 되는 8일이면 모든 게 끝날 겁니다."

"그때 나는 철창신세가 되고요?"

"여부가 있겠습니까."

"저런! 그간 평온한 생활을 즐기고 있었건만. 귀찮은 일도 없고 조그만 사업도 착착 진행되고 있었지요. 경찰과 멀찌감치 떨어져 있으니 살맛이 나는 것 같더니… 이제 다 바꿔야겠습니다! 동전에는 앞면이 있는가 하면 뒷면도 있지요…. 좋은 날이 가면 궂은 날이 오기 마련…. 이제 희희낙락할 일도 끝났습니다. 그럼 안녕히 계십시오…."

"서두르십시오. 1분도 낭비하지 마시고."

윌슨은 숌즈가 대놓고 높이 평가하는 인물에게 염려와 충고의 말을 건넸다.

"단 1분도 낭비하면 안 되겠지요, 윌슨 씨. 끝으로, 이렇게 만나서 얼마나 기쁜지 모르겠습니다. 또한 당신 같은 협력자를 둔 사람이 몹시 부럽다는 말씀도 드리고 싶군요."

모두 정중하게 인사를 나눴다. 한 치의 증오심도 없었으나 운명 탓에 어쩔 수 없이 가차 없는 결투를 치러야 하는 맞수 같았다. 이내 뤼팽은 내 팔을 잡아 밖으로 이끌었다.

"어떻게 생각하나, 친구? 자네가 쓸 내 회고록에 좋은 인상으로 기록할 만한 식사 시간 아니었나?"

뤼팽은 식당 문을 닫고 몇 발짝 떨어져서 멈춰 섰다.

"자네 담배 피우나?"

"아니. 하지만 자네도 안 피우는 걸로 알고 있는데."

"맞네, 안 피우네."

뤼팽은 성냥을 그어 담배에 불을 붙인 후 여러 번 흔들어 껐다. 하지만 바로 담배를 길가로 던지더니 도로를 가로질러 뛰어가 어디선가 슬그머니 나타난 두 사내와 합류했다. 사내들은 마치 신호라도 받고 나타난 듯했다. 뤼팽은 반대편 인도에 서서 이들과 몇 분 동안 이야기를 나누더니 내 쪽으로 돌아왔다.

"미안하네, 그 숌즈라는 고약한 작자 때문에 애 좀 먹게 생겼네. 두고 보라고, 이 뤼팽이 그리 만만히 당하진 않을 걸세…. 아, 그놈, 내가 어떻게 할지 한번 두고 보라지…. 그럼 잘 가게…. 그 윌슨이란 웃기는 친구 말이 맞네. 1분도 지체할 수 없지."

그러더니 빠른 걸음으로 멀어져갔다.

이리하여 기묘한 저녁 시간이, 적어도 내가 참여한 일부가 끝났다. 이 식사 이후에도 몇 시간에 걸쳐 많은 일이 일어났다. 다행스럽게도 식사에 자리를 함께했던 다른 이들을 통해 그 상세한 내용을 되짚어 볼 수 있었다.

뤼팽이 나와 헤어진 그 시각, 헐록 숌즈는 시계를 꺼내 보며 일어섰다.

"9시 20분 전이로군. 9시에 기차역에서 백작부부를 만나기로 했네."

"가세나!" 윌슨이 위스키를 연달아 두 잔을 들이켜며 외쳤다.

두 사람은 식당을 나섰다.

"윌슨, 돌아보지 말게…. 누가 우리를 쫓아오는 것 같네. 미행당하고 있을 때 전혀 신경 쓰지 않는 것처럼 행동하게나…. 그래, 윌슨, 자네 의견은 어떤가? 뤼팽이 왜 그 식당에 있었겠나?"

윌슨은 주저하지 않고 말했다.

"식사하러 왔겠지."

"윌슨, 갈수록 자네 실력이 향상되는군. 헛, 정말 놀랍단 말이야."

기분이 좋아진 윌슨은 어둠 속에서 얼굴을 붉혔다. 숌즈가 말을 이었다.

"식사하러 왔다고 치자고. 하지만 분명 가니마르 형사가 인터뷰에서 밝힌 대로 내가 크로종 백작부부의 집으로 가는지 알아보려던 거야. 그러니 그 기대를 저버리지 않도록 가주어야겠지. 하지만 뤼팽에게서 시간을 벌어야 하니 난 떠나지 않을 걸세."

"아!" 윌슨이 어리둥절해진 채로 외마디 감탄사를 내뱉었다.

"자네, 이 길로 쭉 가서 마차를 한 대 잡아탄 후 두세 번 갈아타게. 그리고 좀 기다렸다가 짐 보관소에 맡긴 가방을 찾아서 전속력으로 엘리제 팔라스 호텔로 가게."

"엘리제 팔라스 호텔에 가면?"

"방을 하나 잡아서 잠을 자게나. 푹 자도록 하게. 그리고 내 지시를 기다리게."

윌슨은 자기에게 내려진 중요한 임무를 자랑스러워하며 떠났다. 헐록 숌즈는 기차표를 끊어 아미앵으로 향하는 급행열차를 탔다. 크로종 백작부부는 이미 기차 안에 타고 있었다.

헐록 숌즈는 인사만 하고는 복도에 서서 두 번째로 파이프에 불을 붙여 조용히 담배를 피웠다.

기차가 덜컹거렸다. 10여 분 뒤에 돌아온 탐정은 백작부인 곁에 앉아 말했다.

"지금 반지를 갖고 계신가요, 부인?"

"예."

"제게 잠시 보여주십시오."

숌즈는 반지를 받아 찬찬히 들여다보았다.

"제가 생각했던 대로군요. 이건 재생 다이아몬드입니다."

"재생 다이아몬드라니요?"

"새로운 기법입니다. 다이아몬드 가루를 엄청나게 높은 온도에서 융화시키면… 덩어리 보석처럼 되지요."

"뭐라고요! 하지만 제 반지는 진품이에요."

"부인 반지는 진품이지요. 하지만 이건 부인 반지가 아닙니다."

"그럼 제 반지는 어디 있나요?"

"아르센 뤼팽이 가지고 있습니다."

"그럼 이 반지는 무엇이란 말이에요?"

"부인 반지와 바꿔치기해서 블라이센 영사 가루비누 병 속에 살짝 넣어놓은 반지입니다."

"위조품이란 말씀인가요?"

"틀림없이 위조품입니다."

충격을 받아 어안이 벙벙해진 백작부인은 입을 꾹 다물었고, 남편은 숌즈의 말을 믿지 못해 계속 이리저리 반지를 돌려보았다. 마침내 백작부인이 중얼거렸다.

"어떻게 그게 가능하지요! 왜 단순히 훔쳐가지 않은 걸까요? 탐정님은 그걸 또 어떻게 아셨습니까?"

"바로 그 점을 제가 밝혀내도록 하겠습니다."

"크로종 성에서요?"

"아닙니다. 크레이에서 내려 파리로 돌아가겠습니다. 아르센 뤼팽과 저의 싸움은 바로 거기에서 벌어져야 하니까요. 싸움이야 어디에서 하든 마찬가지입니다만, 뤼팽이 제가 여행 중이라고 믿어야 합니다."

"하지만…."

"뭐가 중요하십니까, 부인? 결국 다이아몬드를 되찾기만 하면 되는 게 아닙니까?"

"예."

"그렇다면 안심하십시오. 방금 저는 이보다 훨씬 더 지키기 어려운 약속도 했습니다. 아무튼 헐록 숌즈의 이름을 걸고 진짜 보석을 찾아드리겠습니다."

기차가 속도를 줄였다. 숌즈는 가짜 다이아몬드를 자기 주머니에 넣고 문을 열었다. 백작부인이 소리쳤다.

"아니, 플랫폼 반대편으로 내려가실 생각인가요!"

"이렇게 해야 뤼팽의 지시로 절 감시하는 자들이 제 흔적을 놓칠 수 있습니다. 그럼 안녕히 계십시오."

역무원 하나가 숌즈를 제지했으나 소용없었다. 영국 탐정은 역장실 쪽으로 갔다. 50분 후 숌즈는 파리행 기차에 훌쩍 올라탔다. 기차는 자정이 되기 조금 전에 파리에 도착했다.

숌즈는 파리 역사를 가로질러 달려가 간이식당으로 들어간 후 식당 뒷문으로 빠져나와 황급히 삯마차를 잡아탔다.

"마부 양반, 클라페롱가로 가주십시오."

아무도 자기 뒤를 밟고 있지 않음을 확인한 후 클라페롱가 입구에서 마차를 멈추게 하더니 드티낭 변호사의 집과 인접한 두 건물을 면밀히 조사하기 시작했다. 일정한 보폭으로 군데군데 거리를 재고 수첩에 짧은 글과 수치를 적어넣었다.

"마부 양반, 이번엔 앙리 마르탱가로 부탁합니다."

앙리 마르탱가와 퐁프가 모퉁이에서 내려 삯을 지급하고 마차를 보낸 후 보도를 따라 134번지까지 걸어가서 도트렉 남작의 옛 저택과 인접한 양쪽 두 건물에 대해서도 똑같은 방식으로 조사했다. 각 건물 전면의 폭을 재고 전면을 따라 쭉 이어진 작은 정원의 너비도 계산했다.

길에는 아무도 없었고 네 줄로 늘어선 나무 그늘 탓에 매우 어두웠다. 나무 사이에는 일정한 간격으로 가스등이 서 있었는데 그다지 어둠을 밝히지는 못했다. 가스등 하나가 남작의 저택 일부를 희미하게 비추었다. 희미한 불빛 아래에서 철문에 매달려 있는 '세놓음'이라고 적힌 푯말과 빈약한 잔디를 둘러싼 손질되지 않은 두 갈래의 오솔길, 사람이 살지 않는 집의 휑하고 널찍한 유리창 등에 숌즈의 시선이 고정됐다.

'그랬지. 남작이 죽은 이후로 세입자들이 없지… 아, 들어가서 한번 둘러볼 수 있다면!'

숌즈는 떠오른 생각을 곧 실행에 옮기려 했다. 하지만 어떻게 한다? 철문이 너무 높아 넘어가기는 불가능했다. 탐정은 호주머니에서 항상 지니고 다니는 전등과 만능열쇠를 꺼냈다. 그런데 놀랍게도 문 하나가 열려 있는 게 눈에 띄었다. 들어가 세 발짝쯤 떼었을까, 숌즈는 우뚝 멈춰 섰다. 3층의 한 창문에서 희미한 빛이 쓱 지나갔기 때문이다.

그러더니 옆 창문, 그리고 또 그 옆 창문으로 옮겨갔는데 보이는 거라곤 방 벽에 비친 사람의 그림자뿐이었다. 그 빛은 3층에서 2층으로, 오랫동안 이 방 저 방으로 옮겨 다녔다.

'대체 누가 새벽 1시에 도트렉 남작이 살해된 집에서 돌아다니는 거지?'

헐록의 호기심은 극에 달했다.

이를 알아보는 방법은 단 한 가지, 직접 들어가 보는 것뿐이다. 숌즈는 머뭇거리지 않았다. 현관 앞 층계로 가려고 뜰을 지나가는데 상대방 사내가 가스등 불빛에 비친 숌즈를 보았는지 별안간 불이 꺼졌다.

숌즈는 현관에서 조심스럽게 문을 밀어보았다. 역시 열려 있었다. 아무 소리도 나지 않는 가운데 숌즈는 암흑 속을 더듬어 계단 난간 모서리의 둥근 장식에 도달했고 곧이어 계단을 올라갔다. 여전히 집 안은 고요하고 캄캄했다.

층계참에 이른 숌즈는 보이는 방에 들어가 희미한 빛이 뽀얗게 비치는 창문으로 다가갔다. 이때 다른 문을 통해 나간 아까 그 남자가, 왼쪽에 있는 정원 두 개를 가르며 줄지어 늘어선 관목을 따라 도망쳤다. 다른 계단으로 내려갔던 모양이었다.

"제기랄, 저자가 도망치겠군!" 숌즈가 소리쳤다.

숌즈는 곧바로 곤두박질치듯 계단을 달려 내려갔고 현관문으로 뛰어나가 사내 앞을 막아서려 했다. 하지만 아무도 없었다. 몇 초쯤 지나 관목이 무성한 사이로 주변보다 색이 약간 더 짙은 덩어리가 멈춰 선 채 미세한 움직임을 보였다.

탐정은 생각했다. 쉽사리 도망칠 수 있었는데 왜 그러지 않았을까? 자기가 하던 모종의 일을 방해한 침입자를 감시하려는 생각일까?

'어쨌든 뤼팽은 아니야. 뤼팽이라면 좀 더 잽쌌겠지. 일당 중한 명이겠군.' 숌즈는 생각했다.

길고도 긴 몇 분이 흘렀다. 헐록 숌즈는 자기를 살펴보는 상대방에게서 눈을 떼지 않고 꼼짝하지 않았다. 상대방도 움직이지 않았지만 숌즈가 기다리고만 있을 사람은 아니었다. 자기 총의 탄창이 제대로 작동하나 살펴본 후 단검을 칼집에서 꺼내 들고 냉정하리만큼 대범하게, 위험 따위는 완전히 무시하듯 적을 향해 다가갔다. 이런 대담무쌍한 태도 때문에 헐록 숌즈가 그토록 위험한 적수 아니던가. 철컥하는 건조한 소리가 났다. 상대방이 권총을 장전하는 소리다. 숌즈는 상대방이 뒤돌아볼 틈도 주지 않고 와락 검은 형체에 달려들었다. 난폭하고 필사적인 몸싸움이 벌어졌다. 숌즈는 이 와중에 남자가 칼을 꺼내려고 애쓴다는 것을 알아챘다. 조만간 승리를 거둘 거라는 생각과 초반부터 아르센 뤼팽의 공범을 잡아내겠다는 광폭한 욕구 덕분이었는지 숌즈는 엄청난 힘이 샘솟는 걸 느꼈다. 상대방을 넘어뜨리고 그 위에 올라타서 한 손으로 가련한 상대의 목을 맹수의 발톱처럼 움켜쥐고, 다른 손으로는 전등을 찾아 전원을 켜 상대방의 얼굴에 들이댔다.

"윌슨!" 숌즈는 혼비백산해 고함을 질렀다.

"헐록 숌즈." 쉰 목소리가 숨이 끊어질 듯 간신히 흘러나왔다.

두 사람은 완전히 녹초가 되고 머릿속이 텅 비어서 말 한마디 주고받지 않은 채 그 자세 그대로 꼼짝하지 않았다. 자동차 경적 소리가 침묵을 깨뜨렸다. 산들바람에 나뭇잎이 흔들렸다. 하지만 숌즈는 여전히 꿈쩍도 안 했다. 다섯 손가락은 아직도 윌슨의 목덜미를 움켜쥐고 있었고, 윌슨이 내뿜는 거친 숨소리는 점점 진정되고 있었다.

숌즈는 불쑥 화를 내며 거칠게 친구를 놔주었다. 하지만 그 어깨를 붙들고 미친 듯이 흔들어댔다.

"자네, 대체 여기서 뭐하고 있었나? 대답해보게…. 무슨 일인가…? 내가 언제 자네한테 덤불숲에 숨어서 나를 감시하라고 했나?"

윌슨은 신음했다.

"자네를 감시했다고? 아니, 자네인지도 몰랐네."

"그럼 뭐란 말인가? 대체 무슨 짓을 하고 있었나? 지금쯤은 누워 있어야 할 게 아닌가."

"잠자리에 누웠지."

"그럼 잠을 잤어야지!"

"잤다네."

"그럼 왜 일어났나!"

"자네 편지…."

"내 편지…?"

"그렇다네. 심부름꾼이 자네가 보낸 거라며 호텔로 가져왔다네…."

"내가 보냈다고? 자네 돌았나?"

"맹세하네."

"그 편지는 지금 어디에 있나?"

숌즈의 친구는 종이 한 장을 내밀었다. 전등불에 비춰가며 편지를 읽던 탐정은 놀라지 않을 수 없었다.

윌슨, 침대에서 뛰어나와 앙리 마르탱가로 오게. 집은 비어 있네. 들어와서 조사하고 정확한 도면을 작성하게. 그런 뒤 돌아가 자도록 하게.

—헐록 숌즈

윌슨이 말했다.

"방마다 크기를 재고 있었지. 그런데 정원에서 그림자가 보이더군. 내 머릿속에는 그저…."

"그림자를 잡아챌 생각밖에 없었다…. 생각은 근사했군…. 단지 이보게." 동료를 잡아 일으키며 숌즈가 말했다. "다음번에는 먼저 내 글씨체를 위조한 게 아닌지 확실히 살펴보게."

이제야 진실을 깨닫기 시작한 윌슨이 물었다.

"그럼 자네가 편지를 보낸 게 아닌가?"

"불행히도! 아니라네."

"그럼 누구란 말인가?"

"아르센 뤼팽이지."

"하지만 어떤 목적으로 편지를 보냈단 말이야?"

"아! 목적은 모르겠네. 그래서 걱정된단 말이지. 대체 왜 그자가 이렇게 힘들여 자네까지 끌어들였을까? 나였다면 이해가 되는데, 왜 자네였느냐는 말이야. 무슨 득이 된다고…."

"빨리 호텔로 돌아가 봐야겠네."

"나도 그렇게 생각하네, 윌슨."

두 사람은 철문 입구에 도착했고, 윌슨이 앞서 걸어가 손잡이를 당겼다.

"이런, 자네가 잠갔나?" 윌슨이 물었다.

"아닐세, 한쪽 문을 살짝 열어놓았는데…."

"하지만…."

이번에는 숌즈가 문을 당겨보더니 깜짝 놀라 자물쇠를 살폈다. 입에서 욕설이 튀어나왔다.

"제기랄… 잠겼군! 열쇠로 잠갔어!"

있는 힘을 다해 문을 흔들어보다가 소용없다는 걸 깨달은 셜록은 두 팔을 힘없이 늘어뜨리고 헐떡이며 말했다.

"이제야 이해가 되는군. 그자 짓이야. 내가 도착하자마자 바로 수사에 착수한다면 크레이에서 내릴 걸 예상하고 이런 앙큼한 함정을 파놓은 거지. 더구나 함께 갇혀 있을 친구까지 보내주었으니 친절할 따름이군. 이 모든 게 날 하루 동안 묶어놓으려는 의도이고 남의 일에 간섭하지 말고 내 일이나 잘하라는 말을 하려던 거야…."

"그러니까 우리가 그자의 포로가 된 거로군."

"바로 그 말이네. 셜록 숌즈와 윌슨이 아르센 뤼팽의 포로가 되다니. 시작부터 잘돼가는군…. 아니지, 아니야, 이건 말도 안 돼…."

윌슨이 다급하게 숌즈의 어깨를 두드렸다.

"저기 위… 위를 보게…. 불빛이…."

정말로 2층 창문 하나에서 불빛이 새어나왔다.

두 사람은 황급히 서로 다른 계단으로 올라가 동시에 문제의 방문 앞에 도착했다. 방 한가운데 촛불이 밝혀져 있었다. 그 옆에는 바구니가 하나 놓여 있고 그 외에도 포도주병 주둥이며 닭다리, 빵 반쪽이 삐죽이 보였다.

숌즈가 껄껄 웃기 시작했다.

"훌륭해. 저녁 식사 대접까지 받는군. 요술 궁전이 따로 없어. 진짜 동화 같지 않나. 자, 이보게, 윌슨, 그런 죽을상 말게. 재미있어 죽겠네."

"진심으로 재밌다는 말인가?" 윌슨의 목소리는 침통했다.

숌즈가 외쳤다.

"진심이냐고? 시끌벅적하고 억지스럽기는 해도, 이렇게 재밌는 건 본 적이 없네. 대단한 익살꾼이란 말이지… 아르센 뤼팽 같은 조롱의 대가도 없을 걸세… 사람을 가지고 놀면서도 예는 갖춘다, 이 말이지… 이 세상의 황금을 모두 준대도 이 만찬 자리를 양보하지 않을 걸세… 윌슨 이 친구, 자네를 보니 나까지 슬퍼지는군. 내가 오해했던 건가. 자네는 불운을 견뎌내는 꿋꿋한 성격이 아닌가! 무얼 불평하나? 지금쯤 자네 목에 내 단검이 박혀 있었을지도 모르고… 아니면 자네 칼이 내 목에 박혀 있었을지도 모르는데…. 그게 바로 자네가 하려던 일이었으니 말이야, 이 못된 친구 같으니라고."

숌즈는 유머와 조소를 섞어가며 가련한 윌슨의 기운을 북돋았고, 윌슨은 간신히 닭다리를 조금 뜯고 포도주를 한 잔 마셨다. 하지만 촛불이 닳아 꺼지고 마룻바닥에 드러누워 벽을 베

개 삼아 잠을 청할 수밖에 없게 되니, 견디기 어렵고 터무니없는 이 상황이 다시금 뚜렷이 느껴졌다. 잠자리는 정녕 서글펐다.

다음 날 아침 월슨은 온몸이 쑤시고 얼어붙은 상태로 잠에서 깨어났다. 바스락 소리에 돌아보니 헐록 숌즈가 바닥에 무릎을 꿇고 웅크린 채 돋보기로 먼지를 들여다보고 있었다. 특히 거의 지워진 흰 분필 자국을 유심히 들여다보며 기록했다. 분필 자국은 어떤 숫자들을 써놓은 것이었는데 숌즈는 이 숫자를 자기 수첩에 기록했다.

이 작업에 각별한 관심을 보이는 월슨을 대동하고 숌즈는 방을 하나하나 조사했다. 그러다 다른 방 두 개에서 같은 분필 표시를 발견했다. 또한 참나무 합판 위에는 동그라미 표시가 두 개 있었고 대리석 위에는 화살표가, 그리고 층계의 계단 네 개에는 각각 숫자가 쓰여 있었다.

한 시간 후 월슨이 숌즈에게 말했다.

"숫자가 정확하지 않은가?"

"정확하냐고? 글쎄, 모르겠네." 이 발견으로 기분이 매우 좋아진 숌즈가 대답했다.

"어쨌든 무슨 의미가 있을 걸세."

"의미는 매우 분명하지. 바로 마루청 개수 아닌가." 월슨이 대답했다.

"아!"

"그리고 동그라미 두 개는 판자 속이 빈 소리가 난다는 뜻이네. 자네가 직접 확인할 수 있을 걸세. 그리고 화살표는 식기 운

반용 승강 장치 방향을 가리킨다네."

헐록 숌즈가 깜짝 놀라 월슨을 바라보았다.

"아, 그런가! 아니, 친구, 어떻게 그런 걸 다 알아냈나? 자네의 통찰력에 내가 다 부끄러워질 지경이네."

월슨은 기뻐 날아갈 듯한 표정으로 말했다.

"오! 간단하지. 바로 내가 어젯밤에 한 표시들이니까. 자네가 시킨 대로… 아니, 뤼팽이 시킨 대로 말이지. 자네가 보낸 편지가 사실 뤼팽한테 온 것이었으니까."

바로 이 순간 월슨은 관목 숲에서 숌즈와 몸싸움을 벌였던 때보다 더 무시무시한 위험에 처했다 해도 과언이 아니다. 숌즈는 월슨의 목을 졸라 죽이고 싶은 강렬한 충동을 느꼈으니까. 이를 간신히 자제한 숌즈는 미소를 지으려 했으나 표정은 오히려 울상에 가까웠다.

"좋아, 좋아. 이 훌륭한 작업으로 큰 진전을 보겠군. 자네의 탁월한 분석과 관찰 능력으로 발견한 다른 건 없나? 그 덕 좀 보기로 하세."

"물론 없네. 그게 전부네."

"안 됐군! 시작은 좋았는데. 그렇다면 이제 여기서 나가는 일밖에 안 남았군."

"나간다고! 어떻게 말인가?"

"보통의 정직한 사람들이 그러하듯 문으로 나가야지."

"문이 잠겨 있지 않나."

"열어주겠지."

"누가?"

"길가에 보이는 경찰 두 명을 좀 불러주게."

"하지만…."

"하지만 뭔가?"

"거, 민망하지 않나…. 헐록 숌즈, 그리고 나 월슨이 아르센 뤼팽의 포로였다고 해보게. 사람들이 뭐라고 하겠나?"

"어쩌겠나, 친구. 실컷 웃으라지. 그렇다고 이 집에서 평생 살 순 없지 않겠어."

헐록 숌즈의 목소리는 냉랭했고 얼굴은 굳어 있었다.

"아무것도 안 해볼 건가?"

"아무것도."

"어제 음식 바구니를 가져온 사람은 들어올 때나 나갈 때 모두 정원을 가로질러 온 게 아니네. 그러니 다른 출구가 존재한다는 거야. 그걸 찾아보세. 그러면 경찰 도움을 청할 필요도 없을 테니."

"추론 한번 잘했네. 하지만 자네가 잊고 있는 사실은 파리 경찰이 6개월에 걸쳐 찾아 헤맸지만 출구를 찾지 못했다는 것과 자네가 자는 동안 이 저택을 샅샅이 돌아보았지만 나 역시 출구 찾기에 실패했다는 것이네. 아! 월슨, 이 친구야, 아르센 뤼팽은 흔히 볼 수 없는 사냥감이라네. 자신이 지나간 자리에 아무것도 남기지 않는 자란 말이지…."

오전 11시 헐록 숌즈와 월슨은 밖으로 나올 수 있었다…. 그리고 가장 가까운 경찰서로 인도됐다. 서장은 이들을 엄중히 신문한 후 풀어주며 속이 뻔히 들여다보여 오히려 짜증이 날 위로의 말을 늘어놓았다.

"그런 일을 겪으시다니 정말 유감입니다. 두 분은 프랑스인의 손님맞이에 대해 나쁜 인상을 받으시겠군요. 맙소사, 얼마나 밤이 고통스러우셨겠습니까! 아! 그 뤼팽이란 작자는 정말 경우 없는 사람이군요."

경찰은 삯마차로 두 사람을 엘리제 팔라스 호텔로 데려다주었다. 윌슨은 계산대에서 방 열쇠를 달라고 했다.

종업원은 열쇠를 찾아보더니 깜짝 놀라며 이렇게 말했다.

"아니, 선생님께서는 이미 방을 비우셨어요."

"방을 비우다니요! 아니, 어떻게 그럴 수 있습니까?"

"오늘 아침에 선생님께서 쓰신 편지로요. 선생님 친구분께서 전해주셨습니다."

"어떤 친구 말입니까?"

"선생님 편지를 우리에게 전해주신 신사분 말입니다…. 편지에는 선생님 명함도 들어 있었습니다. 여기 보세요."

윌슨이 얼른 받았다. 자기 명함이 틀림없고 편지는 자기 글씨체로 쓰여 있었다.

"세상에, 또 지독한 짓을 꾸몄군." 윌슨이 중얼거렸다.

그리고 걱정스럽게 덧붙였다.

"그럼 짐은?"

"친구분께서 가져가셨는데요."

"아…! 그걸 내줬단 말입니까?"

"물론입니다. 선생님 명함이 있었으니까요."

"그래… 그랬겠지…."

두 사람은 하는 수 없이 호텔을 나와 상젤리제 대로를 말없이 터덜터덜 걸어갔다. 가을 햇살이 찬란히 대로를 비추었고 산들바람이 부드럽고 가볍게 불어왔다.

교차로에 이르자 헐록 숌즈는 잠시 멈춰 파이프에 불을 붙이고 다시 걸었다. 윌슨이 울부짖었다.

"자네를 이해할 수 없네, 숌즈. 자네는 어떻게 그리도 차분한가. 마치 고양이가 생쥐를 놀리듯 자네를 조롱하며 가지고 노는데…. 왜 아무 말이 없나!"

숌즈는 걸음을 멈췄다.

"윌슨, 자네 명함을 생각하고 있었네."

"그래서?"

"여기 한 남자가 우리한테 편지를 보낼지도 모를 경우를 대비해 자네와 내 글씨체 견본을 미리 구해놓고 지갑에 자네 명함까지 갖고 있었네. 얼마나 용의주도하고 깊은 통찰력인지, 또 얼마나 체계적이고 조직적으로 이루어진 일인지 한번 생각해보게나."

"그 말은 곧…?"

"그 말은 곧 그렇게 단단히 무장하고 만반의 준비를 한 적과 싸워서 이기려면 반드시… 내가 나서야 한다는 거지. 게다가 윌슨, 자네도 보다시피 첫 판에 이기는 법은 없다네."

말을 마친 숌즈는 웃었다.

그날 저녁 6시 〈에코 드 프랑스〉에 다음과 같은 짤막한 기사가 실렸다.

오늘 아침 파리 16구 경찰서장 테나르 씨가 고인이 된 도트렉 남작의 저택에 갇혀 있던 헐록 숌즈와 윌슨 씨를 풀어주었다. 이들은 그곳에서 잊지 못할 밤을 보냈다고 한다.

또한 이 두 사람은 자신들의 여행 가방을 탈취한 혐의로 아르센 뤼팽을 고소했다.

아르센 뤼팽은 이번에는 가벼운 교훈을 주는 정도로 만족하지만 앞으로 좀 더 심각한 조치를 취할지도 모르니, 부디 그런 일이 벌어지게 하지 말라는 호소를 전해왔다.

헐록 숌즈는 신문을 구겨 던졌다.

"쳇, 애들 장난 같으니라고! 뤼팽에게 불만스러운 점 딱 하나는… 너무 유치하다는 걸세…. 그러니 사람들이 그렇게 뤼팽 일이라면 환장하지…. 이자한테는 파리 특유의 불한당 같은 면모가 있단 말이지!"

"이래도 여전히 태연할 텐가?"

"태연하지 못할 이유가 없지. 화를 내서 뭐하겠나? **결국 내가 이길 게 뻔한데!**"

숌즈의 목소리에서 주체할 수 없는 분노가 배어났다.

4
어둠 속 희미한 빛

아무리 강인한 성격의 소유자라 하더라도(숌즈는 그 어떤 역경이 닥쳐도 흔들리지 않을 사람이다) 전투에 임하기 전에 힘을 재충전해야 할 필요성을 절실히 느낄 때가 있다.

"오늘 난 쉬도록 하겠네." 숌즈가 말했다.

"그럼 나는?"

"월슨, 자네는 우리가 입을 옷가지를 조금 사두게. 그동안 나는 쉬겠네."

"그럼 쉬게나. 내가 망을 보겠어."

월슨은 온갖 위험 앞에 선 전방의 보초만큼이나 결연한 어조로 말했다. 상반신이 부풀어 오르고 근육이 팽팽해졌다. 날카로운 눈으로 자신들이 묵는 자그마한 호텔방을 쓱 훑어보았다.

"망을 보게나, 월슨. 나는 상대에 걸맞은 작전을 한번 짜보도록 하겠네. 알겠나, 우리가 뤼팽을 제대로 모르고 있어. 원점으로 돌아가 사건을 모조리 다시 살펴봐야 하네."

"가능하다면 그보다 더 거슬러 올라가야겠지. 하지만 우리한테 그럴 시간이 있나?"

"아흐레가 있다네, 친구! 적어도 닷새는 남을 걸세."

오후 내내 영국 탐정은 담배를 피거나 잠을 자며 보냈다. 숌즈가 움직이기 시작한 때는 그다음 날이 되어서였다.

"윌슨, 이제 준비됐네. 이제 나가서 좀 걸어볼까."

"걸어보지. 사실 다리가 근질근질해서 못 견디던 참이었네."

이렇게 외치는 윌슨은 군인처럼 사기가 충천해 있었다.

숌즈는 세 사람과 오랫동안 면담했다. 먼저 드티낭 변호사를 만나 그 아파트를 면밀히 조사했다. 그다음은 숌즈의 전보를 받고 온 쉬잔 제르부아에게서 금발 여인에 대해 들었다. 마지막으로 도트렉 남작이 살해된 후 성모 방문회 수도원에 은거하고 있는 오귀스트 수녀를 만났다.

면담이 진행될 때마다 윌슨은 매번 밖에서 기다리고 있다가 이렇게 물어보았다.

"만족하는가?"

"매우."

"그럴 줄 알았네. 이제 일이 제대로 풀릴 거라고. 가세나."

두 사람은 많이 걸었다. 앙리 마르탱가에 있는 문제의 저택을 둘러싼 건물 두 개를 둘러본 후 클라페롱가까지 걸어갔다. 숌즈가 25번지 건물 전면을 살펴보다가 이렇게 말했다.

"이 집들 사이에 비밀 통로가 있는 게 틀림없는데… 도무지 알 수가 없군…."

윌슨은 처음으로 자신의 전능한 협력자인 숌즈의 능력을 깊이 의심했다. 왜 말은 많은데 정작 행동하진 않을까?

"왜냐고?" 헐록이 마치 윌슨의 내밀한 생각에 대답하듯 대뜸 말했다.

"뤼팽이란 고약한 자와 맞서려면 모든 것을 원점으로 돌리고 우연을 따라야 하기 때문이네. 분명한 사실에서 진실을 끌어내는 대신 머릿속에서 먼저 가설을 끌어낸 후 가설이 과연 일어난 사건에 들어맞는지 확인해야 한단 말일세."

"그럼 비밀 통로는 어떻게 만들어진 건가?"

"그게 무슨 중요한 문제란 말인가! 내가 그걸 알아냈다고 해보세. 뤼팽이 변호사 집에 들어간 통로나 금발 여인이 도트렉 남작을 살해하고 빠져나간 방법을 알아냈다고 해서 수사에 진전을 보았다고 할 수 있을까? 그렇다고 뤼팽을 공격할 방도가 생길까?"

윌슨이 큰 소리로 말했다.

"어쨌든 공격해야 하…"

그런데 말을 마치기도 전에 괴성을 지르며 뒤로 물러섰다. 무엇인가 발치에 떨어졌기 때문이다. 모래가 반쯤 찬 자루였고 만약 제대로 맞았다면 두 사람은 심하게 다쳤을 것이다.

숌즈가 고개를 들어 바라보니 건물 6층 발코니에 설치해놓은 발판 위에서 일꾼들이 일하고 있었다.

"이런! 정말 운이 좋군. 조금만 옆으로 떨어졌어도 저 부주의한 자들이 떨어뜨린 자루에 머리를 정통으로 맞을 뻔했네. 마치…"

갑자기 말을 멈추고 별안간 건물 다섯 개 층을 단숨에 뛰어 올라간 숌즈는 어느 집의 초인종을 누르자마자 불쑥 안으로 들어갔다. 그 집 하인이 놀라는 모습은 아랑곳하지 않고 발코니까지 직접 들어갔다. 아무도 없었다.

"여기 일꾼이 있었습니까…?" 헐록이 하인에게 물었다.

"막 떠났습니다."

"어디로 갔습니까?"

"하인 전용 계단으로요."

숌즈가 몸을 기울여 내려다보았다. 두 남자가 자전거를 끌고 집 밖으로 나가는 모습이 보였다. 이들은 자전거에 올라타더니 이내 사라져버렸다.

"여기에서 일한 지 오래됐습니까?"

"저 두 사람이요? 오늘 아침부터 일했어요. 새로 온 사람들입니다."

숌즈는 월슨이 있는 곳으로 돌아왔다.

숙소로 돌아온 두 사람은 한없이 침울해졌고 음울한 침묵 속에서 두 번째 날이 저물었다.

다음 날 일정도 마찬가지였다. 어제와 똑같이 앙리 마르탱가의 벤치에 앉아서 건물 세 개를 마주 보며 하염없이 기다리는 꼴이었으니, 안 그래도 지루해 죽을 맛인 월슨은 절망적인 심정으로 물었다.

"숌즈, 무얼 기다리는 건가? 뤼팽이 저 건물 중 하나에서 나오기라도 바라나?"

"아니."

"그럼 금발 여인이 나타날 걸 기대하나?"

"아닐세."

"그러면?"

"뭔가 작은 사건이 일어나길 바란다네. 어떤 것이어도 좋으니 출발점이 되어줄 그런 사건 말이네."

"그런 사건이 일어나지 않는다면?"

"내 마음속에서 무슨 일이든 일어나겠지. 화약에 불을 댕길 불씨 같은 것 말일세."

아닌 게 아니라 어떤 사건이 일어나 아침나절의 단조로움을 깼다. 그 사건은 꽤나 불쾌했다.

한 신사가 앙리 마르탱가에 있는 두 도로 사이의 승마 전용로로 말을 타고 가고 있었는데, 말이 전용로를 벗어나 숌즈와 윌슨이 앉아 있던 벤치에 부딪혔고 말 궁둥이가 숌즈의 어깨를 아슬아슬하게 스쳤다.

"어, 어! 조금만 더 가까웠더라면 어깨가 으스러질 뻔했어!" 숌즈가 소리쳤다.

신사는 말을 다루느라 고군분투했다. 영국 탐정은 권총을 꺼내 신사를 겨눴다. 하지만 윌슨이 잽싸게 숌즈의 팔을 붙들었다.

"자네 미쳤나! 저 신사를 죽이기라도 할 셈인가!"

"이거 놓게, 윌슨…. 놓으란 말이네."

두 사람 사이에 승강이가 벌어졌고 신사는 그동안 진정시킨 말을 타고 박차를 가해 잽싸게 자리를 떠났다.

"이제 한번 쏴보게나." 말 탄 신사가 멀리 떠나자 윌슨은 의기양양하게 외쳤다.

"둘도 없는 멍청이 같으니라고. 아니, 저자가 아르센 뤼팽과 한패라는 걸 모르겠나?"

숌즈는 화가 나서 부들부들 떨었다. 윌슨은 딱하게도 말을 더듬었다.

"뭐… 뭐라고 하는 건가? 저 신사가…?"

"뤼팽의 공범이라네. 우리 머리 위로 모래 자루를 떨어뜨린 그 일꾼들처럼."

"그게 말이 되나?"

"말이 되든 안 되든 증거를 포착할 기회였단 말일세."

"그 신사를 죽여서 말인가?"

"말만 잡으려고 했네. 자네가 없었다면 뤼팽의 공범 중 한 놈을 잡았을 걸세. 자네가 얼마나 어리석은 짓을 했는지 알겠나?"

그날 오후는 침울하기 짝이 없었다. 두 사람은 서로 말 한마디 건네지 않았다. 오후 5시, 숌즈와 윌슨은 건물에서 최대한 떨어져 클라페롱가를 따라 걷다가, 서로 팔짱을 끼고 노래를 불러대는 세 명의 노동자와 맞닥뜨렸다. 이 사내들이 팔짱을 풀지 않고 막무가내로 밀어붙이려 하자 안 그래도 기분이 좋지 않은 숌즈는 이들을 가로막고 몸싸움을 벌였다. 숌즈는 권투 자세를 취한 후 가슴이며 얼굴에 닥치는 대로 주먹을 날려 세 사람 중 두 명을 때려눕혔다. 두 사내는 더는 저항하지 않고 줄행랑을 쳤고 나머지 한 명도 이내 사라져버렸다.

숌즈가 탄성을 질렀다.

"아! 기분 한번 좋군…. 안 그래도 신경이 온통 곤두서 있었는데…. 마침 한판 잘 벌였네…."

하지만 벽에 기댄 윌슨을 보고 숌즈가 물었다.

"뭔가! 무슨 일인가. 이 친구, 자네 얼굴이 창백하네."

그러자 숍즈의 오랜 친구는 축 늘어져 있는 자기 팔을 보이며 힘없이 말했다.

"대체 무슨 일인지 모르겠네…. 팔이 몹시 아프군."

"팔이 아프다고? 진짜인가?"

"그래… 그렇다네…. 오른팔이…."

윌슨이 아무리 애를 써도 팔을 움직일 수 없었다. 헐록은 윌슨의 팔을 눌러보았다. 처음에는 살살 누르다가 '통증의 정도를 정확히 알아본다'는 명분으로 점점 세게 눌렀다. 통증의 정도가 심하다고 판단되자 헐록은 크게 걱정되어 윌슨을 근처 약국으로 데려갔다. 하지만 약국에 도착한 윌슨은 곧바로 기절해버렸다.

약사와 조수들이 서둘러 조치했다. 윌슨은 팔이 부러진 상태여서 이내 외과 의사며 수술, 병원 등의 이야기가 오갔다. 환자의 옷을 벗기는 동안 윌슨은 통증 때문에 연신 비명을 질렀다.

"그래, 좋아…. 잘되어가고 있네." 윌슨의 팔을 붙들고 있던 헐록이 말했다. "조금만 참게, 친구…. 5주나 6주 후면 다 괜찮아질 거라네. 그 불한당 놈들이 대가를 톡톡히 치를 걸세, 알겠나…. 특히 그놈은 더더욱…. 재수 없는 뤼팽 놈이 이 일을 꾸민 게 틀림없어…. 아! 맹세코 만약 내가…."

그러더니 갑자기 말을 멈추고 팔을 놔버렸다. 윌슨은 충격이 너무도 고통스러운 나머지 가엾게도 다시 기절해버렸다…. 헐록은 이마를 치며 말을 이었다.

"윌슨, 한 가지 생각이 떠오르는군…. 그게 과연 우연이었을까…?"

124   아르센 뤼팽 대 헐록 숍즈

숌즈는 꿈쩍도 않고 시선을 한곳에 고정한 채 말을 툭툭 끊으며 내뱉었다.

"그럼 그렇지, 그거였어…. 이제 설명이 되는군…. 바로 옆에 있는 걸 모르고 멀리서 찾아 헤맸군…. 물론이지, 곰곰이 생각해보면 될 줄 알았다니까…. 윌슨 이 친구, 자네가 좋아할 게 틀림없네!"

힐록은 오랜 친구를 그 자리에 내버려 두고 길로 뛰어나와 25번지까지 달렸다.

그러고는 건물 문의 오른쪽 돌벽 상단에 새겨져 있는 글귀를 읽었다.

건축가 데스탕주, 1875년

그 옆의 건물인 23번지에도 같은 글귀가 새겨져 있었다.

여기까지는 전혀 이상할 게 없다. 하지만 저곳, 앙리 마르탱가 저택은 어떨까?

마차가 한 대 지나가고 있었다.

"마부 양반, 앙리 마르탱가 134번지로 갑시다. 전속력으로!"

마차에 타서도 일어선 채 말을 재촉했고 마부에게도 웃돈을 얹어주었다. 더 빨리…! 조금만 더 빨리!

그렇게 퐁프가 모퉁이를 돌 때쯤 숌즈의 불안감은 극에 달했다! 과연 진짜 단서를 발견했을까?

이윽고 도착한 134번지 저택 머릿돌에는 이렇게 적혀 있다.

건축가 데스탕주, 1874년

옆 건물들도 마찬가지였다.

건축가 데스탕주, 1874년

어찌나 감격했는지 헐록은 벅차오르는 기쁨에 몸을 떨며 잠시 마차에 털썩 주저앉았다. 드디어 암흑 속에서 한 줄기 서광이 비쳤다! 수천 개의 오솔길이 뒤엉킨 어둡고 거대한 숲에서 드디어 적이 남긴 흔적을 처음으로 발견한 것이다!

헐록은 우체국으로 가서 크로종 성으로 전화 연결을 신청했다. 백작부인이 직접 받았다.

"여보세요…! 백작부인이십니까?"

"숌즈 탐정님이세요? 일은 잘되어가세요?"

"아주 잘되고 있습니다. 하지만 급하게 여쭙고 싶은 게 있습니다…. 하나만 알려주십시오…."

"말씀하세요."

"크로종 성이 언제 건축됐습니까?"

"30년 전에 불타서 다시 지었지요."

"누가 건축했습니까? 연도는 언제인가요?"

"현관 머릿돌에 '건축가 뤼시앵 데스탕주, 1877년'이라고 적혀 있네요."

"고맙습니다, 부인. 그럼 안녕히 계십시오."

숌즈는 건물을 나서며 이렇게 중얼거렸다.

"데스탕주… 뤼시앵 데스탕주…. 이름이 낯설지 않단 말이
야."

지나가다 도서관이 보이자 곧바로 들어가 현대 인명사전을
찾았고 거기에서 다음과 같은 내용을 옮겨 적었다.

뤼시앵 데스탕주. 1840년 출생. 로마 건축 대상 수상. 레지옹
도뇌르 훈장 수훈, 건축 분야에서 높은 평가를 받은 저서 다수
집필….

그러고 나서야 숌즈는 약국으로 돌아왔고 뒤이어 윌슨이 실
려간 병원을 방문했다. 친구는 팔에 깁스한 채 침대에 누워 열
에 들뜬 몸을 부들부들 떨며 헛소리를 하고 있었다.

"이겼네! 이겼어!" 숌즈가 외쳤다. "이제 실마리를 잡았다
네."

"무슨 실마리?"

"우리 목적을 달성해줄 실마리 말일세! 드디어 단단한 땅에
서 지문이나 단서 따위를 수집해볼 수 있네…."

"담뱃재도 있을까?" 윌슨은 상황에 흥미를 보이며 원기를 조
금 회복하는 듯했다.

"그뿐 아니라 다른 것들도 있을 걸세! 생각해보게, 윌슨, 금
발 여인이 개입된 사건을 잇는 연결 고리를 발견했다네. 뤼팽
이 사건들이 벌어진 장소 세 군데를 어떤 이유로 골랐을까?"

"그래, 왜 그랬는가?"

"윌슨, 그 세 건물을 같은 건축가가 지었기 때문이야. 추측하

기 쉬운 거라고 말할 건가? 분명 그럴 테지…. 하지만 지금껏 아무도 생각하지 못했다네."

"아무도 못 했지. 자네만 빼고."

"그래, 나만 빼고 말이야. 같은 건축가가 비슷한 설계도를 바탕으로 건물을 지었기 때문에 그 세 가지 사건이 일어날 수 있었던 걸세. 겉으로는 기적처럼 보이지만 실제로는 단순하고 쉬운 일이지."

"정말 잘됐군!"

"발견할 때도 됐지, 친구. 참을성을 잃어가던 참이었으니…. 오늘이 벌써 나흘째 아닌가."

"열흘 중에서 말이지."

"오! 이제는…."

아주 기쁜 나머지 숌즈는 평소와 달리 제자리에 가만히 있지를 않았다.

"그런데 오늘 길에서 만난 불한당 놈들이 자네 팔뿐 아니라 내 팔까지 부러뜨릴 뻔했네. 그 점은 어떻게 생각하나, 윌슨?"

윌슨은 말없이, 그런 일이 벌어졌으면 얼마나 끔찍했을까 생각하며 부르르 떨었다.

숌즈가 말을 이었다.

"이 일로 얻은 교훈을 잊지 말게! 윌슨, 우리 잘못이 무엇이었는지 아나. 바로 뤼팽과 드러내놓고 싸웠다는 걸세. 그 바람에 그자가 파놓은 함정에 떡하니 빠졌던 거지. 물론 그자는 반쪽만 성공했지. 자네만 다쳤으니…."

"팔만 하나 부러졌으니 그나마 다행이지." 윌슨이 신음하듯 말했다.

"우리 둘 다 다칠 수도 있었는데 말이야. 하지만 이제 허세는 끝났네. 대낮에 감시를 받는다면 질 수밖에 없지만 어둠 속에서 자유롭게 움직인다면 적이 아무리 강해도 내가 유리하지."

"가니마르 형사가 자네를 도울 수 있을 걸세."

"절대 안 되네! 아르센 뤼팽이 여기 있다, 그자 소굴이 여기다, 그러니 이렇게 하면 뤼팽을 잡을 수 있을 거라고 확신할 수 있을 때라야 가니마르 형사에게 알릴 걸세. 형사가 일러준 대로 페르골레즈가에 있는 자택이나 샤틀레 광장에 있는 스위스 카페로 연락을 취하면 되겠지. 하지만 그때까지는 혼자 움직이겠네."

숌즈는 침대로 다가가 윌슨의 어깨(아니나 다를까 역시 다친 어깨)에 손을 얹고 한껏 다정하게 말했다.

"몸조리 잘하게나, 친구. 이제 자네가 할 일은 아르센 뤼팽의 수하 두세 명을 여기 붙들어 두는 걸세. 놈들은 내 흔적을 찾아내려고 내가 자네 안부를 물으러 이곳에 오기를 기다리겠지. 믿을 만한 사람만이 해줄 수 있는 중요한 역할이네."

"믿고 그런 임무를 맡겨주니 고맙네." 윌슨은 감격에 겨워 이렇게 말했다. "그 역할을 충실히 이행하도록 온갖 노력을 기울이겠네. 그렇다면 자네, 이제 다시는 여기에 오지 않을 건가?"

"뭐하러 오겠나?" 숌즈가 싸늘하게 되물었다.

"그래… 그렇지…. 최대한 빨리 나아야겠군. 그런데 힐록, 마지막으로 부탁이 있는데 마실 것 좀 가져다줄 수 있겠나?"

"마실 것?"

"그래, 목이 말라 죽겠네. 열이 나서 말이지…."

"아무렴! 내 당장…."

숍즈는 물병 두세 개를 만지작거리다가 옆에서 담뱃갑을 발견하고는 파이프에 불을 붙였다. 그러더니 마치 친구의 부탁은 들은 적도 없다는 듯 훌쩍 병실을 떠나갔다. 손이 닿지 않는 물병을 애타게 바라보는 오랜 친구를 남겨둔 채.

"데스탕주 씨 계십니까!"

말제르브 광장과 몽샤냉가가 접한 모퉁이에 있는 으리으리한 저택 문을 열자 하인 한 명이 나와 데스탕주를 찾는 사람을 위아래로 훑어보았다. 사내는 자그마했고 면도도 제대로 안 된 회색 수염에다 타고난 듯 기이한 체형에 걸맞게 그다지 깔끔해 보이지 않는 검정 프록코트를 걸치고 있었다. 하인은 이런 상황에서 늘 그랬듯 경멸조로 대답했다.

"데스탕주 씨가 여기 있을 수도 있고 없을 수도 있지요. 경우에 따라 다릅니다. 명함은 있습니까?"

사내는 명함이 없었지만 소개장을 갖고 있었다. 하인은 데스탕주에게 그 소개장을 가져다주었다. 데스탕주는 손님을 모셔오라고 지시했다.

손님은 저택 측면에 있는 커다란 원형 방으로 안내되었다. 벽은 온통 책으로 뒤덮여 있었다. 건축가가 말을 꺼냈다.

"스티크만 씨입니까?"

"그렇습니다."

"내 비서가 아파서 당신을 대신 보낸다고 한 연락은 받았습니다. 당신이 내가 지시했던 도서 목록 작성을 이어서 해줄 거라고 하더군요. 특히 독일어권 도서 목록이 중요합니다. 이런 일을 해본 적이 있습니까?"

"예, 선생님. 오랫동안 해왔지요." 스티크만은 독일어 억양이 강하게 밴 말투로 대답했다.

합의는 금방 이루어졌고 데스탕주는 새 비서와 함께 곧장 일을 시작했다.

이로써 헐록 숌즈는 잠입에 성공했다.

이 유명한 탐정은 뤼팽의 감시를 따돌리면서 뤼시앵 데스탕주가 딸 클로틸드와 함께 사는 저택으로 잠입하기 위해 자신의 신분을 완벽히 감춰야 했다. 무수한 전략을 세우고 숱한 가명을 써가며 이 사람 저 사람에게 부탁하고 정보를 캐냈다. 한마디로 지난 48시간 동안 숌즈는 무척 분주하고 복잡한 시간을 보냈다.

그렇게 움직여 얻은 정보는 바로 이렇다. 데스탕주는 건강이 악화되어 휴식을 취하기 위해 모든 업무에서 손을 떼고 여태껏 수집해놓은 건축 관련 책에 파묻혀 지낸다. 먼지투성이의 오래된 책들을 바라보고 정리하는 일을 제외하면 아무런 낙이 없는 생활이었다.

딸 클로틸드는 특이한 아가씨로 알려졌다. 저택에서 아버지가 기거하는 쪽의 반대편에서 지냈고 자기 아버지와 마찬가지로 좀처럼 밖에 나가지 않았다.

데스탕주 씨가 불러주는 책 제목을 장부에 써넣으며 헐록은 생각했다.

'이 모든 게 아직 결정적이진 않지만 얼마나 큰 진전인지! 물론 골치 아픈 문제들에 대한 그 어떤 해답도 찾지 못할 수 있어. 가령 데스탕주 씨가 아르센 뤼팽의 협력자일까? 뤼팽을 계속 만나고 있을까? 그 세 건물 건축과 관련된 문서가 존재할까? 이 문서들을 본다면 뤼팽이 비슷하게 조작해 자신과 일당을 위해 남겨둔 다른 건물들 주소를 알아낼 수 있을까?'

데스탕주가 아르센 뤼팽과 공범이라면! 레지옹 도뇌르 수훈자인 이 존경할 만한 인물이 절도범과 함께 손을 잡아왔다니, 인정할 수 없는 가정이다. 게다가 공범이라고 해도 데스탕주가 어떻게 30년 전에 아르센 뤼팽이 범죄에 자신의 건물을 이용하리라고 예상했단 말인가? 뤼팽은 그때 그저 갓난아이였을 뿐인데.

그게 무슨 대수인가! 영국 탐정은 생각을 굽히지 않았다. 특유의 직감과 천재적인 통찰력으로 헐록 숌즈는 데스탕주를 둘러싼 어떤 수수께끼가 있다고 느꼈다. 저택에 들어서자마자 뭐라고 딱 꼬집어 말하기는 어렵지만 미묘한 무엇인가에서 이런 느낌을 받았는데, 그 느낌은 내내 사라지지 않았다.

둘째 날 아침 숌즈는 여전히 흥미로운 무언가를 찾지 못했다. 오후 2시, 서재에 책을 찾으러 온 클로틸드 데스탕주를 처음으로 봤다. 삼십 대쯤으로 보였는데 짙은 갈색 머리에 느릿하고 조용하게 움직였으며 자기 세계에 파묻혀 사는 사람들 특유의 무심한 표정을 띠었다. 클로틸드는 아버지인 데스탕주와 몇 마디 이야기를 주고받더니 숌즈는 쳐다보지도 않고 나갔다.

오후 역시 무료하고 단조롭게 흘러갔다. 5시가 되자 데스탕주가 외출한다고 알려왔다. 숌즈는 서재에 혼자 남아 원형 벽면을 따라 중간 높이쯤에 에둘러 난 회랑 위에 있었다. 해가 지고 있었다. 막 나가려던 차에 삐걱거리는 소리가 들렸고 동시에 누군가 방 안에 있다는 느낌이 강하게 들었다. 1분, 1분조차 더디게 흐르는 것 같았다. 숌즈는 갑자기 전율했다. 어둑한 가운데 어떤 그림자가 자신이 있는 자리와 가까운 발코니에 나타났다. 그게 가능한가? 대체 언제부터 이 보이지 않는 인물이 이곳에 있었을까? 어디에서 나타났을까?

사내는 계단을 내려와 커다란 떡갈나무 책장 쪽으로 걸어갔다. 숌즈는 회랑 난간에 드리운 휘장 뒤에 숨어 무릎을 꿇고 관찰했다. 사내는 책장에 가득 있는 서류를 뒤졌다. 무엇을 찾는 걸까?

바로 이때 문이 열리고 데스탕주 양이 재빨리 들어오며 자기를 따라오는 누군가에게 말했다.

"아버지, 결국 안 나가세요…? 그럼 불을 켤게요…. 잠깐만요…. 가만히 계셔보세요…."

낯선 사내는 책장 문을 닫고 커다란 창문 앞에 난 공간에 들어가 커튼을 치고 그 뒤에 숨었다. 어떻게 데스탕주 양이 그자를 못 볼 수 있지? 소리도 못 듣다니? 여인은 매우 차분하게 전기 스위치를 켜고 아버지를 방으로 모셨다. 두 사람은 서로 가까이 앉았고 여인은 자신이 가져온 책을 펴고 읽기 시작했다.

"아버지 비서는 여기에 없나요?" 한참 후에 딸이 물었다.

"없구나…. 보다시피 말이다…."

"그 사람은 여전히 마음에 드세요?" 진짜 비서가 아파서 스티크만이 그 자리를 대신한 걸 모르는 듯 이렇게 물었다.

"여전히 괜찮아…. 괜찮지…."

데스탕주의 머리가 좌우로 흔들흔들하더니 이내 잠이 들었다.

한참이 흘렀다. 젊은 여인은 책을 읽었다. 이때 창문에 드리워진 커튼 하나가 열리면서 사내가 벽을 타고 문 쪽으로 미끄러지듯 걸었다. 데스탕주 씨 뒤쪽을 지나가지만 클로틸드의 정면을 통과해야 했다. 이때 숌즈는 그 사내를 똑똑히 볼 수 있었다. 바로 아르센 뤼팽이었다.

숌즈는 몸이 떨릴 만큼 기뻤다. 자신의 정확한 계산이 이 불가사의한 사건의 핵심을 꿰뚫었다. 예상한 대로 뤼팽이 이 장소에 나타났으니까.

클로틸드는 꼼짝도 안 했다. 사내의 움직임을 모른다는 건 말도 안 된다. 뤼팽이 문에 거의 다 도착해 손잡이 쪽으로 팔을 뻗는 순간, 뤼팽의 옷에 쓸려 어떤 물건이 탁자 위에서 떨어졌다. 데스탕주가 화들짝 놀라 깼다. 어느새 아르센 뤼팽은 모자를 벗어 들고 노인 앞에 다가가 빙그레 웃었다.

"막심 베르몽." 데스탕주가 기뻐하며 외쳤다. "막심, 이 친구 아닌가…! 아니, 여긴 어쩐 일인가?"

"선생님과 데스탕주 양을 뵙고 싶어 왔지요."

"그래, 여행에서는 돌아온 건가?"

"어제 왔습니다."

"우리와 저녁 식사를 하고 가지 그러나?"

"아닙니다. 친구들과의 식사 약속이 있습니다."

"내일은 어떤가? 클로틸드, 이 친구더러 내일은 오라고 해보려무나. 아! 이 친구, 막심…. 요즘 안 그래도 자네 생각이 나던 참이었는데."

"그러셨습니까?"

"그렇다네. 얼마 전에 저 책장에 든 서류를 정리하는데 우리가 마지막으로 정리했던 보고서를 발견했다네."

"무슨 보고서 말씀이십니까?"

"앙리 마르탱가 건 말일세."

"아니, 그 보고서를 아직도 가지고 계셨습니까! 어디에 쓰시려고요…!"

세 사람은 커다란 유리문을 사이에 두고 원형 서재와 맞닿은 작은 응접실로 자리를 옮겼다.

'저 사람이 뤼팽인가?' 숌즈는 갑자기 의심이 들었다.

그렇다, 분명히 그자다. 하지만 아르센 뤼팽과 그저 몇 가지 특징만 닮은 다른 사람일 수도 있다. 그래도 그만의 개성이라든가 얼굴 윤곽, 시선, 머리 색깔로 보건대… 뤼팽이 틀림없었다.

흰 넥타이에 몸에 달라붙는 부드러운 셔츠를 입은 뤼팽은 쾌활하게 떠들었고 뤼팽의 이야기를 듣는 데스탕주 씨는 흡족하게 껄껄 웃었다. 클로틸드의 입가에도 살며시 미소가 떠올랐다. 아르센 뤼팽은 두 사람이 웃는 모습을 보기 위한 목적으로 이곳에 나타난 사람처럼 아주 기뻐했다. 뤼팽은 평소보다 훨씬 재기 넘치고 쾌활해 보였으며, 이토록 즐겁고 맑은 목소리를 듣는 클로틸드의 얼굴은 호감 가지 않는 평소의 차가운 표정

대신 밝고 따뜻한 표정으로 점점 바뀌었다.

숌즈는 생각했다.

'이 두 사람은 서로 사랑하고 있어. 하지만 클로틸드 데스탕주와 막심 베르몽 사이에 서로 통할 만한 게 무엇이지? 클로틸드는 막심이 아르센 뤼팽이라는 걸 알고 있을까?'

저녁 7시까지 숌즈는 불안한 마음으로 한마디라도 놓칠세라 대화에 귀를 기울였다. 그런 다음 매우 조심스레 계단을 내려와 응접실에서 보이지 않도록 방 측면을 가로질러 서재를 빠져나왔다.

밖으로 나온 숌즈는 자동차나 마차가 근처에 대기하지 않았음을 확인한 후 절뚝거리며 말제르브 대로로 접어들었다. 그러다가 갑자기 옆길로 들어서더니 팔에 들고 있던 외투를 걸치고 모자를 찌그러뜨려 모습을 완전히 바꾼 후 몸을 꼿꼿이 폈다. 완전히 다른 모습으로 바뀐 숌즈는 발길을 돌려 광장으로 돌아와 데스탕주 저택 문에서 눈을 떼지 않고 기다렸다.

얼마 후 아르센 뤼팽이 저택에서 나오더니 콩스탕티노플과 롱드르가를 통해 파리 중심부로 향했다. 힐록은 100보쯤 떨어져 뤼팽의 뒤를 밟았다.

이 영국인 탐정으로서는 얼마나 흐뭇한 시간이었는지! 훌륭한 사냥개가 방금 지나간 사냥감을 쫓듯 게걸스럽게 킁킁거리며 공기 냄새를 맡았다. 맞수를 뒤쫓는 기분이란 이루 말할 수 없이 달콤했다. 이번엔 미행을 당하는 게 자신이 아니라 아르센 뤼팽, 그 신출귀몰한 아르센 뤼팽이다. 이를테면 끊을 수 없는 끈 같은 시선으로 뤼팽을 붙들어 매놓았다고나 할까. 행인들 틈에서 걸어가는 자신의 사냥감을 바라보노라니 헐록은 대단히 흐뭇했다.

하지만 얼마 지나지 않아 기이한 사실을 하나 발견하고 깜짝 놀랐다. 자신과 아르센 뤼팽 사이에, 몇 사람이 줄곧 같은 방향으로 걸었다. 둥근 모자를 쓴 덩치 큰 두 남자가 왼쪽 보도로 걸어갔고, 챙 달린 모자를 쓰고 담배를 입에 문 다른 두 남자는 오른쪽 보도로 걸어갔다.

단순한 우연일 수도 있다. 하지만 뤼팽이 담배 가게로 들어가자 이 네 사람이 멈춰 서는 것을 보고 숌즈는 더욱 놀랐다. 게다가 뤼팽이 가게를 나서자 이들은 동시에, 하지만 따로따로 각자 위치를 지키며 당탱로를 따라 걸었으니 다시금 놀라지 않을 수 없었다.

숌즈는 속으로 중얼거렸다.

'빌어먹을, 미행하는 자가 또 있었군!'

숌즈는 아르센 뤼팽을 뒤따르는 사람이 또 있다는 생각, 즉 뤼팽을 체포해 얻을 영광 따위는 차치하고 여태껏 만난 적이 없는 막강한 적수를 혼자 힘으로 꼼짝 못하게 만들었을 때의 엄청난 즐거움과 강렬한 쾌감을 다른 사람에게 뺏길지도 모른다는 생각에 울화통이 터졌다. 아무튼 뤼팽을 미행하는 자들이 있다는 건 착각이 아니다. 이 남자들은 짐짓 초연해 보였으나 다른 사람의 발걸음에 맞춰 자기 속도를 조절하는 미행자들의 태도가 분명했다.

'가니마르 형사는 자기가 말했던 것보다 더 많이 개입하고

있는 걸까? 그자가 날 농락한 건가?'

헐록은 이렇게 고민할 게 아니라 네 사람 중 한 명에게 접근해 물어보고 싶었다. 하지만 대로가 가까워지며 행인이 점점 많아지자 숌즈는 뤼팽을 놓칠까 봐 걸음을 재촉했다. 혼잡한 곳을 벗어나고 보니 뤼팽이 엘데르가 모퉁이에 있는 헝가리 식당 입구 계단을 올라가고 있었다. 숌즈는 대로 맞은편 보도의 벤치에 앉아서 열린 문 사이로 내부를 들여다보았다. 뤼팽은 꽃으로 장식되고 근사한 음식이 차려진 식탁에 자리를 잡고 앉았다. 이미 식탁에 앉아 있던 잘 차려입은 신사 세 명과 우아한 부인 두 명이 뤼팽을 반갑게 맞아주는 모습이 보였다.

헐록은 시선을 돌려 아까의 사내 네 명을 찾았다. 사내들은 옆에 자리한 카페에서 집시 악단의 연주를 듣는 무리 속에 흩어져 앉아 있었다. 그런데 이상하게도 그 사내들은 아르센 뤼팽보다 주변에 앉아 있는 사람들에게 더욱 주의를 기울이는 것 같았다.

갑자기 네 사내 중 한 명이 자기 호주머니에서 담배를 꺼내더니 프록코트를 입고 높다란 모자를 쓴 신사에게 다가가 말을 걸었다. 그 신사는 자기 시가를 꺼냈고 이 두 사람이 이야기를 나누기 시작했는데 단순히 담뱃불을 붙이는 데 걸리는 시간보다 훨씬 더 오래 이야기를 나눴다. 그러더니 신사가 식당 현관 계단으로 올라가 식당 내부를 살짝 들여다보았다. 뤼팽을 발견하고는 다가가 잠시 이야기를 나누더니 그 옆 식탁에 자리를 잡았다. 숌즈는 그 신사가 다름 아닌 앙리 마르탱가에서 자신이 부딪힐 뻔한 말을 몰던 남자임을 알아보았다.

그제야 숌즈는 깨달았다. 아르센 뤼팽을 미행하던 자들은 다름 아닌 뤼팽의 수하였다! 뤼팽을 경호하고 있었던 것이다!

이들은 뤼팽의 경호원이자 부하, 호위대였다. 어디든 주인이 위험에 처할 곳이면, 공범들이 에워싸고 위험을 알려주며 뤼팽을 보호할 준비가 되어 있었다. 저 네 사람이 공범이다! 프록코트를 입은 저 신사가 공범이라니!

영국 탐정은 전율했다. 이토록 철저히 보호받는 인물을 과연 붙잡을 수 있을까? 뤼팽 같은 우두머리가 지휘하는 조직의 힘은 얼마나 막강할까!

숌즈는 자기 공책을 꺼내 연필로 몇 줄을 적어 뜯어낸 후 봉투에 넣었다. 그리고 벤치에 드러누워 있던 열다섯 살가량의 소년에게 말을 걸었다.

"애야, 마차를 타고 샤틀레 광장에 있는 스위스 카페 계산대에 이 편지를 전해주렴. 빨리 가보거라….."

그러고는 5프랑짜리 동전을 쥐여주었다. 소년은 잽싸게 달려갔다.

30분이 흘렀다. 행인이 점점 많아지는 바람에 숌즈는 뤼팽의 수하들을 자꾸 놓치곤 했다. 이때 누군가 숌즈를 살짝 건드리는가 싶더니 이렇게 말하는 목소리가 들렸다.

"아! 무슨 일입니까, 숌즈 씨?"

"오셨습니까, 가니마르 형사님?"

"그렇습니다. 카페에서 메시지를 받았습니다. 무슨 일입니까?"

"그자가 여기 있습니다."

"무슨 말씀이십니까?"

"저기… 식당 안쪽에… 오른쪽으로 몸을 좀 기울여 보십시오…. 그자가 보이십니까?"

"안 보이는군요."

"옆에 앉은 부인에게 샴페인을 따라주고 있습니다."

"뤼팽이 아닙니다."

"그자가 맞습니다."

"제가 아니라고 하지 않습니까…. 아, 하지만… 결국 그자일 수도 있지요…. 아, 그놈 참 닮긴 닮았네!"

가니마르가 중얼거렸다.

"그럼 옆에 앉은 사람들은 공범입니까?"

"그렇지 않아요. 옆에 앉은 부인은 클리브텐 양이고 다른 쪽에 앉은 부인은 클리스 후작부인입니다. 그리고 맞은편에 앉은 신사는 런던 주재 스페인 대사지요."

가니마르가 그쪽으로 걸어가려 하자 헐록이 이를 저지했다.

"어째서 그토록 부주의합니까! 당신은 혼자예요."

"뤼팽도 마찬가지입니다."

"아닙니다. 수하들이 대로에서 지키고 있습니다…. 게다가 식당 안에 그 신사까지…."

"내가 아르센 뤼팽의 덜미를 붙들고 그자 이름을 외치면 종업원들을 비롯해 식당에 있는 모든 사람들이 도와줄 겁니다."

"그래도 경찰 몇 명은 있어야 할 겁니다."

"그럼 아르센 뤼팽의 공범들이 눈치챌 게 아닙니까…. 아닙니다, 숌즈 씨. 우리로선 선택의 여지가 없습니다."

숌즈는 가니마르 말에 수긍했다. 위험을 감수하고 절호의 기회를 이용하는 편이 나았다. 헐록은 가니마르에게 이렇게 당부의 말을 건네는 걸로 만족했다.

"그렇다면 저자가 형사님을 가능한 한 뒤늦게 알아채게 하십시오….."

헐록은 아르센 뤼팽에게서 눈을 떼지 않은 채 신문 가판대 뒤로 숨었다. 뤼팽은 미소를 지으며 옆자리에 앉은 부인 쪽으로 몸을 기울였다.

가니마르 형사는 주머니에 손을 찌른 채 곧장 길을 가로질러 갔다. 그러더니 맞은편 보도에 도착하자마자 잽싸게 몸을 돌려 한달음에 식당 현관으로 올라갔다.

이때 귀를 찢는 휘파람 소리가 울려 퍼졌다…. 가니마르는 갑자기 문을 가로막고 선 식당 지배인에게 부딪혔다. 수상쩍은 사람을 식당에 들여 고급 식당의 평판을 떨어뜨릴 게 걱정되고 화가 난 듯한 지배인은 가니마르를 힘껏 밀쳤다. 가니마르가 휘청거렸다. 동시에 프록코트를 입은 신사가 밖으로 나왔다. 그 신사는 가니마르 편을 드느라 결국 식당 지배인과 거칠게 말다툼을 했다. 두 사람 모두 가니마르 형사를 사이에 두고 한 사람은 형사를 붙잡고 다른 사람은 형사를 밀어내며 승강이를 벌였다. 형사가 격렬하게 항의하고 발버둥쳤으나 결국 현관 계단 밑으로 쫓겨났다.

즉시 사람들이 몰려들었고 이 소동을 본 경찰 두 명이 사람들을 헤치고 다가오려 했으나 어깨가 짓눌리고 느닷없이 누군가의 등이 앞을 가로막는 바람에 영문도 모르고 옴짝달싹 못했다….

그러다 갑자기 마법처럼 길이 열렸다…! 식당 지배인이 실수를 깨닫고 사과의 말을 쏟아부었고 프록코트 신사는 가니마르 편들기를 멈췄다. 사람들이 길을 열어주었다. 경찰이 다가왔으며 가니마르는 아까 여섯 사람이 둘러앉아 있던 식탁으로 뛰어 들어갔다…. 하지만 식탁에는 다섯 명밖에 없었다. 형사는 주변을 둘러보았다…. 정문을 제외한 다른 출구는 보이지 않았다.

가니마르가 어안이 벙벙해 있는 다섯 사람에게 외쳤다.

"이 자리에 앉아 있던 사람은 어디 있습니까…? 그래요, 여섯 명이 있지 않았습니까…. 여섯 번째 사람은 어디 있습니까?"

"데스트로 씨 말씀이신가요?"

"아니, 아르센 뤼팽 말입니다!"

종업원 한 사람이 다가왔다.

"그 신사분은 방금 중이층으로 올라가셨는데요."

가니마르는 서둘러 올라가 보았다. 중이층에는 독방 몇 개와 큰길로 통하는 비상구가 있었다!

"지금 그자를 찾으러 가봤자 소용없지. 이미 멀리 가버렸을 테니!"

가니마르는 신음하듯 내뱉었다.

사실 뤼팽은 그렇게 멀리 있지 않았다. 기껏해야 200미터 정도 떨어진 마들렌 바스티유 왕복 합승마차에 올라타 있었다. 세 마리의 말이 끄는 마차는 경쾌한 속보로 평화로이 오페라 광장을 지나 카퓌신 대로를 따라갔다. 마차 승강구에는 중산모를 쓴 덩치 큰 사내 둘이 담소를 나누고 있었다. 한편 계단 꼭대기 지붕 위 좌석에는 자그마한 노인네가 꾸벅꾸벅 졸고 있었다. 바로 헐록 숌즈였다.

마차가 흔들리는 대로 머리를 까딱까딱 흔들며 영국인은 속으로 말했다.

'윌슨 그 친구가 나를 본다면 얼마나 자랑스러워할까…! 아…! 휘파람 소리가 들렸을 때 이미 일이 잘못되었다는 걸 알아차려야지. 그런 때에는 식당 주변을 지키고 있는 게 상책이야. 솔직히 말해 이 귀신 같은 작자를 상대하자니 심심할 틈이 없군!'

종점에 이르러 헐록이 내려다보니 아르센 뤼팽이 경호원들인 게 분명한 두 사내의 앞쪽으로 지나가면서 '에트왈로 간다'고 중얼거리는 소리가 들렸다.

'에트왈이라고. 좋았어. 그곳에서 만날 약속을 하는 거로군. 나도 그곳으로 간다. 일단 뤼팽은 차를 타고 가게 놔두고 마차로 패거리 둘을 쫓아가야겠군.'

두 사내는 걸어서 에트왈 광장 근처 샬그렝가 40번지에 있는 전면이 좁은 집 문 앞에 서서 초인종을 눌렀다. 숌즈는 인적이 드문 이 작은 길 중간에 움푹하게 꺾여 그늘이 드리운 곳에 몸을 숨겼다.

1층에 있는 창문 두 개 중 하나가 열리더니 둥근 모자를 쓴 남자가 덧창을 닫았다. 덧문 위에 달린 채광창이 밝아졌다.

10분 정도가 지나자 한 신사가 문 앞에서 초인종을 눌렀고 뒤이어 다른 남자가 도착했다. 그리고 마침내 택시가 서더니 두 사람이 내렸다. 아르센 뤼팽, 그리고 두꺼운 베일과 외투로 온몸을 감싼 부인이었다.

'금발 여인이 틀림없군.' 택시가 떠나는 것을 보며 숌즈는 생각했다.

숌즈는 잠시 기다렸다가 집으로 다가가서 창턱으로 기어 올라가 까치발을 하고 채광창으로 안을 들여다보았다.

아르센 뤼팽은 벽난로에 기대어 활발하게 이야기하고 있었다. 다른 사람들은 뤼팽을 에워싸고 주의 깊게 이야기를 들었다. 이들 중에는 프록코트를 입은 사내도 있고 식당 지배인도 있는 듯했다. 금발 여인은 안락의자에 앉아 헐록에게는 등만 보였다.

'회의하는 모양이군. 오늘 저녁에 일어난 일로 걱정이 됐겠지. 토의하는 모양이야. 아! 이자들을 전부 잡아들일 수 있다면…!'

이때 일당 중 한 사람이 움직였기 때문에 헐록은 바닥으로 뛰어내려 다시 그늘 속으로 숨었다. 프록코트 사내와 식당 지배인이 집에서 나왔다. 즉시 2층에 불이 켜지며 누군가 몸을 내밀어 덧창을 모두 닫았다. 집 전체가 어두워졌다.

헐록은 생각했다.

'금발 여인과 뤼팽은 1층에 남아 있을 것이고, 나머지 두 명은 2층에 있겠군.'

헐록은 밤이 깊어져도 한참을 꼼짝하지 않고 기다렸다. 혹시라도 자리를 비운 사이에 아르센 뤼팽이 사라져버릴까 봐 걱정스러웠기 때문이다. 새벽 4시쯤 길 끝에 경찰 두 명이 나타났다. 헐록은 경찰에게 다가가서 상황을 설명하고 그 집을 지키도록 당부했다.

그리고 페르골레즈가에 있는 가니마르의 집에 찾아가 형사를 깨웠다.

"그자를 다시 찾아냈습니다."

"아르센 뤼팽을?"

"그렇습니다."

"아까 같은 상황이라면 그냥 다시 잠이나 자겠지만, 어쨌든 경찰서로 갑시다."

메스닐가까지 가서 드쿠엥트르 경찰서장의 집으로 들이닥쳤다. 그리고 잠시 후 십여 명의 요원을 대동하고 샬그렝가로 돌아왔다.

"움직임이 있었습니까?" 헐록은 보초를 서던 두 경찰에게 물었다.

"없었습니다."

하늘이 점점 밝아오고 있었다. 경찰을 모두 배치한 후 서장은 집으로 가 초인종을 누르고 관리인 숙소로 들어갔다. 관리인 여자는 경찰이 들이닥치자 겁을 먹고 바들바들 떨면서 1층에는 세입자가 없다고 대답했다.

"뭐라고, 세입자가 없다고!" 가니마르가 고함쳤다.

"없어요. 2층 세입자인 르루 씨 형제인가 보군요…. 1층에 가구를 들여놓고 지방에서 친척이 오면…."

"신사 한 분과 부인 한 분이 맞습니까?"

"예."

"어제 그 사람들이 르루 형제와 함께 왔었습니까?"

"아마 그럴지도…. 저는 자고 있었거든요…. 하지만 아닌 것 같아요. 여기 열쇠가 있고… 달라고도 하지 않았거든요….."

경찰서장은 열쇠를 건네받아 현관 맞은편에 있는 문을 열었다. 1층에는 방이 두 개 있었지만 안에는 아무도 없었다.

"말도 안 돼! 분명 그 여자와 뤼팽을 봤다고." 숌즈가 내뱉었다.

그러자 경찰서장이 빈정거리듯 말했다.

"탐정님을 믿지만, 일단 지금은 없군요."

"2층으로 가봅시다. 그자들이 있을 겁니다."

"2층에는 르루 씨 형제가 사는데요."

"그럼 그 형제에게 물어보겠습니다."

모두 우르르 계단을 올라갔고 경찰서장이 초인종을 눌렀다. 두 번째로 초인종을 누르자 한 사내가 셔츠 바람인 채 화가 잔뜩 난 상태로 문을 열었다. 바로 뤼팽의 경호원 중 한 명이었다.

"뭐하는 겁니까! 웬 소란입니까… 이렇게 사람들을 깨우다니…."

그러다가 사내는 당황해서 말을 멈췄다.

"세상에, 이거 도대체… 제가 꿈을 꾸는 겁니까? 드쿠엥트르 서장님 아니십니까…! 그리고 가니마르 형사님도요? 이렇게 출동하시다니 무슨 일이십니까?"

엄청난 폭소가 터져 나왔다. 가니마르가 도무지 참지 못하고 배를 움켜쥔 채 얼굴이 벌게지도록 웃고 있었다.

그러더니 더듬거리며 말했다.

"르루, 자… 자넨가? 오! 정말 우습군…. 르루가 아르센 뤼팽의 공범이라니…. 아! 웃다가 숨이 넘어갈 지경이야…. 르루, 자네 동생도 있나?"

"에드몽, 거기 있어? 가니마르 형사님이 오셨어…."

다른 사내가 문 앞으로 나왔고 이를 본 가니마르는 더욱 크게 웃어댔다.

"이럴 수가! 생각도 못 했네! 아! 이 친구들, 자네들 정말 난처하게 됐네…. 꿈에도 생각 못 했을걸! 이 늙은 가니마르가 왔으니 다행이지. 도와줄 친구들까지 대동하고 말일세…. 멀리서 온 친구들이지!"

그러더니 돌아서서 숌즈에게 소개해주었다.

"빅토르 르루입니다. 파리 경찰청 형사지요. 강력반 형사 중 최고입니다…. 그리고 여기 에드몽 르루는 인체 측정과 수석 사무관입니다…."

5
납치

헐록 숌즈는 잠자코 있었다. 항의한다? 이 두 사람을 고소한다? 증거가 없는 한 소용없는 일이다. 헐록에겐 내세울 만한 증거도 없고 이를 찾아 헤매느라 시간을 허비하고 싶지도 않았다. 아무도 숌즈의 말을 믿지 않을 게 뻔했다.

숌즈는 얼굴을 잔뜩 찡그린 채 주먹을 불끈 쥐고, 의기양양해 있는 가니마르 앞에서 분노하고 실망한 기색을 내비치지 않기 위해 노력했다. 헐록은 정의의 수호자 르루 형제에게 정중히 인사한 후 자리를 떴다.

숌즈는 건물 현관에 이르자 지하실 입구로 통하는 나지막한 문 쪽으로 방향을 틀어 작고 불그스름한 보석 알을 집어들었다. 석류석이었다.

밖으로 나와 돌아보니 40번지라고 표시된 돌 근처에 다음과 같은 글귀가 새겨져 있었다.

건축가 뤼시앵 데스탕주, 1877년

그 옆의 42번지에도 같은 문구가 새겨져 있었다.

숌즈는 생각했다.

'항상 출구가 두 개로군. 40번지와 42번지가 서로 통하고 있는 거야. 왜 그 생각을 못 했을까? 어젯밤에 경찰과 내가 함께 남아 있어야 했어.'

숌즈는 두 경찰에게 물었다.

"혹시 내가 없는 동안 이 문으로 두 사람이 나오지 않았나?"

그러면서 옆집 문을 가리켰다.

"예, 한 신사와 여자였습니다."

숌즈는 돌아가서 가니마르의 팔을 잡아끌었다.

"가니마르 형사님, 내가 형사님께 사소한 불편을 끼쳤다고 실컷 비웃으셨지요…."

"오, 그렇다고 탐정님을 탓하지는 않습니다."

"그렇습니까? 하지만 농담도 길어지면 재미없지요. 이제 끝장을 봐야겠습니다."

"저도 동감입니다."

"오늘로 이레째입니다. 앞으로 사흘 후면 런던으로 돌아가야 하지요."

"오, 이런!"

"그때에는 돌아갈 생각입니다, 형사님. 그러니 화요일에서 수요일 사이 밤에 만반의 대비를 해주십시오."

"어젯밤 같은 출동 말입니까?" 가니마르는 빈정댔다.

"예, 형사님, 비슷합니다."

"그 결과가 어떻게 될 것 같습니까?"

"뤼팽을 체포할 겁니다."

"그렇게 되리라고 믿으십니까?"

"내 명예를 걸지요, 형사님."

숌즈는 가니마르에게 인사하고 가장 가까운 호텔로 이동해 잠시 휴식을 취했다. 원기와 자신감을 되찾은 숌즈는 샬그렝가로 돌아왔다. 관리인 여자에게 금화 두 닢을 쥐여주고 르루 형제가 외출했다는 것과 이 건물 소유주가 하밍기트라는 사실을 알아냈다. 숌즈는 촛불을 들고 아까 석류석을 주웠던 자리 옆의 작은 문을 통해 지하실로 내려갔다.

계단 아래쪽에서 아까와 비슷한 모양의 석류석을 또 하나 주웠다.

숌즈는 생각했다.

'잘못 생각한 게 아니었어. 바로 여기로 통해 있는 거야…. 보자고, 내 만능열쇠가 1층 세입자용 지하실 문을 열 수 있을까? 좋아, 완벽해…. 포도주병 선반을 좀 살펴보자. 오, 이런! 여기만 먼지가 없군…. 바닥에도 발자국이 있고….'

이때 가볍게 난 소리에 숌즈는 귀를 기울였다. 잽싸게 문을 밀어 닫고 촛불을 불어 끈 후 빈 상자 더미 뒤에 몸을 숨겼다. 얼마 후 철제 선반 하나가 벽체와 함께 부드럽게 돌아가는 모습이 보였다. 전등 빛이 새어나왔다. 팔이 하나 보이더니 이윽고 한 사내가 모습을 드러냈다.

사내는 찾는 물건이라도 있는지 허리를 깊숙이 수그렸다. 손가락 끝으로 먼지 더미를 헤치다가 몇 번인가 몸을 일으켜 왼손에 든 상자에 무언가를 던져넣었다. 그러고 난 후 자기가 방금 남긴 발자국뿐 아니라 뤼팽과 금발 여인이 남긴 발자국도 지우고는 철제 선반으로 다가갔다.

이때 사내는 탁한 비명을 내지르며 자리에 쓰러졌다. 숌즈가 사내를 덮친 것이다. 몸싸움은 1분 정도밖에 걸리지 않았다. 사내는 손목과 발목이 묶여 바닥에 나뒹굴었다.

"얼마를 주면 입을 열겠나…? 자네가 아는 걸 말하는 대가가 얼마면 되나?"

사내는 비웃음에 가까운 미소를 지었다. 숌즈는 자신의 요구가 쓸데없음을 깨달았다.

숌즈는 그냥 사내의 주머니를 뒤지기로 했다. 나온 것은 열쇠 꾸러미, 손수건, 사내가 들고 있던 작은 종이 상자, 숌즈가 주웠던 것과 비슷한 석류석 십여 개뿐이었다. 보잘것없는 성과다!

게다가 이 사내를 어떻게 처리한다지? 동료가 구하러 올 때까지 기다렸다가 전부 경찰에 넘겨 버릴까? 하지만 그게 무슨 소용인가? 뤼팽을 잡으려면 이 일을 어떻게 써먹어야 할까?

어찌할지 망설이던 숌즈는 종이 상자를 살펴보다가 마음을 정했다. 상자에는 다음과 같은 주소가 적혀 있었다.

보석상 레오나르, 라페가

숌즈는 사내를 그 자리에 내버려 두기로 했다. 선반을 밀어 통로를 닫고 지하 창고로 통하는 문도 닫은 후 건물 밖으로 빠져나왔다. 우체국으로 가서 데스탕주에게 전보를 보내 오늘은 못 가고 내일 출근하겠다고 알렸다. 그리고 라페가의 보석상을 찾아가 석류석을 내놓았다.

"부인께서 보석 때문에 저를 보내셨습니다. 여기서 산 보석에서 알이 빠졌거든요."

숌즈가 옳았다. 보석상이 이렇게 말했던 것이다.

"그래요…. 부인께서 전화하셨더군요. 직접 들르신다고요."

보도에서 망을 보던 숌즈가 두꺼운 베일을 쓴 미심쩍은 여자를 발견한 때는 오후 5시 즈음이었다. 석류석으로 장식된 오래된 장신구를 계산대 위에 내려놓는 여자의 모습이 유리창 너머로 보였다.

여자는 볼일이 끝나자 즉시 그곳을 나와 클리시 언덕으로 걸어 올라갔고 숌즈가 모르는 길로 접어들었다. 날이 어둑해질 즈음 여자가 5층짜리 건물로 들어가자 숌즈도 관리인의 눈을 피해 슬쩍 여자 뒤를 따라 들어갔다. 건물이 두 채로 나뉘어 있는 것으로 보아 분명 세입자가 무수히 많았다. 여자는 3층의 어느 집으로 들어갔다. 2분 후 영국 탐정은 자신의 운을 시험해보기로 하고, 아까 빼앗은 열쇠 꾸러미의 열쇠 하나하나를 조심스럽게 문에 맞춰보았다. 네 번째 열쇠로 문이 열렸다.

실내는 온통 어두웠고 마치 사람이 살지 않는 집처럼 방문이 전부 열린 빈방들만 있었다. 복도 끝에서 희미한 불빛이 새어나왔다. 발뒤꿈치를 들고 살그머니 다가가 보니 응접실과 그 옆방을 가르는 유리창을 통해 베일을 쓴 여인이 보였다. 여자는 겉옷과 모자를 벗어 방에 있는 유일한 의자 위에 올려놓고 벨벳 가운을 걸쳤다.

여자는 벽난로 쪽으로 다가가 전기벨 스위치를 눌렀다. 그러자 벽난로 오른쪽의 석판 절반이 움직이더니 벽을 타고 스르르 미끄러져 옆의 석판 뒤로 들어가 버렸다. 이리하여 사람이 빠져나갈 만큼 틈이 생겼고 여자는 전등을 들고 안으로 들어가… 사라져버렸다.

조작법은 간단했다. 숌즈도 그대로 따라 해보았다.

어둠 속을 더듬으며 걸어가는 숌즈 얼굴에 무엇인가 부드러운 게 부딪혔다. 성냥을 켜보니 그곳은 드레스며 이런저런 옷가지가 걸이에 잔뜩 매달려 있는 골방이었다. 옷가지를 헤치고 가보니 문짝 대신 드리운 융단의 뒷면이 보이는 문간에 이르렀다. 이때 숌즈가 들고 있던 성냥이 다 타들어가 꺼졌고, 낡은 융단의 닳고 성긴 천 사이로 빛이 비쳤다.

숌즈는 융단 틈으로 방 안을 엿보았다.

금발 여인이 자기 눈앞에, 손만 뻗으면 닿을 곳에 있었다.

여인은 등잔을 끄고 전깃불을 켰다. 처음으로 밝은 빛 아래에서 여인의 얼굴이 보였다. 숌즈는 전율했다. 그토록 힘들여 찾아낸 사람은 바로 클로틸드 데스탕주였다.

클로틸드 데스탕주가 도트렉 남작의 살해범이자 푸른 다이아몬드 절도범이었다니! 클로틸드 데스탕주가 바로 아르센 뤼팽의 불가사의한 여인이라니!

바로 금발의 여인!

숌즈는 생각했다.

'그래, 물론이지. 어찌 이리 멍청할까. 뤼팽의 여자가 금발이고 클로틸드가 갈색 머리라는 이유로 두 사람이 동일 인물이라는 생각을 못 하다니! 남작을 살해하고 다이아몬드를 훔친 직후에 머리 색깔을 바꿨을 게 뻔한데!'

숌즈는 방 안을 관찰했다. 밝은색 벽지와 귀한 장식품들로 우아하게 꾸며진 부인용 내실이었다. 마호가니로 된 긴 의자가 나지막한 단 위에 놓여 있었다. 클로틸드는 거기에 앉아 꼼짝하지 않은 채 얼굴을 두 손에 파묻었다. 잠시 후 숌즈는 클로틸드가 울고 있음을 깨달았다. 굵은 눈물이 창백한 볼 위로 흘러내려 입술을 타고 벨벳 블라우스 위로 방울방울 떨어졌다. 마르지 않는 샘처럼 눈물은 하염없이 흘렀다. 구슬프고 체념 어린 절망이 눈물이 되어 느릿느릿 떨어지는 모습처럼 슬픈 광경도 없을 것이다.

클로틸드 뒤에서 문이 열렸다. 아르센 뤼팽이 들어왔다.

두 사람은 말없이 서로 한참을 바라보았다. 이윽고 남자는 무릎을 꿇고 앉아 여자 가슴에 머리를 묻고 두 팔로 클로틸드를 감싸 안았다. 남자가 젊은 여인을 안는 태도는 한없이 부드러웠고 연민에 차 있었다. 두 사람은 움직이지 않았다. 고요함이 이들을 따스하게 감싸주었고 여자의 눈물이 어느새 잦아들었다.

"당신을 정말 행복하게 해주고 싶었는데!" 남자가 나직이 말했다.

"저는 행복해요."

"아닙니다. 이렇게 울고 있지 않나요…. 그 눈물을 보니 내 가슴이 미어집니다, 클로틸드."

슬픔에 젖어 있음에도 여자는 남자의 애무하는 듯한 목소리에 흠뻑 빠져들어 희망과 행복을 탐하듯 귀를 기울였다. 여자의 얼굴에 부드러운 미소가 떠올랐다. 하지만 그 역시 얼마나 슬픈 미소였는지! 남자가 여자에게 간청하듯 말했다.

"슬퍼하지 마세요, 클로틸드. 슬퍼하면 안 됩니다. 당신은 그럴 권리가 없어요."

여자는 섬세하고 부드러운 자기 손을 내보이며 경직된 목소리로 말했다.

"이 손이 제 손이기에 저는 슬퍼할 수밖에 없어요, 막심."

"아니, 왜요?"

"이 손이 죽였으니까요."

막심이 소리쳤다.

"그런 소리 하지 마십시오! 생각도 하지 마세요…. 과거는 죽은 겁니다. 과거는 중요하지 않아요."

남자는 기다랗고 희디흰 손에 입을 맞췄다. 클로틸드가 남자를 바라보는 눈에 좀 더 밝은 미소가 떠올랐다. 마치 입맞춤을 받을 때마다 끔찍한 기억이 조금씩 지워지는 듯이.

"저를 사랑해주셔야 해요, 막심. 그 어떤 여자도 저만큼 당신을 사랑하지 못할 테니까요. 당신을 기쁘게 해주려고, 당신이 굳이 시키지 않아도 당신이 원하는 대로 행동했고 지금도 그렇게 하고 있어요. 제 본능과 양심에 따르면 해선 안 될 일들을 했어요. 저로서도 어쩔 수 없었어요…. 당신한테 도움이 된다고 하면, 당신이 원한다고 하면 나도 모르게 그런 행동들을 하게 돼요…. 그리고 다시 해야 한다면 내일도… 아니, 영원히 할 거예요."

남자가 씁쓸하게 말했다.

"아! 클로틸드, 어째서 당신을 내 복잡한 삶에 끌어들였을까요? 당신이 사랑했던 5년 전의 막심 베르몽으로 남아 있을 걸 그랬습니다. 그래서 당신이 진정한 내 모습을 알지 못했더라면…."

클로틸드가 아주 나지막이 말했다.

"그 모습도 역시 사랑해요. 후회하지 않아요."

"아니지요. 과거의 삶, 숨길 게 없던 시절을 그리워하고 있을 겁니다."

여자는 열정적으로 말했다.

"당신만 곁에 있다면 그 어떤 것도 후회하지 않아요! 당신만 보면 잘못도, 범죄도 아무것도 떠오르지 않아요. 당신과 멀리 떨어져서 불행해지고 고통받고 울며 제 모든 행동에 혐오감을 느낀다 해도 상관없어요…. 당신이 저를 사랑한다는 생각만 하면 다 잊으니까… 모든 걸 받아들일 수 있어요…. 그러니 절 사랑해주셔야 해요…!"

"당신을 사랑해야 한다는 의무감으로 사랑하는 게 아닙니다, 클로틸드. 단지 당신을 사랑하니까 사랑하는 것뿐이에요."

"진심이세요?" 그 목소리에는 온전한 신뢰가 담겨 있었다.

"당신이 나를 사랑하는 만큼이나 내 사랑을 확신합니다. 단지 거칠고 굴곡 많은 삶을 사는 터라 원하는 만큼 당신과 시간을 보낼 수 없어 아쉬울 뿐입니다."

클로틸드는 별안간 불안감을 느꼈다.

"무슨 일이에요? 다시 위험한 일이 생겼나요? 빨리 말씀해주세요."

"아! 아직 심각하지는 않지만⋯."

"그렇지만요?"

"음, 그자가 우리 관계를 알아챈 것 같습니다."

"숌즈요?"

"그렇습니다. 헝가리 식당 사건 때 가니마르를 끌어들인 것도 바로 그자였습니다. 또 바로 그날 밤에 샬그렝가에 경찰 두 명을 붙여놓은 것도 그자였고. 증거도 있습니다. 오늘 아침에 가니마르가 그 집을 온통 뒤졌는데 숌즈가 그 자리에 있었어요. 게다가⋯."

"게다가요?"

"우리 편 한 명이 없어졌습니다. 쟈니오 말입니다."

"관리인 말인가요?"

"그렇습니다."

"그 사람, 오늘 아침에 제가 샬그렝가로 보냈어요. 제 브로치에서 떨어진 석류석을 주워달라고 부탁했어요."

"확실히 그랬지요. 그런데 숌즈가 그자를 붙잡았을 겁니다."

"그럴 리 없어요. 라페가 보석상 주인이 석류석을 받았다고 한걸요."

"그렇다면 쟈니오가 지금껏 어디에 있단 말일까요?"

"오, 막심, 겁이 나요."

"걱정할 건 없어요. 하지만 솔직히 말해 상황이 상당히 심각합니다. 그자가 무얼 알고 있을까요? 대체 어디에 숨어 있는 걸까요? 헐록은 혼자 움직일 때 강한 자예요. 절대 속일 수 없습니다."

"그래서 어떻게 하시게요?"

"무조건 조심하세요, 클로틸드. 안 그래도 오래전부터 은신처를 당신도 익히 아는, 찾기 어려운 그곳으로 옮기려 했어요. 숌즈가 개입했으니 모든 걸 서둘러야겠습니다. 그런 사람은 일단 실마리를 잡았다 하면 무슨 일이 있어도 끝장을 보는 법이니까. 그래서 내가 모두 준비해놓았습니다. 모레, 수요일에 이사하려고 합니다. 점심때면 전부 끝날 거예요. 좀 힘은 들겠지만 2시쯤이면 은신처의 흔적도 다 치웠을 테고, 나도 완전히 그 자리를 뜰 수 있을 겁니다. 그때까지는….."

"그때까지는요?"

"우리가 서로 만나면 안 됩니다. 아무도 당신을 봐서도 안 되고요. 클로틸드, 절대 밖에 나가지 마세요. 내 한 몸은 전혀 걱정하지 않지만, 당신이 관련된 일이라면 마음이 놓이지 않습니다."

"그 탐정이 설마 저까지 알아내진 못할 거예요."

"그자라면 무슨 일이라도 할 수 있습니다. 나도 아주 조심하고 있어요. 어제, 당신 아버지에게 들킬 뻔했을 때 실은 옛 장부가 있는 책장에서 서류를 찾으러 갔습니다. 그 서류가 위험 요소가 될 수 있거든요. 모든 게 위험할 수 있어요. 어둠 속에서 점점 다가오는 적이 느껴집니다. 그자가 우리를 감시하면서… 주위에 올가미를 쳐놓는 느낌이 든단 말이지요. 내 직감은 틀린 적이 없습니다."

"그렇다면 떠나세요, 막심. 제 눈물일랑 더는 괘념치 마세요. 강해질게요. 그리고 위험이 사라지기만 기다릴게요. 안녕히 가세요, 막심."

클로틸드는 오랫동안 뤼팽을 얼싸안았다. 그러더니 자신이 먼저 뤼팽을 내몰며 방을 나섰다. 숌즈의 귀에서 두 사람의 목소리가 멀어졌다.

어제부터 숌즈는 뭐가 됐든 맞서 대항하고 싶어 몸이 근질근질하던 차였다. 바로 그 기운을 밀고 나가 숌즈는 과감하게 내실로 들어갔다. 방 끄트머리에서 한 계단이 보였다. 계단을 막 내려가려는데 아래층에서 대화 소리가 들려왔다. 숌즈는 원형 복도를 따라 다른 계단 쪽으로 가는 게 낫겠다고 마음을 바꾸고 돌아갔다. 그런데 계단 아래쪽에 이르러 숌즈는 가구 형태와 배치가 꽤 익숙한 점을 발견하고 깜짝 놀랐다. 문 하나가 빠끔 열려 있었다. 숌즈는 크고 원형인 방으로 들어갔다. 그곳은 바로 데스탕주 씨의 서재였다.

'완벽하군! 대단해! 이제야 알겠어. 클로틸드, 그러니까 금발 여인의 방이 이웃집과 연결돼 있고, 그 이웃집 출구는 말제르브 광장이 아니라 그 옆길인 몽샤냉가로 나 있단 말이지. 물론 내가 잘 기억하고 있다면 말이야…. 정말 훌륭하군! 그러니 클로틸드 데스탕주가 좀처럼 밖에 나가지 않는다는 소문과 다르게 연인을 만나러 갈 수 있었던 거지. 마찬가지로, 어젯밤 서재 회랑에서 아르센 뤼팽이 갑자기 내 옆에서 불쑥 등장할 수 있었던 것도 이제야 이해되는군. 옆집과 이 서재 사이에 다른 연결 통로가 있는 게 틀림없어….'

생각이 거기까지 미치자 숌즈는 이렇게 결론을 내렸다.

'이번에도 집을 위조했군. 역시나 데스탕주가 건축한 집인 게 틀림없고! 이제 여기 온 김에 책장 속에 뭐가 있는지 좀 봐야겠어…. 위조된 다른 집을 알아내야 하니.'

숌즈는 서재 회랑 계단으로 올라가 난간에 드리운 휘장 뒤로 숨었다. 그 상태로 저녁나절까지 기다렸다. 하인이 와서 전깃불을 껐다. 그리고 한 시간 후 영국인 탐정은 자기 손전등을 켜 들고 책장으로 다가갔다.

이미 알아냈다시피 책장에는 건축가의 오래된 문서들, 각종 서류나 견적서, 회계 장부 따위가 있었다. 책장 뒤편에는 오래된 순서로 정리된 장부들이 놓여 있었다.

지난 몇 해에 해당하는 장부를 하나씩 꺼내 색인 부분을 펼쳐 특별히 H를 찾아보았다. 아니나 다를까, 하밍기트 Harmingeat라는 이름이 있었고 그 옆에는 63이라고 적혀 있었다. 숌즈는 63쪽을 펼쳤다.

하밍기트, 샬그렝가 40번지

이 고객의 건물에 난방 장치 설비 공사를 했던 내역이 나열되어 있었다. 여백에는 'M. B. 문서를 참조할 것'이라는 메모도 있었다.

숌즈가 말했다.

"아하! 아는 사람이 나왔군. 이 M. B. 문서를 꼭 봐야겠어. 그러면 현재 뤼팽이 사는 집을 알아낼 수 있을 테니."

장부를 샅샅이 뒤지던 숌즈는 새벽녘이 돼서야 겨우 이 서류를 찾아냈다.

문서는 모두 열다섯 쪽이었다. 한 쪽에는 샬그렝가에 사는 하밍기트 씨에 관한 내용이, 다른 쪽에는 바티넬 씨가 소유주인 클라페롱가 25번지 집에서 한 공사의 세부 사항이 적혀 있었다. 도트렉 남작의 앙리 마르탱가 134번지 건물과 크로종 성에 관한 내용이 적힌 쪽도 발견했다. 남은 열한 쪽에도 역시 파리 각지의 소유주에 관한 내용이 빼곡했다.

숌즈는 이 열한 개 건물의 소유주와 자택 주소를 옮겨 적은 후 장부를 제자리에 넣어두었다. 그리고 창문을 열고 아무도 없는 광장으로 빠져나왔다. 물론 덧창을 닫는 걸 잊지 않았다.

호텔방으로 돌아온 숌즈는 평소처럼 심각한 태도로 파이프를 피워 물었다. 그렇게 담배 연기에 파묻혀 M. B., 즉 막심 베르몽이자 아르센 뤼팽의 서류에서 끌어낸 결론을 면밀히 정리했다.

이튿날 아침 8시 숌즈는 가니마르에게 다음과 같은 내용으로 전보를 보냈다.

오늘 아침, 페르골레즈가 자택에서 반드시 체포해야 할 사람에 대한 정보를 드리겠습니다. 오늘 밤과 수요일인 내일 정오까지 반드시 댁에 계시길 부탁드리며 서른 명 정도의 인원이 출동할 수 있도록 준비해주십시오….

전보를 보낸 후 대로에서 택시를 한 대 잡았는데, 기사가 넉

살 좋고 그다지 총명해 보이지 않는 게 오히려 숌즈 마음에 쏙 들었다. 숌즈는 택시를 타고 말제르브 광장까지 가서 데스탕주 저택에서 쉰 걸음쯤 떨어진 곳에 차를 세웠다.

그런 뒤 택시 운전사에게 말했다.

"기사 양반, 자동차 문을 모두 닫아요. 날이 추우니 털외투 깃도 잘 올려 여미고 잠시만 기다리십시오. 약 한 시간 반 정도가 지나면 시동을 걸어놓으십시오. 돌아오는 대로 즉시 페르골레즈가로 갈 겁니다."

숌즈는 저택 대문 앞에 이르러 갑자기 의구심이 들었다. 금발 여인과 뤼팽이 이사 준비를 마치도록 내버려 두는 게 실수는 아닐까? 입수한 건물 목록으로 뤼팽의 은신처를 찾는 게 우선 아닐까?

'뭐 어때? 일단 금발 여인을 잡으면 내 뜻대로 상황을 끌어갈 수 있을 텐데.'

숌즈는 이렇게 생각하며 초인종을 눌렀다.

데스탕주 씨는 이미 서재로 나와 있었다. 잠시 함께 일하는데, 클로틸드가 아버지에게 아침인사를 하러 들어왔다가 그 옆의 작은 응접실로 들어가 무언가를 쓰기 시작했다. 숌즈는 클로틸드가 있는 곳까지 갈 구실을 궁리해보기 시작했다.

숌즈가 있는 곳에서 클로틸드가 보였다. 클로틸드는 탁자에 고개를 수그리고 열심히 글을 쓰다가도 잠시 펜을 떼고 생각에 잠긴 얼굴로 멍하니 있곤 했다. 숌즈는 조금 기다리다가 책 한 권을 집어들고 데스탕주에게 말했다.

"여기 데스탕주 양께서 눈에 띄면 바로 가져다 달라고 하셨던 책이 있군요."

숌즈는 응접실로 들어가 클로틸드 앞에 섰다. 데스탕주 씨가 숌즈에 가려 자기 딸을 볼 수 없는 위치였다.

"저는 스티크만이라고 합니다. 데스탕주 씨의 새 비서지요."

"아!" 클로틸드는 쓰던 것을 멈추지 않고 말했다. "아버지께서 비서를 바꾸셨나요?"

"예, 그렇습니다. 그런데 아가씨와 이야기를 좀 나눴으면 좋겠습니다만."

"그곳에 앉으세요, 선생님. 거의 끝났으니까요."

클로틸드는 편지에 몇 자 더 적고 서명한 후 봉투를 봉인했다. 편지를 밀어놓고 양재사에게 전화를 걸어 여행용 외투가 급히 필요하니 서둘러 완성해달라고 부탁한 클로틸드는 수화기를 내려놓은 뒤에야 숌즈를 바라보았다.

"선생님, 말씀해보세요. 그런데 아버지가 계신 이곳에서 해도 될 만한 이야기인가요?"

"아닙니다, 클로틸드 양. 그러니 목소리를 낮춰주세요. 데스탕주 씨께서 우리 대화를 듣지 않는 게 좋을 것 같군요."

"누구를 위해 더 낫다는 거지요?"

"바로 아가씨를 위해서지요."

"아버지가 들으면 안 될 대화라면 나눌 수 없어요."

"아마 이 대화는 꼭 하셔야 할 겁니다."

두 사람이 동시에 일어섰고 시선이 마주쳤다.

클로틸드가 다시 앉으며 말했다.

"말씀해보세요."

선 채로 숌즈가 이야기를 꺼냈다.

"혹시라도 사소한 부분에서 실수가 있다면 용서해주십시오. 하지만 제가 말씀드리려는 내용이 전체적으로 정확하다는 점만은 확실합니다."

"사설은 그만두고 본론만 말씀하세요."

클로틸드가 숌즈의 말을 끊었다. 여인이 경계하고 있음이 느껴졌다. 숌즈는 말을 이었다.

"좋습니다. 바로 본론으로 들어가겠습니다. 5년 전 아버님께서 막심 베르몽이란 사람을 만나셨습니다. 자신이 기업가… 아니면 건축가라고 소개하지요. 어느 쪽인지는 잘 모르겠습니다. 데스탕주 씨는 이 젊은이에게 호감을 품고 건강이 악화되자 자신의 업무를 맡깁니다. 오래된 고객들로부터 받은 주문 중에서 베르몽 씨에게 적합하다고 판단한 공사를 맡긴 거지요."

헐록은 잠시 말을 멈췄다. 여인의 얼굴이 좀 더 창백해진 것 같았다. 하지만 클로틸드는 차분하게 말했다.

"지금 말씀하시는 일들은 제가 모르는 사실입니다, 선생님. 특히 왜 그런 이야기에 제가 관심을 두어야 하는지 모르겠군요."

"왜냐하면 막심 베르몽의 진짜 이름은, 아가씨도 아시다시피 아르센 뤼팽이기 때문입니다."

클로틸드가 웃음을 터뜨렸다.

"말도 안 돼요! 아르센 뤼팽이라고요? 막심 베르몽이 아르센 뤼팽이라고요?"

"시시콜콜 전부 말씀드리지 않으려고 했지만, 아가씨께서 부인하시니 한마디만 덧붙이지요. 아르센 뤼팽이 자기 계획을 이루려고 바로 이곳에서 친구 한 명, 그것도 아주 충실하며 맹목적이고… 헌신적인 한 여인을 만났지요."

클로틸드는 일어섰다. 살짝 동요한 듯했으나 숌즈가 예상했던 것보다 훨씬 침착했다. 숌즈는 여인의 자제력에 강한 인상을 받았다.

"선생님께서 이런 행동을 하시는 이유가 이해되지도 않고 알고 싶지도 않습니다. 그러니 더는 아무 말도 하지 마시고 여기서 나가주세요."

"무한정 아가씨를 방해할 생각은 없습니다. 다만 이 저택에서 혼자 나가지는 않을 생각이지요." 숌즈는 여인만큼이나 차분한 어조로 말했다.

"그럼 누구랑 나가실 생각인가요, 선생님?"

"바로 아가씨입니다!"

"저라고요?"

"그렇습니다. 이 집에서 함께 나갈 겁니다. 항의하지도 말고 단 한마디도 꺼내지 마시고 그저 저를 따라오십시오."

두 사람의 너무나 차분한 모습은 기이하게 보일 정도였다. 태도나 어조로 보건대, 서로 입장이 판이해 팽팽히 맞선 두 사람의 대결이라기보다 마치 의견이 달라 예의 바르게 토론을 벌이는 사람들 같았다.

커다란 유리창을 통해 원형 서재에서 데스탕주 씨가 차분한 태도로 책을 정리하는 모습이 보였다.

클로틸드는 어깨를 살짝 으쓱하더니 자리에 앉았다. 헐록은 자기 시계를 꺼내보았다.

"10시 30분이군요. 5분 후에 여기서 나갑니다."

"제가 안 간다면요?"

"안 가시면 데스탕주 씨께 말씀을…."

"무엇을요?"

"진실을 말입니다. 막심 베르몽이 한 거짓말이며 그 공범인 여인의 이중생활에 대해서 말하겠습니다."

"공범인 여인이라고요?"

"예, '금발 여인'이라 불리는 여자지요. 일전에는 금발이었던 여인."

"증거가 있나요?"

"일단 샬그렝가로 데스탕주 씨를 모시고 가서 아르센 뤼팽이 공사를 지휘하면서 만들어놓은 통로를 보여드리겠습니다. 자기 수하들을 시켜서 40번지와 42번지를 잇는 통로를 만들어놓았지요. 그저께 밤에 아가씨와 뤼팽이 모두 그곳을 지나간 바 있고요."

"그러고 나면요?"

"그러고 나서 데스탕주 씨를 드티낭 변호사 댁으로 모시고 갈 겁니다. 그곳에서 아가씨가 아르센 뤼팽과 가니마르 형사를 피하려고 사용한 하인용 계단으로 내려가 볼 겁니다. 틀림없이 옆집으로 이어지는 비슷한 통로가 있겠지요. 출구는 클라페롱가가 아니라 바티뇰가로 나 있겠고요."

"그다음에는요?"

"데스탕주 씨를 크로종 성으로 모시고 갈 겁니다. 아버님께
서는 아르센 뤼팽이 성 복원 공사 때 한 일을 잘 알고 계시니까
뤼팽이 자기 부하를 시켜 만들어놓은 비밀 통로를 금방 발견하
실 겁니다. 금발 여인이 밤에 그 통로로 백작부인 방에 들어가
벽난로 위에 놓인 푸른 다이아몬드를 가져간 걸 아시겠지요.
금발 여인은 2주 후에 다시 블라이셴 영사 방으로 들어가 가루
비누 병 속에 그 보석을 감춰놓았고요…. 솔직히 말해 참으로
이상한 행동입니다. 아마 여인의 작은 복수였는지도 모르겠군
요. 아무튼 중요한 이야기는 아닙니다."

"그러고 나면 또 무얼 하실 건가요?"

헐록의 목소리가 좀 더 심각해졌다.

"그 후에는 데스탕주 씨를 앙리 마르탱가 134번지로 모시고
갈 겁니다. 거기에서 함께 궁리해보도록 하지요. 도트렉 남작
이 어떻게…."

"그만, 그만하세요." 여인은 갑자기 공포에 사로잡혀 말을
더듬었다. "그 말은 절대로 인정할 수 없어요! 아니… 지금 제
가… 제가 그런 짓을 했다고…."

"아가씨께서 도트렉 남작을 죽였다고 말씀드리는 겁니다."

"아닙니다, 아니에요! 그런 파렴치한 말을 하다니."

"아가씨가 도트렉 남작을 죽였지요. 앙투아네트 브레아라는
가명으로 도트렉 남작의 간병인으로 들어가 푸른 다이아몬드
를 훔치려 했습니다. 그리고 남작을 죽였습니다."

클로틸드는 녹초가 된 듯 힘없는 목소리로 다시 한 번 중얼
거렸다. 이번에는 애원하는 어조였다.

"그만 말씀하세요, 제발요. 그렇게 많이 아시니 제가 남작을 죽인 게 아니라는 것도 아시겠군요."

"아가씨가 남작을 살해했다고 하진 않았습니다. 도트렉 남작은 미친 듯이 난폭해지는 발작 증세가 있었고 오귀스트 수녀만이 남작을 달랠 수 있었지요. 오귀스트 수녀가 직접 이 사실을 말해주었습니다. 수녀님이 없으니 남작이 아가씨께 달려들었고 승강이 도중 아가씨는 자기 생명이 위험하다고 느껴 남작을 공격했습니다. 그런 행동을 한 후 공포에 사로잡혀 아가씨가 벨을 눌렀고, 정작 훔치러 왔던 푸른 다이아몬드를 손가락에서 빼내지도 못한 채 달아났습니다. 잠시 후 이웃집의 하인으로 있던 뤼팽의 수하 한 명과 함께 저택으로 돌아와 남작을 침대위에 눕히고 방을 원래대로 정리해놓았습니다… 하지만 여전히 푸른 다이아몬드는 빼 가지 못하지요. 바로 이렇게 된 게 아닙니까? 그러니 다시 한 번 말씀드리지만, 아가씨가 남작을 살해한 건 아닙니다. 하지만 아가씨 손으로 남작을 공격한 건 맞지요."

클로틸드는 가늘고 흰 두 손을 깍지 긴 채로 이마를 짚었다. 그 자세로 한참을 꼼짝하지 않다가 손가락을 풀었는데, 여인의 얼굴에는 고통이 서려 있었다.

"그래서 이 모든 사실을 아버지께 말씀드릴 생각인가요?"

"예, 증인이 있다고도 말씀드릴 겁니다. '금발 여인'을 알아볼 제르부아 양뿐만 아니라 오귀스트 수녀도 앙투아네트 브레아를 알아보겠지요. 크로종 백작부인도 드 레알 부인을 알아볼 거고요. 전부 말씀드리겠습니다."

"감히 그러지 못하실 겁니다." 어느새 침착함을 되찾은 클로틸드가 직면한 위협에 맞섰다.

숌즈는 일어나서 서재 쪽으로 갔다. 클로틸드가 이를 제지했다.

"잠깐만요, 선생님."

클로틸드는 이제 완전히 본모습으로 돌아와 강인하고 침착했다.

"헐록 숌즈씨가 맞으시지요?"

"그렇습니다."

"제게 원하는 게 무엇인가요?"

"무얼 원하느냐고요? 아르센 뤼팽을 상대로 도전장을 냈고 제가 이겨야 합니다. 결판은 금방 날 테고, 아가씨같이 소중한 인질이 있으면 상당히 유리하지요. 그러니 아가씨, 저를 따라와 제 동료 중 한 사람과 함께 계십시오. 제 목적이 달성되면 아가씨는 자유로워질 겁니다."

"그게 전부인가요?"

"예, 그게 전부입니다. 저는 당신네 나라 경찰 소속이 아닙니다. 그러니 범인을 체포할 권리는… 없다고 봅니다."

여인은 결심이 선 것 같았다. 하지만 잠시 머뭇거렸다. 여인은 가만히 눈을 감았는데, 숌즈가 보기에 이 아가씨는 신변에 닥친 위험에는 전혀 관심 없는 사람처럼 보였다.

영국 탐정은 생각에 빠져들었다.

'대체 이 여인은 자신이 위험에 처했다고 믿기는 하는 걸까? 아니지, 뤼팽이 자신을 보살피고 있다고 생각하겠지. 뤼팽과

함께라면 아무것도 자신을 해칠 수 없다고, 뤼팽은 전능하고 실수할 리 없다고 믿는 거야.'

숌즈가 입을 열었다.

"아가씨, 5분이라고 했는데 벌써 30분이 지났습니다."

"잠시 제 방에 올라가 봐도 될까요? 물건을 몇 개 챙겨야 해서요."

"원한다면 그렇게 하십시오. 그럼 저는 몽샤냉가에서 기다리고 있지요. 그곳 관리인인 쟈니오를 잘 알고 있습니다."

"아! 알고 계시는군요…."

여인은 놀라는 기색이 역력했다.

"많은 사실을 알고 있지요."

"좋습니다. 그렇다면 하인을 불러 시키도록 하지요."

하인이 클로틸드의 모자와 겉옷을 가져다주었다. 숌즈가 말했다.

"데스탕주 씨께 우리가 외출하는 이유를 말씀드려야 합니다. 며칠 동안 아가씨가 집에 돌아오지 않을 경우에도 걱정하지 않으실 만한 이유를요."

"그럴 필요 없어요. 금방 돌아올 테니까요."

다시금 두 사람의 시선이 불꽃이 튀듯 마주쳤는데 클로틸드의 두 눈에는 조롱기 어린 미소가 떠올라 있었다.

"그자에 대한 믿음이 대단하시군요."

"맹목적이지요."

"그자가 하는 일은 모두 좋은 일이지요, 아닌가요? 그자가 원하면 이루어지고요. 그 모든 일을 용납하고 그 어떤 일도 하실 겁니다."

"사랑하니까요." 이 말을 하며 클로틸드는 열정에 휩싸여 몸을 떨었다.

"당신을 구해주리라고 믿으십니까?"

여인은 어깨를 으쓱해 보이고 데스탕주 씨 쪽으로 걸어갔다.

"아버지, 스티크만 씨 좀 빌릴게요. 국립 도서관에 가보려고요."

"점심은 집에서 먹을 거니?"

"아마도요…. 그런데 때맞춰 올 수 없을지도 몰라요…. 하지만 걱정은 마세요…."

그리고 단호한 어조로 숌즈에게 선언하듯 말했다.

"그럼 선생님, 제가 따라가지요."

"다른 생각이 있는 건 아니시고요?"

"무조건 따라갑니다."

"만약 도망치려고 한다면 소리를 지르겠습니다. 당신은 즉시 체포될 거고 그러면 감옥행입니다. 금발 여인이 수배 중이라는 점을 잊지 마세요."

"도망치지 않겠다고 명예를 걸고 맹세하지요."

"그럼 믿어보겠습니다. 갑시다."

그렇게 해서 숌즈이 예견한 대로 두 사람은 함께 저택을 나섰다.

광장에는 숌즈이 타고 온 차가 반대편을 향해 주차해 있었다. 운전사의 등과 모자가 보였고 털외투 깃이 모자 높이까지 올라와 있었다. 다가가자 시동 소리가 들렸다. 숌즈는 문을 열어 클로틸드를 먼저 태운 후 그 옆에 자리를 잡고 앉았다.

자동차는 급히 출발했고 광장 외곽으로 난 오슈가와 그랑드 아르메가를 통과했다.

헐록은 생각에 잠겨 계획을 짜보았다.

'가니마르 형사는 자기 집에 있겠지…. 여자를 그곳에 맡기자…. 이 여자가 누구인지 말해줘야 할까? 아니야, 그러면 바로 경찰서로 데려갈 거고 모든 계획이 엉망이 돼. 한 번만 더 M. B. 문서를 살펴본 후에 사냥에 나서자. 그리고 오늘 밤, 늦어도 내일 아침에는 약속한 대로 가니마르를 찾아가 아르센 뤼팽과 그 일당을 넘기자….'

드디어 목적이 눈앞에 있고 이를 방해할 심각한 장애물이 없다는 생각에 즐거워진 숌즈는 두 손을 마주 비볐다. 평소 성격과 달리, 이 기쁨을 나누고 싶은 욕구가 치밀어올라 숌즈는 큰 소리로 말했다.

"죄송합니다, 아가씨. 제가 지나치게 만족감을 드러낸 것처럼 보인다면 말입니다. 고된 싸움이었던 터라 승리할 생각을 하니 무척 만족스럽군요."

"정당한 승리로 보이네요. 그러니 그리 즐거워하실 만해요."

"고맙습니다. 그런데 지금 어디로 가는 겁니까! 기사 양반, 내 말을 잘못 알아들으셨습니까?"

이때 자동차는 뇌이이 문을 지나 파리를 벗어났다. 아니, 페르골레즈가가 성벽 밖에 있을 리 없지 않은가.

숌즈가 운전석 쪽에 난 유리창을 내렸다.

"아니, 기사 양반, 길을 잘못 가고 있지 않습니까…. 나는 페르골레즈가라고 했습니다…!"

대답이 없었다. 숌즈는 목소리를 높여 다시 말했다.

"페르골레즈가로 가라고 하지 않았습니까!"

운전사는 여전히 대답하지 않았다.

"아! 이거 참, 여봐요, 귀머거리입니까. 아니, 일부러 그러는 건가…. 여기로 가봐야 볼일이 없다니까…. 페르골레즈가로 가세요! 당장 차를 돌려!"

여전히 대답이 없었다. 영국인은 불현듯 불안한 마음이 들었다. 클로틸드를 바라보니 형언할 수 없는 미소를 짓고 있었다.

"왜 웃는 겁니까? 이 일은 아무런 관련도 없으니…. 바뀌는 건 없습니다." 숌즈가 불쾌해져서 말했다.

"아무런 관련이 없지요." 클로틸드가 대답했다.

숌즈는 불쑥 꺼림칙한 생각이 떠올라서 반쯤 일어나 운전석에 앉은 남자를 자세히 들여다보았다. 어깨가 좀 더 좁았고 움직임이 민첩했다…. 갑자기 식은땀이 흐르고 두 주먹에 힘이 들어갔다. 끔찍한 생각이 들었다. 이자가 바로 아르센 뤼팽이라는 생각.

"그래, 숌즈 씨, 드라이브가 어떻습니까?"

"상쾌하군요, 아주 상쾌해요." 숌즈가 받아쳤다.

숌즈는 폭발 직전인 상태를 들키지 않으려고 이때만큼 떨리는 목소리를 자제한 적이 없었다. 하지만 이내 반사적으로 터진 주체할 수 없는 분노와 증오가 자제력을 넘어섰다. 숌즈는 재빨리 권총을 뽑아 데스탕주 양을 향해 겨눴다.

"지금 당장 차를 세우게, 뤼팽. 안 그러면 아가씨를 쏘겠네."

"충고 하나 하지요. 관자놀이를 맞히려면 뺨 쪽을 겨누십시오." 뤼팽이 고개도 돌리지 않고 대답했다.

클로틸드가 말했다.

"막심, 너무 빨리 달리지 마세요. 포석이 미끄러워서 겁이 나는군요."

여인은 차 앞으로 펼쳐진 도로를 바라본 채 계속 미소 지었다.

"당장 멈추라고! 저자에게 당장 멈추라고 하세요!" 숌즈는 머리끝까지 화가 치밀어 여인에게 말했다. "내가 무슨 짓인들 못 할 것 같습니까!"

권총이 곱슬머리에 스쳤다.

여자가 중얼거렸다.

"막심 저이는 정말 조심성이 없다니까! 이렇게 가다가는 차가 미끄러질 거예요."

숌즈는 권총을 주머니에 집어넣고 차 문 손잡이를 그러쥐었다. 말도 안 되는 시도였으나 뛰어내리려고 했던 것이다.

클로틸드가 숌즈에게 말했다.

"조심하세요, 선생님. 뒤에 차가 오고 있어요."

숌즈가 뒤돌아봤다. 정말 자동차 한 대가 뒤따라왔다. 엄청나게 크고 앞쪽이 뾰족하여 사나워 보이는 핏빛 자동차에 우락부락한 남자 네 명이 타고 있었다.

'꼼짝없이 잡혔군. 일단 기다리자.'

숌즈는 팔짱을 꼈다. 운이 자기편이 아닐 때, 시기를 기다리며 항복하는 자의 오만함이 밴 태도였다. 자동차가 센 강을 건너 쉬렌과 뒈이, 샤투를 지나가는 동안 숌즈는 분노와 씁쓸한 마음을 억누르고 체념한 듯 꼼짝 않고 앉아서 대체 어떻게 아르센 뤼팽이 운전사 자리를 가로챘는지 알아내려고 애썼다. 그날 아침에 숌즈가 대로변에서 택한 사내가 뤼팽이 미리 심어둔 공범일 리는 없다. 하지만 누군가 뤼팽에게 귀띔을 해준 게 분명하다. 그리고 그 시기는 숌즈가 클로틸드를 협박한 이후일 수밖에 없다. 그전에 숌즈의 계획을 아는 사람은 없었으니까. 하지만 그때 숌즈는 줄곧 클로틸드와 함께 있었다.

퍼뜩 어떤 일이 기억났다. 클로틸드가 양재사에게 걸었던 전화 한 통. 그 한 통의 전화로 전부 이해됐다. 숌즈가 본론을 꺼내기 전, 데스탕주 씨의 비서라고 자신을 소개하며 이야기를 나누자고 요청했을 때 여자는 이미 위험을 감지했고 숌즈의 정체와 목적을 알아차렸다. 그래서 마치 일상적인 행동을 하듯 냉정하고 자연스러운 태도로 상인에게 전화를 거는 척 뤼팽에게 전화를 걸어 미리 약속해둔 신호로 도움을 요청했다.

아르센 뤼팽이 온 방법이나 시동이 걸린 채 정차된 차를 보고 의심을 품은 사연, 또 어떻게 운전사를 매수했는지 따위는 별로 중요하지 않다. 분노가 사그라질 만큼 숌즈에게 깊은 인상을 준 것은 사랑에 빠진, 그러나 평범한 한 여인이 강한 자제력으로 본능을 지배하며 태연하게 눈빛 하나 흔들리지 않고 이 노회한 힐록 숌즈를 감쪽같이 속였다는 사실이다.

이러한 조력자를 둔 사람, 단지 카리스마 하나만으로 한 여인에게 그런 대담성과 힘을 불어넣는 자를 상대로 무엇을 할 수 있단 말인가?

자동차는 센 강을 건너 생제르맹 언덕을 올랐다. 그런데 마을에서 500미터쯤 떨어진 곳에서 자동차가 속도를 줄였다. 뒤따르던 자동차도 속도를 줄이더니 두 차 모두 멈춰 섰다. 주변에는 아무도 없다.

뤼팽이 말했다.

"숌즈 씨, 자동차를 바꾸겠습니다. 우리 차가 느리기 짝이 없어서요…!"

숌즈가 큰 소리로 대꾸했다.

"그러십시오! 바쁘시니 선택의 여지가 없겠지요."

"이 외투를 받으세요. 상당히 빨리 달릴 테니까요. 그리고 샌드위치도… 아니, 꼭 받으세요. 언제 저녁 식사를 하게 될지 모르니 말입니다!"

사내 넷이 차에서 내렸다. 이 중 한 명이 다가와 얼굴을 뒤덮은 보안경을 벗었다. 헝가리 식당의 프록코트 사내였다. 뤼팽이 사내에게 말했다.

"차를 빌려준 운전사에게 돌려주게. 레정드르가 오른쪽 첫 번째 선술집에서 기다리고 있네. 그자에게 약속한 잔금 1000프랑을 주도록 하게. 아! 잊을 뻔했네, 자네 보안경을 숌즈 씨께 드리게나."

뤼팽은 데스탕주 양과 이야기를 나눈 후 운전석에 올라탔고 곧 자동차가 출발했다. 숌즈가 뤼팽 옆에 앉았고 뒤에는 부하 중 한 명이 탔다.

뤼팽이 '상당히 빨리' 달리겠다고 했는데 과장된 말이 아니었다. 출발하자마자 어마어마한 속도로 달리기 시작했다. 불가사의한 힘에 이끌리듯 다가온 지평선이 한순간에 심연 속으로 빨려 들어갔다. 나무, 집, 들판, 숲, 모든 것이 그렇게 심연 속으로 빨려 들어갔으며 마치 소용돌이로 말려 들어가는 물살처럼 다급히 지나갔다.

숌즈와 뤼팽은 서로 말 한마디 없었다. 일정하게 늘어선 나무를 지나칠 때마다 머리 위로 백양목 나뭇잎이 시끄럽게 쏴아아 소리를 냈다. 망트, 베르농, 가이용 같은 숱한 마을이 쏜살같이 자취를 감췄다. 언덕에 언덕을 계속 지났고 봉스쿠르에서 캉틀뢰를 지나, 루앙 시내며 그 외곽 지대와 선착장, 수 킬로미터에 걸쳐 늘어선 방파제 위를 쏜살같이 달렸다. 루앙 시를 지났을 때는 마치 작은 마을 길 하나를 지나쳤을 뿐인 것 같았다. 뒤이어 뒤클레르, 코드벡, 코 지방이 완만한 곡선을 그리며 순식간에 지나갔다. 리유본과 키유뵈프를 지나자 갑자기 센 강변이 눈앞에 펼쳐졌고, 그곳의 자그마한 선착장 끝에 이르렀다. 선착장 끄트머리에는 외양이 단순하고 탄탄해 보이는 배 한 척이 굴뚝에서 검은 연기를 뭉게뭉게 피어올리며 정박해 있었다.

마침내 자동차가 멈춰 섰다. 두 시간 만에 160킬로미터에 이르는 거리를 주파한 셈이다.

푸른 작업복에 금장식 줄이 달린 모자를 쓴 남자가 다가와 인사했다.

"완벽하군요, 선장! 전보는 받았습니까?" 뤼팽이 외쳤다.

"받았습니다."

"제비호는 준비됐겠지요?"

"준비됐습니다."

"그럼 숌즈 씨?"

숌즈는 주변을 둘러보았다. 저만치 카페 테라스에 한 무리의 사람들이 모여 있고 더 가까운 카페에도 마찬가지였다. 무슨 시도를 해보기도 전에 붙들려서 배 밑바닥에 처박힐 게 분명했다. 숌즈는 배로 이어진 다리를 건너 뤼팽을 따라 선장실로 들어갔다.

선장실은 널찍하고 티끌 하나 없이 청결했다. 대리석은 매끈하게 윤기가 흘렀고 구리 장식에서는 광이 났다.

뤼팽은 문을 닫더니 서론 없이 거칠게 숌즈에게 내뱉었다.

"대체 무얼 알고 계십니까?"

"전부."

"전부? 정확히 말해보시지."

숌즈에게 말을 걸 때 쓰던 특유의 조롱기 어린 깍듯함은 온데간데없었다. 명령을 내리는 것과 주변 사람들의 복종에 익숙한 대장의 강압적인 어조였다. 그게 설사 힐록 숌즈 앞이라 하더라도.

두 사람은 이제 온전히 증오심에 불타는 적이 되어 서로 노려보았다. 뤼팽은 약간 신경질적인 어조로 말했다.

"당신, 벌써 내가 가는 길목을 몇 번이나 막은 겁니까? 도가 지나치군요. 이제 당신이 파놓은 함정을 피해 가느라 시간 낭비하는 것도 지겹습니다. 그러니 당신 대답에 따라 내가 어떻게 행동할지 결정할 겁니다. 정확히 무얼 알고 있습니까?"

"다시 말하지만 전부 알고 있습니다."

아르센 뤼팽은 분노를 자제하며 또박또박 끊어 말했다.

"그럼 당신이 아는 사실을 말해보겠습니다. 막심 베르몽이란 이름으로 내가… 데스탕주 씨가 건축한 집 열다섯 채를 개조한 걸 알고 있지요."

"그렇습니다."

"그 열다섯 채 중 선생이 네 곳을 알고 있고."

"그렇습니다."

"그리고 나머지 집 열한 채의 주소를 가지고 있지요."

"맞습니다."

"분명 그날 밤에 데스탕주 씨 댁에서 그 목록을 찾아냈겠지요."

"그렇습니다."

"분명 나와 내 동료가 열한 채 중 하나를 사용하고 있을 테니 가니마르에게 그곳들을 조사해서 은신처를 알아내라고 부탁했겠지요."

"그건 아닙니다."

"아니라니, 그 말은?"

"난 혼자 움직입니다. 혼자 조사해보려고 했다는 말입니다."

"그렇다면 내가 겁낼 건 하나도 없군요. 당신이 내 손안에 있으니까."

"물론 내가 당신한테 붙들려 있는 한 겁낼 이유는 하나도 없겠지요."

"그 말은 붙들려 있지 않을 거란 말입니까?"

"그렇습니다."

뤼팽은 영국인에게 더 가까이 다가가서 어깨에 가만히 손을 얹었다.

"잘 들으십시오. 지금 한담이나 나눌 기분이 아닙니다. 그리고 불행히도 당신은 나한테 이겼다고 말씀하실 입장도 아닙니다. 그러니 이쯤에서 그만합시다."

"그럽시다."

"영국 해역에 들어서기 전까지 이 배를 빠져나가지 않겠다고 명예를 걸고 약속해주십시오."

"제 명예를 걸고 무슨 수를 써서라도 빠져나갈 거라 약속드리지요." 헐록은 기세를 꺾지 않았다.

"아니, 빌어먹을. 내 말 한마디면 선생이 꼼짝 못한다는 사실을 뻔히 아시지 않습니까. 여기 있는 사람들은 내 말을 무조건 따르고 있습니다. 내가 신호만 하면 목에 사슬을 채워서…."

"사슬이란 끊어지게 마련이지요."

"그래서… 바다 한가운데 던져버릴 겁니다."

"수영할 줄 압니다."

"대답은 잘하는군요." 뤼팽이 껄껄 웃으며 말했다. "이런, 조금 흥분했군요. 용서하십시오, 탐정 선생…. 그럼 이제 결론을 내립시다. 내가 나와 내 동료의 안전을 위해 적당히 조치하리라 생각하시지요?"

"모든 조치를 취하겠지요. 물론 소용없겠지만요."

"좋습니다. 어쨌든 그런 조치를 했다고 날 원망하지는 마십시오."

"마땅히 해야 할 일을 하십시오."

뤼팽은 선실 문을 열고 선장과 선원 두 사람을 불렀다. 이들이 숌즈를 붙들고 주머니를 샅샅이 뒤진 후 다리를 줄로 묶어 선장 침대에 묶었다.

뤼팽이 명령했다.

"그거면 됐어! 사실 이런 조치도 탐정 선생 고집이 워낙 센데다 상황이 하도 특별하고 심각해서 할 수 없이 하는 것이니…."

선원들이 선실에서 나갔다. 뤼팽이 선장에게 말했다.

"선장, 숌즈 씨 시중을 들 선원 한 명을 여기 배치해주세요. 그리고 당신도 가능한 한 이분 곁을 지켜요. 배려를 아끼지 마십시오. 포로가 아니라 손님이시니까. 당신 시계로 지금은 몇 시입니까?"

"2시 5분입니다."

뤼팽이 자기 시계를 들여다본 후 선실 벽에 매달린 괘종시계를 봤다.

"2시 5분…? 내 시계로도 그렇습니다. 사우샘프턴(영국 남부 항구 도시 – 옮긴이)에 도착하기까지 얼마나 걸리겠습니까?"

"서두르지 않으면 9시간 걸립니다."

"그러면 11시간 걸리게 하십시오. 자정에 사우샘프턴을 떠나 내일 아침 8시에 르아브르에 도착하는 여객선이 있습니다. 이 여객선이 출발하기 전에 영국 땅에 도착하면 안 됩니다. 선장, 확실히 이해하셨습니까? 다시 한 번 말합니다. 이 신사가 여객선을 타고 프랑스로 돌아오면 우리 모두 대단히 위험해집니다. 그러니 이 배가 새벽 1시 이전에 사우샘프턴에 도착하면 안 됩니다."

"알겠습니다."

"그럼 안녕히 계십시오, 탐정 선생. 내년에 이 세상에서든 저세상에서든 만나도록 하지요."

"내일 봅시다."

몇 분 후 숌즈 귀에 자동차가 떠나가는 소리가 들렸고 연이어 제비호 깊숙한 곳에서 증기 기관이 격렬한 소리를 뿜어냈다. 배가 움직이기 시작했다.

배는 3시경에 센 강 하구를 벗어나 바다로 들어섰다. 이때 침대에 묶인 숌즈는 누운 채로 깊은 잠에 빠져들었다.

다음 날 아침, 그러니까 두 위대한 맞수가 서로에게 전쟁을 선언한 지 열흘째 되는 날 〈에코 드 프랑스〉에는 다음과 같은 경쾌한 토막 기사가 실렸다.

어제 아르센 뤼팽이 영국 탐정 헐록 숌즈에게 추방 명령을 내렸다. 정오에 이 명령을 통고했고 당일에 즉각 집행되었다. 오늘 새벽 1시, 숌즈는 사우샘프턴 항구에 도착했다.

6
아르센 뤼팽, 두 번째 체포되다

아침 8시가 되자 이사용 차량 열두 대가 부아 드 불로뉴가와 위고가 사이에 있는 크르보가를 가득 메웠다. 그 길 8번지 건물 5층에 살던 펠릭스 다비가 이사하는 날이었다. 한편 같은 건물 6층과 인접 건물 두 채의 6층을 모두 사용하던 감정 전문가 뒤 브뢰이도 마침 같은 날(두 신사는 서로 모르는 사이였으므로 이는 순전히 우연이라고밖에 할 수 없다) 외국 수집가들까지 눈독을 들이던 자신의 가구 소장품 일체를 다른 곳으로 옮기고 있었다.

이상한 점 몇 가지가 이웃 사람들의 눈에 띄긴 했으나 그 이야기가 거론된 때는 한참 후였다. 열두 대 차량 중 어느 하나도 이사 용역업체 이름이나 주소가 적혀 있지 않았으며, 일꾼 중 근처의 가게에 들렀던 사람이 한 명도 없었다. 모두 매우 신속하게 일해서 11시가 되자 모든 일이 다 끝났다. 바닥에 떨어져 있는 종이나 천 조각 몇 개 말고는 아무것도 남지 않은 채 방은 텅텅 비었다.

펠릭스 다비는 최신 유행을 반영해 우아하게 차려입은 젊은 이였고 손에 든 묵직한 지팡이를 놀리는 모양새로 보건대 근력이 대단했다. 젊은이는 느긋하게 발걸음을 옮겨 페르골레즈가 맞은편 부아 거리를 가로지르는 샛길 벤치에 앉았다. 평범한 소시민 차림을 한 여자가 신문을 읽고 있었고 그 옆에서 어린 아이가 장난감 삽으로 모래 더미를 파헤치며 놀고 있었다.

잠시 후 펠릭스 다비가 고개를 돌리지 않은 채 여자에게 말했다.

"가니마르는요?"

"오늘 아침 9시쯤 나갔어요."

"어디로요?"

"경찰청으로요."

"혼자요?"

"예."

"간밤에 온 전보는 없었나요?"

"없었어요."

"그 집에서는 부인께 여전히 아무 의심도 하지 않나요?"

"안 합니다. 가니마르 부인께 이런저런 일들을 해드리고 있는데, 부인은 남편의 일이라면 제게 모두 이야기합니다…. 우리는 오늘 아침나절을 함께 보냈어요."

"좋습니다. 새로운 지시가 있을 때까지 매일 오전 11시에 여기로 오십시오."

말을 마친 젊은이는 일어나 도핀 문 근처의 중국 음식점에 가서 달걀 두 개와 채소, 과일로 간단히 식사했다. 그러고 나서 크르보가로 돌아와 건물 관리인에게 말했다.

"올라가서 마지막으로 둘러본 후 열쇠를 드리겠습니다."

집 안을 샅샅이 살펴보고 마지막으로 작업실을 둘러본 후 벽난로를 따라 마디마다 고정된 가스관 끝을 잡고 구리로 된 마개를 열었다. 그리고 나팔 모양의 작은 도구를 관에 고정해 바람을 불어넣었다.

나지막한 휘파람 소리로 응답이 왔다. 가스관을 입에 대고 젊은이가 속삭였다.

"아무도 없나, 뒤브뢰이?"

"아무도 없습니다."

"올라가도 되나?"

"예."

가스관을 원래대로 해놓으며 속으로 중얼거렸다.

'대체 어디까지 기술이 발전할까? 자질구레한 발명품들 덕분에 이 시대가 정말 유쾌하고 볼만해졌다니까. 이 얼마나 재밌는지…! 특히 나처럼 모험을 즐기는 사람들에겐 말이야.'

벽난로 대리석 틀 중 하나를 돌렸다. 대리석 판이 통째로 움직이더니 그 위의 거울이 보이지 않는 홈을 타고 미끄러졌다. 그 뒤로 뻥 뚫린 입구가 드러났고 입구에 있는 계단 초입은 아예 벽난로 동체 자체에 설치되어 있었다. 주철에서 광이 나고 흰색 사기 타일로 만들어진 아주 깔끔한 계단이었다.

펠릭스 다비는 계단을 올라갔다. 6층 벽난로 위에도 아래층과 같은 형태의 출구가 있었다. 뒤브뢰이가 기다리고 있었다.

"자네 집도 다 끝났나?"

"다 끝났습니다."

"싹 치웠고?"

"완벽하게요."

"일꾼들은?"

"이제 세 명만 남아 망을 보고 있습니다."

"가보세."

두 사람은 차례차례 같은 계단을 통해 하인 방이 있는 꼭대기 층으로 올라갔다. 지붕 밑 방에 이르니 세 사람이 있었고 그중 한 사람은 창문을 내다보고 있었다.

"별일 없나?"

"없습니다, 대장."

"길은 조용한가?"

"개미 새끼 한 마리도 없습니다."

"이제 10분 후에 여기를 완전히 뜨겠네…. 자네들도 같이 가자고. 그때까지 길에서 수상한 움직임이 조금이라도 보이면 당장 알리게."

"경보기에 줄곧 손가락을 대놓고 있습니다, 대장."

"뒤브뢰이, 일꾼들에게 경보기 줄에는 손대지 말라고 일러뒀지?"

"단단히 일러뒀지요. 경보기도 확실히 작동합니다."

"안심해도 되겠군."

두 사람은 펠릭스 다비의 아파트까지 걸어 내려왔다. 들어와 벽난로 틀을 제자리로 돌려놓고 다비는 기쁨에 겨워 소리 높이 외쳤다.

"뒤브뢰이, 여기 있는 이 멋진 장치들을 발견할 사람들 표정을 보고 싶군. 경보기, 전선망, 공명관, 비밀 통로, 움직이는 마루칭, 비밀 계단… 정말 동화에서나 나올 법한 장치들 아닌가!"

"아르센 뤼팽을 두고 한바탕 떠들썩하겠군요!"

"그런 건 필요 없네. 이런 시설을 두고 떠나야 한다는 게 아쉬울 따름이지. 모조리 처음부터 시작해야 해, 뒤브뢰이… 물론 완전히 다른 방식으로 설치해야겠지. 결코 똑같은 수법을 써서는 안 되는 법이니까. 숌즈, 이 망할 놈 같으니라고!"

"여전히 그자는 돌아오지 않았습니까?"

"어떻게 돌아오겠나? 사우샘프턴에는 자정에 떠나는 여객선 딱 하나만 있을 뿐인데. 또 르아브르에서는 아침 8시에 떠나서 11시 11분에 파리에 도착하는 기차가 딱 한 대 있네. 자정에 여객선을 타지 않았다면(그런데 못 탈 수밖에 없지. 선장에게 단단히 지시해두었으니까) 빨라야 오늘 저녁에 프랑스로 돌아올 수 있을 거야. 뉴헤이븐과 디에프를 통해서 말이지."

"만약 돌아오면 어쩌지요!"

"숌즈는 절대 포기하지 않는 자라네. 다시 오겠지. 하지만 그때면 이미 늦을 걸세. 우리는 이미 멀리 가 있을 테니."

"그러면 데스탕주 양은요?"

"한 시간 후에 만나기로 했네."

"아가씨 집에서요?"

"오! 아니지. 며칠 후에야 집으로 돌아갈 걸세. 이 소동이 다 끝나면… 그래서 내가 돌봐줄 필요가 없어지면 말이야. 뒤브뢰이, 이제 서둘러야 하네. 배에 짐을 싣는 작업은 오래 걸릴 거야. 자네가 선착장에 꼭 있어야 해."

"우리가 감시당하지 않는 게 확실할까요?"

"누가 감시하겠나? 걱정되는 건 숍즈뿐이네."

뒤브뢰이는 떠났다. 펠릭스 다비는 마지막으로 집을 둘러보고 찢어진 종이쪽 두세 장을 줍더니 옆에 분필이 떨어져 있는 것을 보고 이것도 집어들었다. 부엌에 있던 짙은 색깔의 종이 위에 커다랗게 네모를 그린 다음 비석 문구처럼 다음과 같이 적었다.

20세기 초 5년간 이곳에서 살다.

—괴도신사 아르센 뤼팽

뤼팽은 이 장난이 무척 만족스러운 듯 가볍게 휘파람을 불며 문구를 들여다보더니 중얼거렸다.

"이제야 미래의 역사가들에게 의무를 다했으니 가봐야겠군. 헐록 숍즈 탐정, 서두르십시오. 3분 후면 여기를 뜰 거고 당신은 패배할 테니까요…. 2분 남았군요! 이제 인정하시겠습니까, 탐정 선생! 아직 1분이 남았군요! 안 오십니까? 어라, 좋습니다. 이제 당신이 패배하고 내가 승리했음을 선포하겠습니다. 그럼 이제 가겠습니다. 아르센 뤼팽의 제국이여, 안녕! 이제 다시는 못 보겠지. 내가 지내온 여섯 채의 집, 쉰다섯 개의 방이여 안녕! 나의 작은 방, 내 소박한 방이여 안녕!"

이때 벨소리가 울려 뤼팽의 읊조림에 찬물을 끼었었다. 날카롭고 빠른 새된 종소리였다. 두 번 울리고 쉬었다 다시 두 번 울리더니 멈췄다. 경보였다.

대체 무슨 일인가? 무슨 예기치 못한 위험이 생겼나? 가니마르인가? 그럴 리 없는데….

자신의 옛 작업실로 돌아가 도망치려 하다가 먼저 창문으로 다가가 보았다. 길에는 아무도 없었다. 그렇다면 적은 이미 집 안에 있단 말인가? 귀를 기울여 보니 불분명하나 떠들썩한 소리가 들렸다. 지체하지 않고 작업실로 달려가 문턱을 넘어서는데 현관문에 열쇠를 꽂는 소리가 들렸다.

뤼팽이 중얼거렸다.

"맙소사, 시간이 없어. 집이 완전히 포위됐을 거야…. 하인용 계단으로 가는 건 불가능하고. 다행히 벽난로가…."

그러면서 벽난로 틀을 잽싸게 밀었다. 움직이지 않았다. 더 힘껏 밀어보았으나 여전히 꿈쩍도 안 했다.

이와 동시에 저쪽에서 문이 열리며 발걸음 소리가 울렸다.

"제기랄." 뤼팽의 입에서 욕설이 튀어나왔다. "이 빌어먹을 장치가 안 움직이면 난 끝장인데…."

뤼팽은 손으로 벽난로 틀 주변을 미친 듯이 더듬어보고 온 힘을 다해 밀어보았다. 꿈쩍도 안 했다. 꿈쩍도! 무슨 악운이 끼었는지, 무슨 끔찍한 운명의 매서운 장난인지, 조금 전만 해도 잘 작동하던 장치가 작동하지 않았다!

뤼팽은 대리석 덩어리에 매달려서 안간힘을 썼지만 여전히 작동하지 않았다. 이런 몹쓸! 이런 멍청한 장애물이 이 몸의 갈 길을 막는다는 게 말이나 되는가? 뤼팽은 분노에 차서 주먹으로 대리석을 내리치며 욕을 퍼부어댔다….

"이런, 무슨 일이십니까, 뤼팽 씨? 뜻대로 일이 안 풀리나 보군요?"

뤼팽은 두려움에 질린 채 뒤를 돌아보았다. 눈앞에 헐록 숌 즈가 서 있었다!

헐록 숌즈라니! 뤼팽은 속이 뒤틀릴 만큼 잔혹한 장면을 본 사람처럼 눈을 끔벅거렸다. 헐록 숌즈가 파리에 있다니! 전날 마치 위험한 소포를 처리하듯 영국 땅으로 돌려보낸 그 헐록 숌즈가 의기양양하고 거리낌 없이 눈앞에 서 있다니! 아, 아르 센 뤼팽의 의지를 거스르는 이토록 불가능한 기적이 일어났 다니, 자연법칙이 무너져 비논리적이며 비정상적인 것들이 판을 치는 상황에서야 가능한 일이었다. 헐록 숌즈가 뤼팽 앞에 서 있다니!

영국인은 약을 바짝바짝 오르게 하던 뤼팽 특유의 경멸 섞인 정중함을 한껏 담아 이렇게 말했다.

"뤼팽 씨, 바로 이 순간부터 도트렉 남작의 저택에서 하룻밤 을 지새우게 한 일이나 제 동료 윌슨한테 일어난 불운, 자동차 로 절 납치하신 일을 싹 잊겠습니다. 물론 당신 명령으로 불편 한 침대에 꽁꽁 묶여 한 여행까지 말입니다. 지금 이 순간만으 로도 모든 걸 보상받는 기분이군요. 사실 그 기억들은 이미 잊 었습니다. 보상을 받은 셈이니까요. 그것도 완벽하게."

뤼팽은 말이 없었다. 영국인이 말을 이었다.

"그렇게 생각하지 않으십니까?"

숌즈는 일종의 확인증을 요구하듯 집요하게 상대방의 동의 를 구했다.

뤼팽은 잠시 생각에 잠겼는데 숌즈는 뤼팽이 자신의 영혼 깊숙한 곳을 꿰뚫어보는 듯한 느낌이 들었다. 마침내 뤼팽이 선언하듯 말했다.

"숌즈 씨, 지금 이런 태도에는 확실한 근거가 있겠군요?"

"매우 확실한 근거가 있지요."

"내 수하인 선장이나 선원의 손을 빠져나온 건 이 대결에서 부차적인 일입니다. 이 자리에서 당신은 내 앞에 홀로 계십니다. 잘 들으세요, 아르센 뤼팽 앞에 홀로 서 있다는 이유만으로도 당신의 승리는 더없이 완벽합니다."

"더없이 완벽하지요."

"이 집은?"

"포위됐습니다."

"이 위층 집은?"

"뒤브뢰이 씨가 살던 6층의 집 세 채도 모두 포위됐습니다."

"그 말은….."

"그 말은 당신이 잡혔다는 겁니다. 뤼팽 씨, 당신은 꼼짝없이 잡혔습니다."

숌즈가 자동차로 납치되었을 때 느꼈던 감정을 뤼팽은 고스란히 느꼈다. 한 치도 다르지 않은 응집된 분노와 반항심이었다. 하지만 결국 뤼팽도 숌즈처럼 사물이 돌아가는 이치를 솔직히 인정하고 무릎을 꿇었다. 두 사람은 모두 강인한 존재답게 한때 감내해야 할 필요악으로 실패를 받아들였다.

"이걸로 우리는 비긴 겁니다, 숌즈 씨." 뤼팽은 분명히 말했다.

그 고백에 영국인은 몹시 기뻐하는 듯했다. 두 사람은 말이 없었다. 이내 뤼팽은 평소 모습을 되찾아 미소 지었다.

"사실 화는 나지 않습니다! 매번 이기기만 하는 것도 넌덜머리가 나던 참입니다. 팔만 뻗으면 당신을 완벽히 제압할 수 있지 않았습니까. 이번에는 내 차례군요. 내가 당했습니다, 탐정 선생!"

뤼팽은 껄껄 웃었다.

"사람들이 무척 재밌어하겠군요! 뤼팽이 덫에 걸리다니. 과연 뤼팽이 어떻게 빠져나올지 궁금해하겠지요? 덫이라니…! 참 엄청난 모험을 하는군…. 아, 당신 덕분에 이런 대단한 감정을 맛보는군요. 삶이란 그런 것이겠지요!"

마치 자기 안에서 주체할 수 없이 샘솟는 기쁨을 가라앉히려는 듯 뤼팽은 움켜쥔 두 주먹으로 관자놀이를 꾹꾹 눌러댔다. 신이 난 어린애 같은 몸짓을 도저히 억누르지 못하는 듯했다.

드디어 뤼팽이 숌즈에게 다가왔다.

"이제 무얼 기다리십니까?"

"내가 무얼 기다리느냐고요?"

"그렇습니다, 가니마르도 부하들을 데리고 와 있을 텐데 왜 들어오지 않는 겁니까?"

"들어오지 말라고 부탁했습니다."

"그래서 그 말을 받아들였나요?"

"내 지휘 아래에서 움직인다는 조건으로 가니마르 형사의 보조를 받기로 했습니다. 게다가 형사는 펠릭스 다비가 뤼팽의 공범이라고만 알고 있습니다!"

"그렇다면 말을 바꿔 다시 물어보지요. 왜 혼자 들어왔습니까?"

"당신과 먼저 이야기하고 싶었습니다."

"아, 이런! 나와 할 이야기가 있었다고요?"

뤼팽은 무척 기뻐 보였다. 행동보다 말이 훨씬 흡족한 상황
이 있는 법이다.

"숌즈 씨, 앉을 만한 안락의자가 없는 게 유감입니다. 좀 부
서졌지만 이 낡은 궤짝, 아니면 창턱은 어떻습니까? 맥주 한 잔
이라도 있으면 좋으련만…. 흑맥주를 좋아합니까, 그냥 맥주를
좋아합니까? 일단 앉으시지요…."

"필요 없습니다. 바로 본론으로 들어가겠습니다."

"말씀하십시오."

"간단히 말하겠습니다. 사실 내가 프랑스에 온 이유는 당신
을 체포하는 게 아닙니다. 당신 뒤를 쫓게 된 이유는 사실 내 진
짜 목적을 달성하는 데 다른 방도가 없었기 때문입니다."

"그 목적이 무엇입니까?"

"푸른 다이아몬드를 찾는 것입니다!"

"푸른 다이아몬드라고요!"

"그렇습니다. 블라이셴 영사의 가루비누 병 속에 든 반지는
진짜가 아니었으니 말입니다."

"그렇지요. 진짜 반지는 금발 여인이 내게 보냈고 나는 반지
를 똑같이 복제했지요. 당시 백작부인의 다른 보석들에도 눈독
을 들이고 있었는데 마침 블라이셴 영사에게 혐의가 돌아가고
있어서 금발 여인은 의심을 피하기 위해 가짜 다이아몬드를 영
사의 가방에 넣어두었습니다."

"그럼 진짜 반지는 당신이 가지고 있습니까?"

"물론이지요."

"그 다이아몬드가 필요합니다."

"안 됩니다. 무척 죄송하군요."

"크로종 백작부인에게 약속했습니다. 그러니 반드시 가져가야 합니다."

"내가 갖고 있는데 어떻게 가져간다는 겁니까?"

"바로 당신 수중에 있으니 내가 가져갈 수 있다는 말입니다."

"내가 그걸 당신한테 내준단 말인가요?"

"그렇습니다."

"자진해서 말입니까?"

"내가 당신에게 사겠습니다."

뤼팽은 극도로 즐거워했다.

"영국인답습니다. 마치 사업상 거래를 처리하는 사람처럼 나오는군요."

"이건 거래입니다."

"그럼 나한테 무얼 주시겠습니까?"

"데스탕주 양의 자유."

"클로틸드의 자유? 내가 아는 한 클로틸드는 체포되지 않았습니다."

"가니마르 형사에게 필요한 지시를 내리겠습니다. 당신이 보호해주지 않으면 그 여자도 역시 잡힐 겁니다."

뤼팽은 다시 웃음을 터뜨렸다.

"당신, 수중에 없는 것을 주겠다고 하는 건가요? 데스탕주 양은 안전한 곳에 있으니 걱정할 일이 전혀 없습니다. 그러니 거래를 하려면 다른 것이 필요하겠군요.”

영국 탐정은 당황한 듯 머뭇거렸다. 광대뼈 부분이 불그스름해졌다. 그러더니 별안간 뤼팽의 어깨를 움켜쥐었다.

“만약 내가 당신한테 다른 제안을 한다면….”

“일테면 나를 풀어준다는?”

“아니…. 내가 방을 나가서 가니마르 형사와 의논을 해본다는 핑계로….”

“그리고 나한테도 생각해볼 시간을 주는 셈 치고 말이지요?”

“그렇습니다.”

‘이런, 맙소사, 내게 그게 무슨 소용이 있겠습니까! 이 빌어먹을 장치가 더는 작동하지도 않는데.’

뤼팽은 짜증스럽게 벽난로 틀을 밀며 속으로 중얼거렸다.

순간 뤼팽은 터져 나오려는 비명을 가까스로 억제했다. 무슨 조화로 행운이 되돌아온 것인지, 대리석이 손끝에서 움직였다!

구원을 받은 거나 마찬가지니 이제는 탈출할 방법이 생긴 것이다. 그렇다면 숌즈의 제안을 따를 이유가 뭐가 있겠는가?

뤼팽은 마치 대답을 궁리하듯 방 안을 이리저리 걸어 다녔다. 그러더니 이번엔 자신이 영국인의 어깨에 손을 얹었다.

“잘 생각해보았습니다, 숌즈 씨. 하지만 내 일은 혼자 처리하겠습니다.”

“하지만….”

“아닙니다, 누구 도움도 필요 없습니다.”

“가니마르 형사가 당신을 잡으면 그걸로 끝일 겁니다. 다시는 풀려나지 못할 테니."

"누가 압니까!"

"여봐요, 그건 미친 짓입니다. 출구는 모두 막혔습니다."

"하나 남았지요."

"어떤 게 남았다는 말입니까?"

"내가 선택하기 나름이지요."

"말은 잘하는군! 당신은 이미 체포된 거나 마찬가지입니다."

"하지만 아직 이루어진 일은 아닙니다."

"그래서요?"

"그러니 푸른 다이아몬드는 내가 가지겠습니다."

숌즈는 자기 시계를 꺼내 보았다.

"3시 10분 전입니다. 3시 정각에 가니마르 형사를 부르겠습니다."

"그럼 마저 이야기를 나눌 시간이 10분 남았군요. 이 기회를 이용해서 숌즈 선생, 궁금해 죽겠으니 좀 물어봅시다. 펠릭스 다비라는 이름과 주소를 어떻게 구했는지 말해주십시오."

갑자기 기분이 좋아진 뤼팽을 불안하게 지켜보던 숌즈는 이 질문을 받고 으쓱한 마음이 들어 간단히 설명해주기로 했다.

"주소요? 금발 여인에게서 얻었지요."

"클로틸드한테서!"

"그렇습니다. 기억나시겠지요…. 어제 아침… 내가 클로틸드 양을 자동차로 납치하려 했을 때 아가씨가 옷 만드는 이에게 전화했습니다."

"그런데요?"

"뒤늦게 그 양재사가 당신이란 걸 깨달았습니다. 어젯밤 배에서 그나마 내가 자랑할 만한 능력 중 하나인 이놈의 기억력을 최대한 동원해서 전화번호 마지막 두 개의 숫자인 7과 3을 기억했습니다. 당신이 '개조한' 집 목록을 갖고 있으니 오늘 아침 11시에 파리에 도착하자마자 전화번호부를 뒤져 어렵지 않게 펠릭스 다비의 이름과 주소를 찾아냈지요. 이걸 알아내자마자 가니마르 형사에게 도움을 청했습니다."

"훌륭하군요! 굉장히 뛰어나십니다! 머리를 조아릴 수밖에 없군요. 하지만 이해할 수 없는 게 있어요. 르아브르에서 기차를 타셨다는 말씀인데, 어떻게 제비호에서 빠져나왔습니까?"

"빠져나오지 않았습니다."

"하지만….'

"당신이 선장에게 새벽 1시가 되어서야 사우샘프턴에 도착하라는 명령을 내렸지요. 하지만 나는 자정에 도착했습니다. 그러니 르아브르행 여객선을 탈 수 있었지요."

"그럼 선장이 날 배신했단 말입니까? 말도 안 돼요."

"배신하지 않았습니다."

"그러면요?"

"선장의 시계 덕분이었습니다."

"시계라니?"

"그렇습니다, 선장 시계를 한 시간 앞당겨놓았던 겁니다."

"어떻게 말입니까?"

"그야 물론 태엽을 감았지, 어떻게 했겠습니까? 선장과 나란히 앉아 그자가 흥미를 보이는 이야기를 하는 동안에…. 정말 아무것도 눈치채지 못하더군요."

"대단해, 대단합니다. 꽤 괜찮은 수법이로군요. 나도 한번 써먹어야겠습니다. 하지만 선실 벽에 괘종시계도 있지 않았습니까?"

"그거요? 좀 더 어려운 일이었습니다. 발이 묶여 있었으니까요. 하지만 선장이 없는 동안 날 지키던 선원이 시곗바늘을 대신 돌려주었습니다."

"그자가? 말도 안 돼! 그 일을 해줬단 말입니까…?"

"오! 자기가 무슨 일을 하는지도 모르고 있었을 겁니다! 나는 그저 내일 아침 런던행 첫 기차를 반드시 타야 한다고 말했지요…. 그랬더니 넘어갔습니다…."

"그래서 그 대가로…."

"대가로 작은 선물을 줬을 뿐입니다…. 게다가 그 훌륭한 선원은 충성스럽게도 당신에게 꼭 전달하겠다고 하더군요."

"무슨 선물입니까?"

"뭐 별거 아닙니다."

"그래도 말씀해보시지요."

"푸른 다이아몬드였습니다."

"푸른 다이아몬드!"

"그렇습니다, 가짜 말입니다. 백작부인 다이아몬드 대신 넣어둔 가짜지요. 백작부인이 내게 맡겨놓았습니다…."

별안간 한바탕 폭소가 터졌다. 뤼팽은 눈물까지 맺힌 채 숨이 넘어갈 것처럼 웃어댔다.

"아, 정말 재밌네! 내 가짜 다이아몬드가 선원 손에 넘어가다니. 선장 시계도 그렇고! 괘종시계 바늘을 돌려놓은 이야기는 또 어떻고…!"

숌즈는 뤼팽을 상대로 그 어느 때보다도 격렬한 암투를 벌인다는 느낌이 들었다. 요란스러울 정도로 유쾌해 보이는 이면에는 무언가 대단한 꿍꿍이가 있으며 뤼팽이 온 힘을 다해 무섭도록 정신을 집중하는 것처럼 보였기 때문이다.

뤼팽이 조금씩 숌즈에게 다가섰다. 영국인은 물러서며 슬쩍 자기 호주머니에 손을 넣었다.

"뤼팽 씨, 이제 3시가 됐습니다."

"벌써 3시라고요? 아쉽군요…! 정말 즐거웠는데 말입니다…!"

"대답을 기다리고 있습니다."

"내 대답을요? 세상에, 이토록 끈질기다니요! 이제 게임도 막바지에 왔습니다. 걸려 있는 건 바로 내 자유고!"

"아니면 푸른 다이아몬드거나."

"좋습니다…. 그럼 먼저 패를 내보십시오. 무얼 갖고 있습니까?"

"왕을 잡겠습니다." 동시에 숌즈는 권총을 뽑아 한 발 쏘았다.

"그럼 점수는 내가 따지요." 아르센은 주먹을 날렸다.

숌즈는 허공에 대고 총을 쏴 가니마르에게 다급히 구조를 요청했던 것인데, 아르센의 주먹에 배를 정통으로 맞았고 이내 창백해져 휘청거렸다. 순식간에 뤼팽은 벽난로로 달려가 대리석을 밀어젖혔다…. 하지만 때는 늦었다! 방문이 열린 것이다.

"항복해, 뤼팽. 안 그러면…."

생각보다 가까이 있었는지 가니마르는 이미 뤼팽에게 총을 겨눈 채였다. 그리고 그 뒤로 요원 열 명, 아니 스무 명이 들이 닥쳤다. 조금이라도 반항하는 기색이 보이면 인정사정없이 뤼팽을 때려잡을 듯한 우락부락한 사내들이었다.

"그거 치우십시오! 항복하겠습니다!"

뤼팽은 두 팔을 앞으로 내밀었다.

한순간 모두가 얼떨떨해졌다. 가구도 커튼도 없는 휑한 방 안에 아르센 뤼팽의 말만 울려 퍼졌다. '항복하겠습니다!'라니 이 얼마나 믿기 어려운 말인가! 모두들 내심 뤼팽이 별안간 비밀 문으로 사라지거나 벽이 무너져 내려 다시 한 번 손아귀에서 벗어나리라 믿고 있었는데 항복이라니!

가니마르가 뤼팽에게 다가섰다. 감격에 겨워 천천히, 매우 진지하게 숙적에게 손을 뻗었다. 그리고 무한한 희열을 느끼며 이렇게 말했다.

"자네를 체포하네, 뤼팽."

뤼팽이 부르르 떠는 시늉을 했다.

"대단하십니다, 친애하는 가니마르 형사님. 그렇게 음산한 얼굴은 처음 보는군요! 마치 친구의 무덤 앞에라도 선 것 같습니다. 여봐요, 장례식에 온 것처럼 굴진 맙시다."

"자네를 체포한다."

"기쁘십니까? 충실한 법의 집행자인 가니마르 형사가 악랄한 뤼팽을 체포한다니 정말 역사적인 순간이로군요. 얼마나 중요한 일인지 아시겠지요…. 비슷한 일이 벌써 두 번째 벌어졌군요. 잘하셨습니다, 가니마르. 엄청나게 승진하겠군요!"

이렇게 말하고 뤼팽은 수갑에 손목을 맡겼다….

이후 과정은 엄숙한 의식을 치르듯 진행되었다. 평소 태도가 거칠고 뤼팽이라면 치를 떠는 경찰들이었으나 그 신출귀몰한 인물을 잡아들였다는 데 놀랐는지, 조심스러운 태도를 보였다.

"불쌍한 뤼팽, 이렇게 모멸당하는 꼴을 보면 동네 귀족 친구들이 뭐라고 할까?" 뤼팽은 한숨을 푹 내쉬었다.

그러더니 온 힘을 다해 수갑이 채워진 두 손을 지그시 벌렸다. 이마 혈관이 부풀어 올랐고 수갑 사슬이 살을 파고들었다.

"이제 가봅시다." 뤼팽이 말했다.

이때 수갑 사슬이 툭 끊어졌다.

"다른 걸 가져다주십시오, 친구들. 이것으론 안 되겠습니다."

누군가 수갑을 두 개 가져왔다. 뤼팽이 말했다.

"잘됐군! 준비란 철저할수록 좋은 법이니."

그리고 경찰 수를 헤아려보았다.

"여러분, 대체 몇 명이나 몰려온 겁니까? 스물다섯? 서른? 많기도 하군…. 어쩔 도리가 없지. 아, 열다섯 명만 있었어도!"

뤼팽은 자신에게 주어진 열정적인 역할을 오만하고도 가볍게 소화해내는 위대한 배우 같았다. 숌즈는 이 모습을 바라보았다. 마치 훌륭한 연극을 관람하듯 장면의 아름다움과 섬세함을 하나도 놓치지 않고 감상했다. 한쪽에는 법의 편에 선 서른 명의 무리가 있고 다른 한쪽에는 무기도 없이 사슬에 묶인 한 남자가 있는데, 기묘하게도 이 두 편의 대결이 동등한 것처럼 느껴졌다. 과연 양쪽의 힘은 비슷했다.

뤼팽이 숌즈에게 말했다.

"어이, 탐정 선생, 대단한 일을 해내셨습니다. 당신 덕분에 뤼팽이 감방의 눅눅한 지푸라기 위에서 썩어가게 생겼군요. 솔직히 조금이라도 양심에 가책이 들지 않습니까? 후회는 없느냐는 말입니다."

자기도 모르게 영국인은 어깨를 으쓱했다. 마치 '자네가 자초한 일이지…'라고 말하는 듯했다.

뤼팽이 외쳤다.

"천만에! 절대 그럴 수 없지. 당신한테 푸른 다이아몬드를 내놓으라고? 아! 안 될 말이지. 얼마나 고생해서 얻은 건데. 꼭 가지고 있겠습니다. 다음에 당신을 만나러 런던에 가면, 아마 다음 달쯤 갈 것 같은데 그때 자초지종을 이야기해주겠습니다…. 그런데 다음 달에 런던에 계실 겁니까? 차라리 비엔나로 갈까요? 상트페테르부르크는?"

순간 뤼팽은 소스라치게 놀랐다. 갑자기 천장에서 벨이 울렸던 것이다. 경보기벨이 아니라 전화벨이다. 작업실로 쓰던 방의 두 창문 사이에 전화가 있는데 아직 치우지 않았던 것이다.

전화라니! 아, 누가 이 가증스러운 운명이 빚어놓은 덫에 걸리게 될까! 아르센 뤼팽은 전화기를 박살 내 자기에게 말을 걸려는 사람의 입을 틀어막으려는 듯 분노에 찬 몸짓으로 전화기 쪽으로 달려가려 했다. 하지만 가니마르가 수화기를 들었다.

"여보세요, 여보세요…. 648─73… 예, 맞습니다."

숌즈는 잽싸고 절도 있는 몸짓으로 가니마르를 밀어내며 수화기를 뺏었고, 손수건을 꺼내 송화기 위에 덮었다. 목소리가 분명히 들리지 않게 하려는 것이다.

숌즈는 눈을 들어 뤼팽을 바라보았다. 시선이 오갈 때 두 사람은 같은 예상을 했음을 알았다. 두 사람은 일어날 법한, 아니 거의 확신에 가까운 예상이 불러올 결과를 내다보았다. 그렇다, 전화를 건 사람은 금발 여인이다. 분명 펠릭스 다비, 아니 막심 베르몽에게 전화를 걸었을 테지만 정작 전화를 받은 사람은 숌즈였다.

영국 탐정은 또박또박 끊어 말했다.

"여보세요…! 여보세요…!"

응답이 없었다. 다시 숌즈가 말했다.

"예, 저예요. 막심입니다."

우려하던 비극이 눈앞에서 펼쳐졌다. 굽히지 않고 조롱을 일삼던 뤼팽은 불안감을 감출 여유조차 없었다. 창백해진 얼굴로 귀를 기울인 채 무슨 말을 하는지 알아내려고 안간힘을 썼다. 숌즈는 미지의 목소리를 향해 계속 말했다.

"여보세요…! 여보세요…! 그럼요, 다 끝났습니다. 약속했던 대로 당신을 보러 가려던 참이었습니다…. 어디십니까…? 당신이 있는 곳 말이에요. 아직도 그곳이라고 생각하는 건 아니겠지요…."

숌즈는 머뭇거리며 다음 말을 찾다가 멈췄다. 말을 아끼되 클로틸드가 자신의 위치를 대답하도록 유도하는 질문을 해야 했다. 게다가 가니마르가 옆에 있어서 거북한 것 같았다…. 아, 기적이라도 일어나서 이 악랄한 전화를 끊어버렸으면 좋으련만! 뤼팽은 온 힘을 다해, 온 신경을 다해 간청했다!

이윽고 숌즈가 말했다.

"여보세요…! 여보세요…! 안 들리십니까…? 저도 마찬가지입니다…. 잘 안 들려요…. 이제 들립니다…. 들리십니까? 좋습니다, 잘 들으세요…. 생각해봤는데… 당신은 집으로 돌아가 있는 게 좋겠습니다…. 어떤 위험 말인가요? 아무런… 아니 그자는 영국에 있지 않습니까! 사우샘프턴에서 전보를 받았습니다. 그자가 도착했다고."

말도 안 되는 소리! 하지만 숌즈는 이러한 말을 느긋하게 주워섬겼다. 게다가 이렇게 덧붙이기까지 했다.

"그러니 지체하지 마세요, 내 사랑. 곧 찾아가겠습니다."

숌즈는 수화기를 내려놓았다.

"가니마르 형사님, 부하 세 명만 내주십시오."

"금발 여인 때문입니까?"

"그렇습니다."

"그 여자가 누구인지, 어디에 있는지 아십니까?"

"알고 있습니다."

"허, 거참! 대단한 체포 작전이군요. 뤼팽까지 잡아들였으니… 오늘 하루는 쉴 틈이 없군요. 폴랑팡, 두 사람을 데리고 숌즈 씨를 따라가게."

영국인은 경찰 세 명과 함께 문 쪽으로 발걸음을 뗐다.

이제 끝장이다. 금발 여인 역시 숌즈의 수중에 떨어지고 말 것이다. 숌즈의 끈질긴 집념, 그리고 적절히 받쳐준 운 덕분에 이 두 사람의 대결은 숌즈의 승리로 끝나갔다. 뤼팽에게는 돌이킬 수 없는 패배였다.

"숌즈 씨!"

영국인이 멈췄다.

"뤼팽 씨?"

뤼팽은 마지막 일로 크게 타격을 받은 듯했다. 이마에는 주름이 깊게 잡혀 있었으며 지치고 어두운 표정이었다. 하지만 마지막으로 힘을 끌어내 기운을 차렸다. 이 모든 상황에서도 여전히 가볍고 경쾌한 어조로 외쳤다.

"운명이 내게 무슨 원한이라도 진 모양입니다. 조금 전에는 벽난로로 탈출하는 일을 막아 당신 손에 날 밀어 넣더니, 이제는 전화기로 금발 여인을 당신 손에 넘겨 주는군요. 그러니 운명이 뜻하는 바에 따를 수밖에요."

"무슨 말을 하려는 겁니까?"

"협상을 다시 시작할 준비가 돼 있다는 말입니다."

숌즈는 가니마르를 한쪽으로 불러 경감이 반박할 여지도 주지 않고 뤼팽과 몇 마디를 나눌 수 있도록 허락해달라고 강압적으로 요청했다. 그리고 뤼팽 쪽으로 돌아왔다. 최정상 밀담이랄까! 숌즈는 건조하고 신경질적인 어조로 말을 꺼냈다.

"원하는 게 무엇입니까?"

"데스탕주 양의 자유입니다."

"대가가 무엇인지 알고 있습니까?"

"알고 있습니다."

"받아들이는 겁니까?"

"당신이 내거는 조건을 모두 받아들이겠습니다."

숌즈는 깜짝 놀랐다.

"아! 하지만 아까는 거절하지 않으셨습니까…. 당신을 위해서는….”

"그건 내 한 몸만 연관된 일이었습니다, 숌즈 씨. 지금은 한 여인이 달려 있어요…. 그것도 내가 사랑하는 여인입니다. 아시겠지만 프랑스에서는 이런 문제를 아주 특별히 여기지요. 그러니 내가 뤼팽이라고 해서 다를 건 없습니다…. 오히려 그 반대지요!”

뤼팽은 매우 차분했다. 숌즈는 거의 보이지 않을 만큼 살짝 고개를 숙여 보이고는 중얼거렸다.

"푸른 다이아몬드는 어디에 있습니까?”

"내 지팡이를 들고 저 벽난로 모퉁이로 가십시오. 한 손으로는 둥근 손잡이를 쥐고 다른 손으로는 지팡이 반대편 끄트머리에 달린 쇠테를 돌리십시오.”

숌즈는 지팡이를 받아 들고 쇠테를 돌렸다. 그러자 손잡이가 풀렸다. 둥근 손잡이 내부에는 둥글게 뭉친 유향 수지가 있었고 그 안에 다이아몬드가 놓여 있었다.

숌즈는 다이아몬드를 살펴보았다. 푸른 다이아몬드가 맞다.

"데스탕주 양은 자유롭습니다, 뤼팽 씨.”

"지금도 그렇고 앞으로도 말입니까? 당신을 걱정하지 않아도 되겠습니까?”

"그 누구도 두려워할 필요가 없습니다.”

"무슨 일이 일어나도 말이지요?”

"그 무슨 일이 일어나든 말입니다. 나는 그 여자의 이름도, 주소도 모릅니다.”

"고맙습니다. 그럼 또 봅시다. 언젠가 다시 볼 테니까요. 안 그렇습니까, 숌즈 씨?"

"그럴 테지요."

한편 숌즈와 가니마르는 상당히 격한 대화를 주고받았다. 숌즈는 단호한 어조로 말을 끊었다.

"정말 유감입니다, 형사님. 당신 의견에 동의할 수 없어서 말입니다. 하지만 당신을 설득할 시간이 없군요. 이제 한 시간 후에 영국으로 떠나야 합니다."

"하지만… 금발 여인은…?"

"모르는 사람입니다."

"하지만 바로 조금 전만 해도…."

"내 말을 따르든 말든 알아서 하십시오. 이미 형사님께 뤼팽을 넘겼습니다. 여기 푸른 다이아몬드도 있습니다…. 직접 크로종 백작부인께 가져다 드리는 것도 썩 즐거운 일일 겁니다. 형사님이 불평하실 일은 아닌 듯하군요."

"하지만 금발 여인은?"

"직접 찾아보십시오."

숌즈는 모자를 푹 눌러 쓰고 빠르게 떠났다. 볼일이 끝났을 때 지체하는 일 따위에는 익숙하지 않은 사람처럼.

"여행 잘하십시오, 숌즈 씨. 당신과 나눈 우정 어린 협상을 절대 잊지 않겠습니다. 윌슨 씨에게도 인사를 전해주십시오."

아무런 대답이 없자 뤼팽이 빈정거렸다.

"이른바 영국인다운 퇴장법이로군(프랑스어 구어체로 '영국인처럼 가버리다'라는 표현은 '인사도 없이 슬그머니 빠져나가다'라는 뜻 – 옮긴이). 아! 역시 섬사람이라 그런지 프랑스인다운 예의는 갖추지 못했어. 가니마르 형사님, 한번 생각해보세요. 프랑스 사람이었다면 이런 때 어떻게 퇴장했을지. 예의 바르고 세련된 몇 마디로 자신의 승리감을 살짝 가렸겠지요…! 그런데 세상에, 가니마르 형사, 대체 뭐하고 계시는 겁니까? 아니, 가택 수사라니요! 딱하신 분 같으니라고, 이곳에 남은 건 하나도 없단 말입니다. 서류 한 장 남지 않았어요. 내 문서들은 이미 안전한 곳에 잘 모셔놓았으니까요."

"그거야 모르는 일이지! 모르는 일이고말고!"

뤼팽은 잠자코 있었다. 형사 두 명에게 붙들리고 수십 명의 경찰로 둘러싸인 처지에서 그들이 하는 일을 참을성 있게 지켜보았다. 하지만 20분이 지나자 한숨을 내쉬었다.

"빨리 좀 하세요, 도무지 끝이 나지 않겠습니다."

"자네 바쁜가?"

"바쁘냐고요! 급한 약속이 있지요!"

"유치장에서?"

"아니, 시내에서요."

"쳇! 약속은 몇 시인가?"

"2시입니다."

"지금은 3시네."

"그러니 늦었다는 게 아닙니까. 약속에 늦는 것만큼 질색할 일도 없습니다."

"5분만 더 주겠나?"

"그 이상은 안 됩니다."

"친절하기도 하군…. 맞춰보도록 하겠네…."

"그렇게 말씀만 하지 마시고… 아직도 그 벽장을 들여다보고 있습니까? 그곳은 비었어요!"

"여기 편지가 있네."

"오래된 청구서겠지요!"

"아니, 끈으로 묶인 꾸러미네."

"분홍색 끈 말입니까? 오, 가니마르 형사님, 풀지 마세요. 제발 부탁드립니다!"

"여자한테 받은 건가?"

"그렇지요."

"사교계 여자인가?"

"최고의 여자지요."

"이름이 뭔가?"

"가니마르 부인입니다."

"웃기는군! 정말 웃겨!" 가니마르는 퉁명스럽게 외쳤다.

이때 다른 방을 조사하러 갔던 이들이 돌아와 아무것도 찾아내지 못했다고 알려왔다. 뤼팽이 웃기 시작했다.

"그래, 내 동료 명단이나 독일 황제와 연관된 증거라도 발견할 줄 알았습니까? 가니마르, 진짜 찾아봐야 할 건 이 아파트에 숨은 작은 비밀들입니다. 가령 이 가스관은 실은 통화가 가능한 공명관입니다. 이 벽난로 뒤에는 계단이 나 있고요. 그 벽 뒤에도 공간이 있지요. 경보망이 얼기설기 설치되었다는 건 말할 것도 없고! 자, 가니마르, 이 버튼을 눌러보세요…."

가니마르가 뤼팽의 말대로 했다.

"아무 소리도 안 들리십니까?" 뤼팽이 물었다.

"그렇다네."

"저도 안 들립니다. 하지만 형사님께서는 방금 제 전용 비행기 담당자에게 비행기구를 준비해놓으라고 일러주신 겁니다. 그랬으니 이제 곧 우리를 공중으로 띄울 겁니다."

수색을 마친 가니마르가 말했다.

"자, 허튼소리 그만하고, 이제 떠나세!"

형사가 몇 발짝을 떼고 부하들도 그 뒤를 따랐다.

뤼팽은 꿈쩍도 하지 않았다.

경찰들이 떠밀었으나 소용없었다.

가니마르가 물었다.

"자네, 가기를 거부하는 건가?"

"천만에요."

"그렇다면…."

"경우에 따라 다르지요."

"무슨 경우에 따라서 말인가?"

"어디로 날 데려가느냐에 따라서입니다."

"유치장이지 어디겠나."

"그렇다면 가지 않겠습니다. 그곳에선 볼일이 없거든요."

"자네 미쳤나?"

"내가 급한 약속이 있다고 미리 말씀드리지 않았나요?"

"뤼팽!"

"왜 그러십니까, 가니마르. 금발 여인이 나를 기다리고 있습니다. 여인이 걱정하도록 내버려 둘 정도로 예의 없는 사람으로 보셨습니까? 점잖은 신사라면 그럴 수 없지."

이런 식의 빈정거림에 짜증이 난 가니마르가 말했다.

"잘 듣게, 뤼팽. 이제껏 자네한테 너무 관대했던 것 같군. 도가 지나치네. 날 따라오게."

"그럴 수 없습니다. 약속이 있거든요. 그곳에 가야 합니다."

"마지막으로 경고하네."

"절─대─로 갈 수 없습니다."

가니마르가 손짓했다. 두 명의 경찰이 겨드랑이에 손을 넣어 뤼팽을 들어 올렸다. 하지만 이내 고통스럽게 신음하며 뤼팽을 놓아버렸다. 아르센 뤼팽이 두 손을 기다란 바늘처럼 세워 찔렀기 때문이다.

분노에 찬 경찰들이 달려들었다. 이제야 증오심을 터뜨리며 여태껏 자신과 동료가 당한 모멸을 되갚아주려는 것이다. 경찰들은 신나게 뤼팽을 두들겨 팼다. 특히 매서운 주먹 한 대가 뤼팽의 관자놀이를 강타했다. 뤼팽은 나가떨어졌다.

"자네들 때문에 뤼팽이 심하게 다치면 가만두지 않겠네."

잔뜩 화가 난 가니마르가 으르렁댔다.

그런 뒤 뤼팽에게 몸을 수그려 살펴보았다. 뤼팽의 고른 숨소리를 확인하고는 경찰들에게 지시해 뤼팽의 다리와 머리를 잡게 하고 자신이 직접 뤼팽의 허리를 받쳐 들었다.

"아주 조심해서 가게…. 흔들리지 않게…. 아, 이 무식한 친구들 같으니라고, 하마터면 죽일 뻔했잖아. 어이! 뤼팽, 괜찮나?"

뤼팽이 눈을 뜨고 중얼거렸다.

"별로 좋지 않습니다, 형사님…. 이 지경이 되도록 놔두다니."

"자네 탓이 아닌가, 빌어먹을…. 왜 그렇게 고집을 부렸나. 미안하게 됐네…. 아프진 않나?"

층계참에 이르자 뤼팽이 신음했다.

"가니마르 형사님… 승강기로…. 이자들이 내 뼈를 부러뜨리 겠습니다…."

"좋은 생각이네, 훌륭해. 마침 계단이 너무 좁으니… 다른 수 가 없겠군…." 가니마르가 수긍했다.

승강기를 올려보냈다. 뤼팽을 최대한 조심스럽게 의자에 앉 혔다. 가니마르가 그 옆에 앉더니 부하들에게 지시했다.

"우리와 동시에 내려가게. 관리인 숙소 앞에서 날 기다리게. 알겠나?"

그리고 가니마르는 문을 잡아당겼다. 그런데 문이 완전히 닫 히기도 전에 날카로운 소리가 나더니 별안간 줄이 끊긴 풍선처 럼 승강기가 위로 올라가기 시작했다. 경련과도 같은 웃음소리 가 울려 퍼졌다.

"빌어먹을…." 가니마르는 고함을 지르며 어둠 속에서 미친 듯이 하강 버튼을 찾았으나 결국 찾지 못했다.

"6층으로! 6층 승강기 문을 지켜!"

경찰 네댓 명이 계단을 올라갔다. 그런데 이상한 일이 벌어 졌다. 승강기가 마지막 층 천장을 꿰뚫고 올라가는 듯하더니 경찰들 눈앞에서 사라진 후 불쑥 꼭대기의 하인 숙소 층에서 솟아오른 후 멈췄다. 세 남자가 기다리고 있다가 문을 열어주 었다. 두 사람이 가니마르를 제지하여 동작이 자유롭지 못했을 뿐 아니라 사실 형사는 어안이 벙벙해 방어할 생각도 하지 못 했다. 세 번째 남자가 뤼팽을 데려갔다.

"내가 예고했잖습니까, 가니마르···. 비행기구를 타고 갈 거라고···. 형사님 덕분입니다! 다시 한 번 말씀드리는데 앞으로는 관용을 덜 베푸십시오. 특히 아르센 뤼팽은 심각한 이유가 없는 한 얻어맞고 다치는 일 따윈 없다는 걸 기억해두시고. 그럼, 안녕히."

이미 승강기 문은 다시 닫혔고 그 안에 갇힌 가니마르는 아래층으로 내려가기 시작했다. 이 모든 일이 얼마나 빨리 이루어졌는지, 노형사는 경찰들과 거의 비슷하게 관리인 숙소 앞에 도착했다.

아무 말 없이 이들은 서둘러 안뜰을 지나 하인용 계단으로 올라갔다. 이 계단이 뤼팽이 빠져나간 하인 층으로 가는 유일한 길이었다.

모퉁이가 여러 개 있고 문에 번호가 붙은 작은 방이 줄줄이 늘어선 긴 복도에 이르렀는데, 그 끝에 누군가 열어놓은 문이 하나 있었다. 문 뒤쪽으로는 다른 집이 있었으며 또다시 복도가 이어졌다. 굽이굽이 모퉁이가 있고 비슷한 방들이 줄지어 있는 게 옆 복도와 비슷했다. 그리고 그 끝에는 다시 하인용 계단이 있었다. 가니마르는 계단을 타고 내려가 안뜰과 현관을 발견하고는 당장 거리로 뛰어나갔다. 피코가였다. 가니마르는 그제야 깨달았다. 두 집은 안쪽으로 깊숙하게 지어졌고 내부에서 서로 이어져 있으며 그 전면은 각각 서로 직각이 아닌 평행으로 뻗은 다른 두 길로 향한다. 두 길은 최소한 서로 60미터는 떨어져 있었다.

가니마르는 관리인 사무실로 들어가 신분증을 내보였다.

"남자 네 사람이 방금 지나갔습니까?"

"예, 5층과 6층에 사는 하인 두 명과 그 친구들이었습니다."

"5층과 6층엔 누가 살고 있습니까?"

"포벨 씨 형제와 사촌들인 프로보 형제가 사는데… 오늘 이사했지요. 하인만 두 명 남아 있다가… 지금 막 떠났습니다."

'아.' 가니마르는 사무실 소파에 주저앉으며 생각했다. '이 얼마나 멋진 기회를 놓쳤는지! 그 일당이 집 두 채를 다 쓰고 있었구나.'

그로부터 40분 후 두 신사가 자동차로 파리 북역에 도착해 황급히 칼레행 특급열차를 향해 갔다. 그 뒤로는 한 무리의 남자들이 여행 가방을 짊어지고 따라갔다.

신사 한 사람은 한쪽 팔에 붕대를 매고 있었는데, 얼굴이 어찌나 창백한지 건강이 나빠 보였다. 반면 다른 신사는 꽤 즐거워 보였다.

"빨리 좀 걷게, 윌슨. 기차를 놓쳐서는 안 되네…. 아, 윌슨, 지난 열흘 동안 일어난 일들을 결코 잊지 못할 걸세."

"나도 마찬가질세."

"아, 얼마나 멋진 결투였는지!"

"훌륭했지."

"중간에 좀 사소한 어려움이 있긴 했지만…."

"아주 사소했고."

"결과적으로 어느 면에서 봐도 승리하지 않았는가. 뤼팽이 체포되었으니 말이야! 푸른 다이아몬드도 되찾았고!"

"내 팔도 부러졌지."

"이런 만족스러운 결과라면 팔이 부러진 것쯤이야!"

"더구나 그게 내 팔이라면야."

"그렇다네! 기억해보게, 윌슨. 바로 자네가 약국에서 영웅처럼 고통받고 있던 바로 그 순간에 내가 이 암흑을 헤쳐갈 실마리를 발견한 거라네."

"운이 얼마나 좋았는지!"

기차 문이 차례차례 닫혔다.

"승차하셔야 합니다. 서두릅시다, 신사분들."

짐꾼이 빈 기차 칸의 계단에 올라서서 여행 가방을 그물 선반에 올려놓는 동안 숌즈는 가엾은 윌슨을 끌어올렸다.

"아니 무슨 일인가, 윌슨? 이러다 날 새겠네! 기운 좀 내보게, 이 친구야…."

"기력이 부족한 게 아닐세."

"그럼 무슨 일인가?"

"쓸 수 있는 손이 하나뿐이라네."

이 말을 듣자 숌즈는 수선을 피웠다.

"그게 어때서! 고작 그 정도로 왜 그렇게 난리를 부리는가. 누가 들으면 그런 일을 겪는 게 자네뿐인 줄 알겠네! 장애인은 어떻겠나? 진짜로 팔이 없는 사람은 어떻겠나? 자, 그러니 별것 아닐세."

이렇게 말하고 짐꾼에게 50상팀을 내밀었다.

"고맙네. 이거 받게."

"고맙습니다, 숌즈 씨."

영국 탐정은 고개를 들어 바라보았다. 아르센 뤼팽이었다.

"당신…! 당신은!" 숌즈는 대경실색하여 더듬거렸다.

윌슨 역시 단 하나뿐인 팔을 휘저으며 더듬거렸다.

"다… 당신! 당신! 체… 체포되지 않았습니까? 숌즈가 말해주었습니다. 당신 곁을 떠났을 때 가니마르가 경찰 서른 명을 데리고 당신을 에워싸…."

뤼팽은 팔짱을 낀 채 화가 난 어조로 말했다.

"그래서 내가 인사도 없이 당신들을 보내리라 생각했단 말입니까? 그동안 그토록 끈질기게 부딪치며 좋은 관계를 맺어오지 않았습니까! 그러니 인사도 없다면 예의가 아니겠지요. 대체 날 어떤 사람이라고 생각하는 겁니까?"

기차가 기적을 울렸다.

"어쨌든 그 부분은 용서하지요…. 필요한 건 다 챙기셨습니까? 담배, 성냥… 그래, 석간신문은요? 내가 체포된 일이나 당신의 최근 활약상이 상세히 나와 있을 겁니다. 그럼 또 봅시다. 만나게 되어 흡족했습니다…. 정말 흡족했단 말이지요…! 만약 내가 필요하면 꼭 다시…."

그러더니 플랫폼으로 뛰어내려 기차 문을 닫았다. 뤼팽은 손수건을 꺼내 흔들며 소리쳤다.

"안녕히 가십시오, 안녕히…. 편지를 쓰겠습니다…. 당신도 써주시겠지요? 윌슨 씨, 부러진 팔은 어떻습니까? 그럼 두 분 소식을 기다리지요…. 가끔 엽서라도 보내주십시오. 주소는 파리, 뤼팽 앞이라고 쓰면 충분할 겁니다. 우표를 붙일 필요도 없지요…. 그럼 안녕히 가십시오…. 조만간 또 봅시다…."

두 번째 사건

유대식 등장

Arsène
Lupin

1

헐록 숌즈와 월슨은 골탄으로 피운 아늑한 불 쪽으로 발을 뻗은 채 커다란 벽난로를 가운데 두고 마주 보고 앉았다.

은테를 두른 짤막한 히스 뿌리로 만든 파이프의 불이 꺼졌다. 숌즈는 재를 비우고 다시 담배를 채워 넣어 불을 붙였다. 그러곤 실내복 자락을 무릎 위로 끌어올리더니 파이프를 힘껏 빨아 고리 모양의 연기를 연이어 천장으로 뿜어냈다.

월슨은 이 모습을 바라보았다. 마치 난롯가 양탄자에 몸을 둥글게 말고 엎드린 개가 눈썹 하나 까딱 않고 동그랗게 뜬 눈으로 주인을 바라보는 것 같았다. 그 눈에는 고대한 행동을 주인이 해주기를 바라는 간절한 소망이 담겨 있었다. 주인이 침묵을 깰 것인가? 머릿속에 담겨 있는 은밀한 생각을 나눠주어 월슨으로서는 도달할 수 없는 명상의 왕국으로 초대해줄 것인가?

숌즈는 말이 없었다.

월슨이 먼저 운을 뗐다.

"요즘 조용하네. 사건 의뢰가 없으니 말이야."

숌즈는 더욱 깊은 침묵 속에 빠져들었다. 하지만 담배 연기 고리는 점점 멋진 모양새로 뿜어져 나왔다. 윌슨의 기대와는 완전히 달리, 숌즈는 머릿속을 텅 비운 채 한가로운 시간에 즐겨 하는 사소한 장난에 만족스러워하고 있었다.

기운이 쭉 빠진 윌슨은 몸을 일으켜 창가로 다가갔다.

길가에는 음울한 건물들이 스산하게 늘어서 있었다. 그 위로 펼쳐진 어둑한 하늘에서 매서운 빗줄기가 지독히 내리쳤다. 택시 한 대가 지나가고, 또 한 대가 지나갔다. 윌슨은 수첩에 자동차 번호를 적었다. 모르는 일 아닌가?

"어, 집배원이로군." 윌슨이 외쳤다.

하인에게 안내받아 집배원이 들어왔다.

"등기 우편 두 통이 있습니다. 선생님… 서명 부탁드립니다."

숌즈는 장부에 서명하고 문 앞까지 집배원을 배웅하고 돌아오며 편지 한 통을 뜯었다.

"자네, 즐거워 보이는군." 잠시 후 윌슨이 말했다.

"이 편지에 대단히 흥미로운 제안이 적혀 있네. 자네가 그토록 사건을 맡고 싶어하더니, 여기 한 건 생겼군. 읽어보게…."

윌슨이 편지를 읽어 내려갔다.

탐정님,

경험 많은 당신의 도움이 절실히 필요해 부탁드리고자 합니다. 최근 중요한 물건을 도둑맞았는데, 지금까지 온 힘을 쏟았으나 찾아내지 못했습니다.

해당 사건에 관련된 기사를 보내드리오니 살펴보십시오. 만약 이 사건을 맡아주신다면 당신이 제 저택에 자유롭게 드나들도록 조처하겠습니다. 여기 제가 서명한 수표를 동봉하오니 이동하시는 데 필요한 액수를 적어주십시오.

탐정님의 답변을 전보로 부쳐주시면 진심으로 감사하겠습니다. 깊은 존경의 말씀을 아뢰며.

파리, 뮈리요가 18번지
—빅토르 앵블발 남작

"하하! 멋진 소식이로군…. 가볍게 떠나는 파리 여행을 거절할 이유야 없지. 안 그런가? 시끌벅적했던 아르센 뤼팽과의 대결 이후로 갈 일이 없었는데 말이야. 좀 더 한가하게 세계의 수도를 둘러보는 것도 나쁘지 않겠군." 숌즈가 말했다.

그러고 난 뒤 숌즈는 수표를 네 조각으로 찢어버렸다. 윌슨은 아직도 다친 팔이 완전히 회복되지 않아서 파리에 대한 불평을 몇 마디 내뱉었다. 숌즈는 두 번째 편지를 뜯었다.

숌즈는 편지를 읽기 시작하자마자 언짢은 태도를 보였고 편지를 읽는 내내 이마에 깊은 골이 패더니 급기야는 편지를 구깃구깃 뭉쳐 마룻바닥에 내동댕이쳤다.

"무슨 일인가?" 윌슨이 놀라서 물었다.

구겨진 종잇조각을 집어들고 읽는 동안 윌슨의 놀라움은 커져만 갔다.

친애하는 탐정 선생,

내가 당신을 얼마나 존경하는지, 덧붙여 당신의 명성에 무심하지 않음을 잘 알고 계실 테지요. 그러니 내 말을 잘 들으세요. 당신에게 방금 들어온 사건 의뢰는 맡지 마십시오. 탐정님이 개입하시면 피해가 막심할 것입니다. 아무리 노력하셔도 성과는 보잘것없을 것이고 공개적으로 탐정님의 실패를 인정하셔야 할 겁니다.

우리의 우정을 생각해서 그런 모멸을 당하는 걸 미리 막기 위해서니, 부디 댁의 난롯가에 편안히 머물러 계시기를 간절히 부탁드립니다.

윌슨 씨에게 안부를 전해주세요. 친애하는 탐정님께 존경을 표하며.

—아르센 뤼팽

"아르센 뤼팽….."

윌슨은 어안이 벙벙해 중얼거렸다.

숌즈는 주먹으로 탁자를 내리쳤다.

"아! 정말 걸리적거리는 자식이군, 이 짐승 같은 놈. 애들처럼 날 놀리다니. 공개적으로 망신을 당한다고! 그자가 나 때문에 푸른 다이아몬드를 꼼짝없이 내놓아야 했잖아?"

"겁이 나는 게지." 윌슨이 넌지시 말했다.

"그런 멍청한 소리를 하는 건가! 아르센 뤼팽이 겁 따위를 내다니 말도 안 되지. 이렇게 나를 자극하는 게 그 증거 아니겠나."

"하지만 앵블발 남작이 우리에게 편지를 보낸다는 사실을 뤼팽이 어떻게 알았겠나?"

"그걸 내가 어찌 아나? 이 친구, 질문 한번 어처구니없군!"

"하지만… 내 생각에 자네는…."

"무슨 뜻인가? 내가 무슨 마법사라도 되는 줄 아나?"

"아니, 하지만 여태껏 자네가 기적 같은 일을 해내는 걸 하도 봐왔으니!"

"아무도 기적 따윈 이루지 못하네…. 나 역시 남들과 마찬가지지. 생각하고 추론하고 결론을 내릴 뿐이라네. 단, 짐작 따위는 하지 않네. 짐작은 어리석은 자들이나 하는 짓이지."

월슨은 얻어맞은 개처럼 맥 빠진 모양새로 숌즈가 왜 저리 짜증이 난 채로 방 안을 성큼성큼 오가는지 짐작하지 않으려고 애썼다. 어리석은 자가 되지 않기 위해서 말이다. 이내 숌즈는 종을 쳐 하인을 불렀고 여행 가방을 준비하라고 지시했다. 그제야 월슨은 생각과 추론을 거쳐 주인이 여행을 떠난다는 결론을 내려도 되겠다고 느꼈다.

월슨은 이 같은 정신 활동에 오류가 없다고 확신한 후 이렇게 말했다.

"헐록, 자네 파리에 가려고 하는군."

"그럴 수도 있지."

"게다가 앵블발 남작의 사건보다 뤼팽의 도전장에 응하려고 가는 거로군."

"그럴 수도 있고."

"헐록, 나도 함께 가겠네."

숌즈가 걸음을 멈추고 소리쳤다.

"아! 아, 이 친구, 자네 왼팔마저 오른팔 꼴이 될 게 겁나지 않는가?"

"내게 무슨 일이 일어나겠나? 자네가 거기 있을 텐데."

"잘됐군. 자넨 정말 용감한 친구일세. 우리가 힘을 합쳐 뻔뻔스럽게 결투를 신청한 그 양반을 후회하게 해보세. 서두르게, 윌슨. 바로 첫차로 떠나겠네."

"남작이 보낸다는 신문 기사는 기다리지 않을 텐가?"

"무슨 소용이 있나!"

"그럼 남작한테 내가 전보를 보낼까?"

"소용없네. 아르센 뤼팽은 내가 도착하는 걸 알 테니 굳이 그럴 필요 없네. 이번에는 정말 신중해야 하네."

그날 오후 두 친구는 두브르에서 배를 탔다. 항해는 만족스러웠다. 칼레에서 파리로 가는 기차 안에서 숌즈는 세 시간 동안 곤히 잤다. 그동안 윌슨은 문간을 지키며 멍한 눈으로 생각에 빠졌다.

잠에서 깬 숌즈는 행복하고 원기가 넘쳐 보였다. 아르센 뤼팽과 다시 대결할 생각을 하니 마음이 흡족했고, 한껏 즐길 것을 기대하며 만족스러운 듯 두 손을 비볐다.

"드디어 몸 좀 풀어보겠군!" 윌슨이 큰 소리로 말했다.

그리고 숌즈처럼 만족스러운 모습으로 두 손을 마주 비볐다.

기차역에 도착하자 숌즈는 여행용 망토를 들고 내렸으며 그 뒤로 여행 가방을 여러 개 든 윌슨이 뒤따랐다. 각자 할 일이 따로 있는 법. 숌즈는 기차표를 내고 가볍게 역을 나섰다.

"날씨가 좋군, 윌슨…. 햇살이 좋아…! 파리가 우리를 환영해주는가 보군."

"저 인파 좀 보게!"

"잘됐지, 온 것을 들키지 않을 테니. 이렇게 많은 사람 속에서 누가 우리를 알아보겠나!"

"숌즈 씨 맞으시지요?"

숌즈는 약간 어리둥절해 멈춰 섰다. 대체 누가 자기 이름까지 알고 부른단 말인가?

한 여인이 옆에 서 있었다. 단출한 차림새지만 우아한 자태를 가진 젊은 아가씨였는데, 어쩐 일인지 아름다운 얼굴에는 걱정과 고통이 뒤섞인 표정이 떠올라 있었다.

여인이 다시 말했다.

"숌즈 씨가 맞으시지요?"

남자가 계속 말이 없자 혼란스러웠던 여인은 신중을 기하기 위해 세 번째로 다시 물었다.

"제가 이렇게 말을 거는 분이 숌즈 씨가 맞나요?"

"내게 무얼 원하십니까?" 숌즈는 의심스러운 마음에 퉁명스럽게 내뱉었다.

여인은 숌즈 앞에 우뚝 다가섰다.

"선생님, 제 말씀을 들어주세요. 매우 중요한 일입니다. 뮈리요가로 가시는 길이라는 걸 알고 있습니다."

"무슨 말씀을 하시는 겁니까?"

"알고 있어요, 알고 있다고요…. 뮈리요가… 18번지. 그곳에 가면 안 됩니다…. 절대 안 돼요, 정말 후회하실 거예요. 제가

득을 보려고 이런 말을 하는 게 절대 아닙니다. 분명히 이해할 만한 이유가 있어서 이러는 거예요."

숌즈는 비켜 지나가려고 했지만 여인은 집요했다.

"오, 제발 부탁드려요. 생각을 바꿔주세요…. 아, 탐정님을 설득할 방법을 알 수만 있다면! 제 마음속 깊이 들여다보세요, 제 눈을 말입니다…. 진심이라는 걸 아실 거예요…. 진실을 말씀드린다는 것을요."

여인은 필사적으로 숌즈를 바라보았다. 진지하고도 투명한 아리따운 눈에 여인의 영혼이 투영되는 듯했다. 윌슨이 고개를 끄덕였다.

"아가씨는 진심인 것 같군요."

"예, 물론입니다. 저를 믿어주셔야 해요…." 여인이 간청했다.

"저는 믿습니다, 아가씨." 윌슨이 대답했다.

"오, 얼마나 기쁜지요! 친구분도 선생님과 같은 마음이겠지요, 아닌가요? 그렇다고 느낍니다…. 확신할 수 있어요! 얼마나 다행인지! 이제 모든 게 잘 풀릴 거예요…! 아, 이곳에 오길 얼마나 잘했는지…! 선생님, 칼레행 열차가 20분 후에 떠납니다…. 그걸 타시면 될 거예요…. 빨리, 저를 따라오세요…. 이쪽으로 가시면 됩니다. 시간이 없으니…."

여인은 숌즈를 끌고 가려고 안절부절못했다. 숌즈는 여인의 팔을 잡더니 그나마 최대한 부드럽고 자제한 목소리로 말했다.

"아가씨 부탁을 들어드리지 못해 죄송합니다. 일단 시작한 일이니 그만둘 수 없습니다."

"부탁드려요, 제발요…. 아, 선생님께서 이걸 이해하실 수만 있다면!"

숌즈는 여인을 지나쳐 재빨리 멀어져갔다.

윌슨이 아가씨에게 말했다.

"희망을 버리지 마세요…. 숌즈는 사건을 맡으면 끝장을 봅니다…. 실패한 적은 한 번도 없지요."

이렇게 말하고 뛰어가 숌즈를 따라잡았다.

바로 이때 시커멓고 큼지막하게 쓰인 글자가 눈앞에 띄었다.

헐록 숌즈 대 아르센 뤼팽

두 사람은 가까이 다가갔다. 가슴과 등에 광고판을 매고 열을 지어 선 샌드위치맨들이 무거운 쇠장이 달린 지팡이로 박자에 맞춰 바닥을 내리치며 걸어갔다. 등 뒤에는 또한 큼직한 글자로 다음과 같이 쓰여 있었다.

헐록 숌즈 대 아르센 뤼팽의 대결. 영국 챔피언 도착. 위대한 영국 탐정이 뮈리요가의 신비에 도전한다. 상세한 내용은 〈에코 드 프랑스〉에서.

윌슨이 고개를 끄덕이며 말했다.

"이보게, 헐록. 비밀리에 작업한다고 좋아했는데 말일세! 파리 근위대가 뮈리요가에서 우릴 기다리며 샴페인을 터뜨리며 환영식을 한다 해도 놀랄 게 없겠군."

"자넨 두 사람 머리를 합쳐놓은 것만큼이나 똑똑하군." 숌즈가 이를 갈며 빈정거렸다.

숌즈는 열을 지어 가는 사내 중 한 사람에게 다가갔다. 사람이고 광고판이고 상관없이 억센 손으로 붙들어 작살을 낼 듯한 기세였다. 광고판을 맨 이들을 둘러싸고 사람들이 모여들었다. 사람들은 웃으며 농담을 던져댔다.

치미는 분노를 꾹 삼키며 숌즈는 샌드위치맨에게 물었다.

"언제 이 일을 부탁받았습니까?"

"오늘 아침입니다."

"그럼 이 행렬을 시작한 때는요…?"

"한 시간 전부터입니다."

"광고판은 이미 준비되어 있었습니까?"

"아! 물론이지요, 그렇습니다…. 아침에 사무실에 가보니 이미 있었지요."

즉 아르센 뤼팽은 숌즈가 대결에 응하리라 예상하고 있었다. 더구나 뤼팽이 쓴 편지로 봐서, 그자는 이 대결을 원하고 있으며 맞수와 한 번 더 겨뤄볼 태세에 돌입한 게 틀림없다. 왜일까? 무슨 이유로 다시 싸움을 시작하려는 걸까?

헐록은 한순간 망설였다. 뤼팽이 이렇게 건방지게 나오는 걸 보니 승리를 확신하는 게 분명했다. 부르자마자 이렇게 달려온 건 제 발로 함정에 걸어 들어가는 일 아닐까?

"가세, 월슨. 마부 양반, 뮈리요가 18번지로 가주십시오." 숌즈는 기운을 차리고 외쳤다.

그러고는 마치 권투 선수가 공격 태세를 취하듯 동맥이 부풀 만큼 세게 주먹을 움켜쥔 채 마차로 뛰어올랐다.

뮈리요가에는 고급 개인 저택이 늘어서 있었고 이들 저택 뒤쪽은 몽소 공원에 면해 있었다. 18번지는 가장 아름다운 저택이었으며, 앵블발 남작은 아내와 자녀가 함께 사는 이 저택을 백만장자의 집답게 더없이 화려하고 예술적인 감각으로 장식해놓았다. 저택 앞으로는 잘 가꾸어진 뜰이 펼쳐져 있고 부속 건물이 좌우에 배치되어 있었다. 뒤뜰 정원의 나무들은 몽소 공원 나무와 나란히 맞닿아 있었다.

초인종을 누른 후 두 영국인은 정원을 가로질러 갔고, 시종의 안내를 받아 저택의 뒤쪽을 향해 있는 작은 응접실로 갔다.

두 사람은 자리에 앉아 방 안에 가득 찬 값진 물건들을 재빨리 훑어보았다.

윌슨이 중얼거렸다.

"멋진 물건들인걸. 품격이 있으면서도 독창적이고…. 이 물건을 고른 사람은 한 중년쯤 됐다고 추론해볼 수 있겠군…. 오십 대쯤 되었을…."

윌슨이 채 말을 마치기도 전에 문이 열렸다. 앵블발 남작이 들어왔고 그 뒤로 부인이 따라 들어왔다.

윌슨의 추론과 달리 두 사람은 모두 젊었으며 차림새는 고상했고 태도와 말씨가 매우 활달했다. 두 사람은 몸 둘 바를 몰라 하며 감사의 말을 되풀이했다.

"정말로 친절하십니다! 이렇게 먼 거리를 오시다니요! 당신을 모실 수 있다는 것에 워낙 기쁜 나머지 우리에게 문제가 생긴 것이 고맙기까지 합니다…."

'이 프랑스 사람들은 참으로 매력적이로군!' 본질을 꿰뚫어보는 관찰자인 윌슨이 생각했다.

남작이 외쳤다.

"시간은 돈이라던가요…. 특히 탐정님의 시간은 더더욱 그렇겠지요, 숌즈 씨. 그러니 바로 본론으로 들어가겠습니다! 이 사건에 대해 어떻게 생각하십니까? 해결하실 수 있으리라 보십니까?"

"해결하려면 일단 어떤 사건인지를 알아야지요."

"그럼 모르신다는 말씀이십니까?"

"그렇습니다. 하나도 빠뜨리지 않고 상세히 설명해주시면 감사하겠습니다. 무슨 일입니까?"

"절도 사건입니다."

"언제 일어났지요?"

"지난주 토요일, 그러니까 토요일에서 일요일로 넘어가는 밤중이었습니다." 남작이 대답했다.

"그럼 엿새 전이군요. 계속 말씀해주십시오."

"우선 이것부터 말씀드리겠습니다. 우리 부부는 지위에 걸맞은 삶을 사느라 외출을 거의 하지 않습니다. 아이들을 교육하거나 가끔 손님을 접대하고 집을 장식하는 일이 고작이지요. 그 외에는 거의 매일 저녁나절을 바로 여기에서 보냅니다. 여기는 제 아내의 내실이고 이 방에 몇몇 예술 작품을 모아두었지요. 지난 토요일에도 밤 11시쯤, 전깃불을 끄고 아내와 함께 평소처럼 침실로 들어갔습니다."

"침실은 어디에 있나요…?"

"바로 옆입니다. 저기 보이는 문으로 들어가면 침실입니다.

그다음 날인 일요일 아침, 저는 일찍 일어났습니다. 쉬잔, 즉 제 아내가 아직 자고 있기에 아내를 깨우지 않으려고 최대한 조용히 이 방으로 나왔습니다. 그런데 이 창문이 열려 있는 것을 보고 얼마나 놀랐는지! 전날 저녁에 분명히 잠가놓았는데 말이지요."

"어쩌면 하인이⋯."

"우리가 벨을 눌러 부르기 전까지 아침에는 아무도 이 방에 오지 않아요. 게다가 조심하느라고 곁방과 연결된 이 두 번째 문의 빗장을 항상 걸어놓았지요. 그러니 창문은 밖에서 열린 게 틀림없습니다. 게다가 누군가가 창문 고리 옆의 오른쪽 두 번째 창유리 하나를 잘라냈다는 증거도 있습니다."

"이 창문으로 나가면⋯?"

"이 창문으로 나가면 보시다시피 돌로 만든 난간이 달린 작은 테라스가 있습니다. 우리는 2층에 있는데, 이 창문으로 저택 뒤뜰과 몽소 공원의 경계를 가르는 철책이 보이실 겁니다. 그러니 범인이 몽소 공원에서 사다리를 타고 철책을 넘어 들어와 테라스까지 올라온 게 확실합니다."

"확신하신다고요?"

"철책 아래 화단의 무른 땅 위로 사다리 기둥 자국 두 개를 발견했습니다. 그리고 같은 자국이 테라스 아래쪽에도 나 있지요. 테라스 난간에도 살짝 긁힌 자국이 두 군데 있었습니다. 물론 사다리 기둥에 긁혀서 난 거겠지요."

"몽소 공원은 밤에 잠겨 있습니까?"

"잠겨 있지 않아요. 설사 잠겨 있더라도 14번지에 공사 중인 저택이 하나 있고 그곳을 통하면 들어오는 일이 어렵지 않을 거예요."

헐록 숌즈는 잠시 생각에 잠겨 있다가 말했다.

"절도 이야기를 해봅시다. 그러니까 지금 우리가 있는 방에서 절도가 일어났을 거라고요?"

"그래요. 여기에 12세기 성모 마리아상과 은으로 세공된 감실 사이에 자그마한 유대식 등잔이 있었습니다. 그게 없어졌어요."

"그게 전부입니까?"

"그렇습니다."

"아… 그런데 유대식 등잔이 대체 무엇입니까?"

"옛날에 사용하던 구리로 된 등잔이지요. 가늘고 긴 동체에 우묵한 용기가 달려 있고 거기에 기름을 넣습니다. 이 용기에서 심지를 놓는 주둥이가 보통 두어 개 뻗어 나와 있습니다."

"한마디로 엄청난 가치가 있는 물건은 아니로군요."

"물론 그렇지요. 하지만 도난당한 그 등잔 안에는 비밀 함이 하나 있었고, 우리는 그 비밀 함에 멋진 골동품 보석을 넣어두었습니다. 금으로 된 키메라상인데, 루비와 에메랄드가 박힌 매우 값비싼 물건이지요."

"어째서 그러셨습니까?"

"글쎄요, 잘 모르겠습니다. 재미로 그런 비밀 함을 사용해보고 싶었던 것 같아요."

"아무도 그 비밀 함을 모르고 있었습니까?"

"예, 아무도요."

숌즈가 반박했다.

"물론 키메라상을 가져간 자는 알고 있었겠지요. 그렇지 않고서야 군이 그 등잔을 훔쳐가지는 않았을 겁니다."

"물론입니다. 하지만 우리도 우연히 비밀 함을 발견했는데 도둑이 어떻게 그 사실을 알았을까요?"

"누군가 남작님과 똑같은 방식으로 우연히 그 사실을 알아냈을 수 있지요…. 하인이나… 집에 자주 드나드는 사람이나…. 어쨌든 계속 들어봅시다. 경찰에도 도난 사건을 알렸습니까?"

"물론입니다. 예심판사가 조사했지요. 주요 신문사에서 나온 사건 담당 기자들도 나름대로 조사를 진행했습니다. 하지만 제가 편지에 적었던 것처럼 도무지 사건이 해결될 기미가 보이지 않습니다."

자리에서 일어난 숌즈는 창문 가까이 다가가 창틀의 교차 지점과 테라스, 난간을 살펴보았다. 돋보기를 이용해 난간에 낡긁힌 자국 두 군데를 살펴본 후 앵블발 남작에게 정원으로 데려다 달라고 부탁했다.

밖에 나가자 숌즈는 버드나무로 만든 의자에 앉아 몽상에 잠긴 사람처럼 지붕만 바라보았다. 그러더니 별안간 테라스 아래쪽에 놓인 두 개의 작은 나무 상자로 다가갔다. 사다리 자국을 보존하려고 그 위에 덮어둔 것이었다. 숌즈는 나무 상자를 옆으로 치운 뒤에 무릎을 꿇고 주저앉아 바닥에서 20센티미터 정도 되는 곳까지 얼굴을 바짝 낮춰 샅샅이 살피고 수치를 쟀다. 공원 쪽으로 난 철책을 따라서도 똑같이 조사했다. 시간은 아까보다 좀 더 적게 걸렸다.

이윽고 조사는 끝났다.

두 사람은 앵블발 부인이 기다리는 내실로 돌아왔다.

숌즈는 잠시 침묵하더니 이렇게 말했다.

"남작님께서 해주신 이야기를 들으며 절도가 지나치게 간단히 발생했다는 데 놀랐습니다. 사다리를 이용해 건너오고 유리창을 잘라낸 뒤 들어가 물건을 들고 달아난다. 하지만 실제로는 이렇지 않습니다. 이토록 쉽게 일이 일어날 리 없지요. 너무 명백하고 깔끔합니다."

"그래서요…?"

"결국 유대식 등잔 도난 사건에 아르센 뤼팽이 개입했다고 봅니다…."

"아르센 뤼팽!" 남작이 외쳤다.

"하지만 그자가 직접 개입하진 않았고, 아무도 외부에서 저택으로 들어온 사람이 없으니… 아마도 하인 중 누군가가 지붕 밑의 자기 방에서 이 테라스로 내려왔겠지요. 정원에서 보니 빗물받이 홈통이 있더군요."

"하지만 무슨 증거라도 있나요…?"

"아르센 뤼팽이었다면 빈손으로 내실을 빠져나가지는 않았을 겁니다."

"빈손이라…. 하지만 등잔을 가져가지 않았습니까?"

"등잔을 가져갔다고 해서 다이아몬드가 박힌 담뱃갑이나 이 오래된 오팔 목걸이를 가져가지 말란 법은 없습니다. 그저 손만 몇 번 뻗으면 됐을 일이지요. 그러지 않았다는 건 못 봤다는 말입니다."

"하지만 흔적을 발견하지 않았습니까?"

"연극일 뿐입니다! 혐의를 다른 데로 돌리려고 꾸며낸 연출이지요!"

"난간에 난 긁힌 자국은요?"

"가짜지요! 사포로 문지른 자국입니다. 자, 여기 제가 발견한 사포 부스러기가 있습니다."

"그럼 사다리 기둥 자국은요?"

"속임수일 뿐입니다! 테라스 아래에 난 구멍과 철책 아래에 난 구멍을 비교해보세요. 네모난 모양은 비슷하지만 테라스 쪽 자국은 나란하고 철책 쪽 자국은 그렇지 않습니다. 그리고 두 자국 사이의 거리를 재보면 간격이 각각 달라요. 테라스 아래 쪽의 자국 거리는 23센티미터지만 철책 쪽은 28센티미터입니다."

"그렇다면 결론은 무엇입니까?"

"자국의 모양이 같은 것으로 봐서 적당히 다듬어진 나무토막 하나로 네 군데에 자국을 찍어냈으리라고 생각합니다."

"바로 그 나무토막이 쓰였겠군요."

숌즈가 말했다.

"그렇습니다. 정원의 월계수 화분 밑에서 이걸 발견했습니다."

남작은 숌즈의 말을 인정할 수밖에 없었다. 영국인은 고작 40분 전에 이 집에 들어섰으나 명백한 사실이라 믿어왔던 것들을 모조리 무너뜨려 버렸다. 현실이 모습을 드러냈다. 헐록 숌즈의 추론에 근거한 또 하나의 현실이 그 모습을 차츰 드러내는 것이다.

"탐정님이 우리 하인들을 의심하는 건 아주 심각한 일입니다." 남작부인이 말했다. "우리 하인들은 집안을 위해 오랫동안 일해온 사람들이라 배신할 사람이 아무도 없어요."

"만약 그 사람 중 누군가가 배신하지 않았다면 어떻게 이 편지가 남작님 편지와 같은 날, 같은 사람을 통해 배달될 수 있었겠습니까?"

숌즈는 남작부인에게 아르센 뤼팽으로부터 받은 편지를 건네주었다.

앵블발 부인은 몹시 놀랐다.

"아르센 뤼팽… 그자가 어떻게 알았지요?"

"제게 편지를 보낸다는 사실을 누구에게 알렸습니까?"

"아니요, 아무에게도 안 알렸습니다. 우리가 식사하던 중에 떠오른 생각이었어요." 남작이 말했다.

"하인들 앞에서요?"

"우리 아이들 둘밖에 없었습니다. 아니… 소피와 앙리에트도 식탁에 없었습니다. 안 그런가요, 쉬잔?"

앵블발 부인이 잠시 생각해보더니 대답했다.

"그래요, 이미 아가씨에게 갔지요."

"아가씨라니요?" 숌즈가 물었다.

"가정교사예요. 알리스 드묑 양이라고 하지요."

"그러면 두 분 말고는 아무도 식사 때 없었습니까?"

"없었습니다. 가정교사는 자기 방에서 혼자 식사를 하니까요."

윌슨에게 한 가지 생각이 떠올랐다.

"제 친구 헐록 숌즈에게 쓰신 편지를 우체국으로 가져가셨겠지요?"

"물론입니다."

"편지를 우체국에 가져간 사람은 누구입니까?"

남작이 대답했다.

"도미니크입니다. 20년간 제 시중을 들어온 하인이지요. 이 사람을 의심하고 조사해봤자 시간 낭비일 거예요."

"조사에 시간 낭비란 있을 수 없지요."

윌슨이 엄숙하게 말했다.

1차 조사는 이렇게 끝났다. 숌즈는 인사하고 자리를 물러났다.

한 시간 후 저녁 식사를 하며 숌즈는 앵블발 부부의 두 자녀인 소피와 앙리에트를 만났다. 여덟 살과 여섯 살의 귀여운 소녀들이었다. 식탁에서는 대화가 거의 오가지 않았다. 남작부부가 상냥하게 묻는 말에 숌즈가 너무도 퉁명스럽게 대꾸하는 바람에 아무도 말을 꺼내지 않았다. 식사 후 커피를 내왔다. 숌즈는 커피를 홀쩍 비우고는 불쑥 자리에서 일어났다.

이때 하인이 들어와 숌즈에게 전보 메시지를 전해주었다. 숌즈가 전보를 읽어 내려갔다.

당신에게 뜨거운 찬사를 보냅니다. 그토록 짧은 시간에 얻은 성과가 놀랍습니다. 황송할 따름이군요.

—아르센 뤼팽

숌즈는 짜증이 담긴 몸짓으로 남작에게 전보를 내밀었다.

"이제는 이 저택 벽에 눈이 있고 귀가 달렸다는 걸 믿으시겠습니까?"

"도무지 무슨 영문인지 모르겠군요." 앵블발 남작은 어안이 벙벙해서 중얼거릴 따름이었다.

"저도 마찬가지입니다. 확실한 사실은 여기에서 어떤 행동을 하든 무슨 말을 하든, 뤼팽이 모두 보고 듣는다는 겁니다."

그날 밤 월슨은 자신의 의무를 다하고 잠드는 일만 남은 사람처럼 가벼운 마음으로 잠자리에 들었다. 잠이 들자마자 기분 좋은 꿈을 꾸기 시작했다. 홀로 뤼팽을 쫓다가 자신의 손으로 뤼팽을 붙들려는 순간, 그 느낌이 너무도 생생한 나머지 잠에서 깨고 말았다.

누군가 침대를 스쳐 지나갔다. 월슨은 권총을 빼들었다.

"뤼팽, 꼼짝 마. 안 그러면 쏜다."

"세상에! 거 지나치군, 친구!"

"아니, 자네군, 숌즈! 도움이 필요한가?"

"자네 눈이 필요하네. 일어나게…."

숌즈는 월슨을 창가로 데려갔다.

"보게나, 철책 반대쪽…."

"공원 안쪽 말인가?"

"그래. 보이지 않나?"

"아무것도 안 보이는데."

"잘 보게. 뭐가 보일 걸세."

"아! 그래, 그림자가 하나… 두 개 있네."

"그렇지? 철책에 기대어 있지…. 보게, 움직이고 있네. 한시가 급해."

두 사람은 난간을 붙들고 더듬거리며 계단을 내려와 뒤뜰로 내려가는 층계가 있는 방으로 들어갔다. 문에 난 유리창으로 보니 두 사람의 그림자가 보였다.

숌즈가 말했다.

"이상하군. 집 안에서 소리가 나는 것 같단 말이야."

"집 안에서라고? 말도 안 되네! 다들 자는데."

"잘 들어보게…."

이때 나지막한 휘파람 소리가 철책 쪽에서 들려왔다. 숌즈와 윌슨은 저택 쪽에서 희미한 불빛을 보았다.

"앵블발 내외가 불을 켰군. 우리 위쪽에 부부 침실이 있으니." 숌즈가 중얼거렸다.

"그렇다면 우리가 들은 소리도 그 사람들 소리가 아니겠나. 그렇다면 부부가 철책을 감시하는 중일 수도 있겠네." 윌슨이 대답했다.

두 번째 휘파람 소리가 들렸다. 아까보다 더욱 나직한 소리였다.

"이해가 안 되네, 말이 안 돼." 짜증이 난 숌즈가 말했다.

"나도 마찬가지일세." 윌슨도 고백했다.

숌즈는 뒤뜰로 통하는 문을 열쇠로 따고 빗장을 열어 살짝 문을 밀었다.

세 번째 휘파람 소리가 들렸다. 이번에는 좀 더 컸고 다른 방식으로 부는 휘파람이었다. 숌즈 일행의 머리 위쪽에서 서두르는 소리가 아까보다 크게 들렸다.

"내실 테라스에서 나는 소리 같군."

숌즈가 속삭였다.

숌즈는 머리를 문밖으로 내밀었다가 입에서 욕이 나오려는 걸 자제하며 잽싸게 안으로 들어왔다. 이번에는 윌슨이 내다보았다. 바로 그들 가까이에 사다리 하나가 벽을 타고 테라스 난간에 걸쳐 있었다.

"그럼 그렇지, 누군가 내실에 있다고! 바로 그 소리였네. 빨리 사다리를 치워버리게." 숌즈가 말했다.

바로 그 순간, 그림자 하나가 위에서 아래로 미끄러져 내려와 사다리를 치웠다. 그 사내는 사다리를 들고 잽싸게 동료가 기다리는 철책으로 달려갔다. 숌즈와 윌슨은 날쌔게 뛰어나갔고 사내가 철책에 사다리를 걸치는 순간 그 옆에 도착했다. 철책 반대편에서 총성이 두 번 울렸다.

"다쳤나?" 숌즈가 외쳤다.

"아니." 윌슨이 대답했다.

윌슨은 사다리에 오르는 사내를 덮쳐 꼼짝 못하게 하려고 했다. 사내는 몸을 돌려 한 손으로 윌슨을 붙들고, 다른 손으로는 칼을 뽑아 윌슨의 가슴을 깊숙이 찔렀다. 윌슨은 숨을 내쉬더니 휘청거리다가 떨어졌다.

"제기랄! 윌슨이 죽으면 내 이 자식을 죽여버리겠어." 숌즈가 괴성을 질렀다.

숌즈는 윌슨이 풀밭 위에서 내는 소리를 들으며 사다리 쪽으로 달려갔다. 하지만 이미 늦었다⋯. 사내는 사다리에 올라 동료의 도움을 받아 이미 내려갔고 나무 사이로 도망쳤다.

"윌슨, 윌슨, 심각한 건 아니지, 그렇지 않은가? 그저 살짝 베인 거라고."

저택 문이 확 열렸다. 앵블발 남작이 처음으로 도착했고 그 뒤를 이어 촛불을 든 하인들이 줄줄이 도착했다.

"무슨 일입니까?" 남작이 고함쳤다. "윌슨 씨가 다친 거예요?"

"아닙니다. 그저 살짝 베인 겁니다." 숌즈는 스스로 주문을 걸듯 했던 말을 반복했다.

하지만 피는 펑펑 쏟아졌고 윌슨의 얼굴은 납빛이 되었다.

20분 후 도착한 의사는 진찰 결과 칼끝이 심장에서 4센티미터 떨어진 곳에서 멈췄다고 말해주었다.

"심장에서 4센티미터라고! 윌슨 이 친구는 언제나 운이 좋군."

숌즈의 어조에는 일말의 부러움까지 담겨 있었다.

"운이 좋다⋯, 운이 좋다니⋯." 의사가 중얼거렸다.

"그렇습니다! 원래 체질이 튼튼하니 별 탈 없이 그저⋯."

"6주 동안 누워 있어야 하고 그 후에도 두 달 동안 몸조리를 해야 할 겁니다."

"그러면 됩니까?"

"그렇습니다. 합병증이 발생하지 않는다면 말이지요."

"도대체 어째서 합병증 따위까지 생각해야 합니까?"

마음이 놓인 숌즈는 내실에 있는 남작을 보러 갔다. 미지의 방문객은 지난번처럼 조심스럽지 않았다. 다이아몬드가 박힌 담뱃갑이며 오팔 목걸이를 비롯해 도둑이라면 마땅히 가져갈 물건 중 호주머니에 담길 것은 모조리 가져갔다.

창문은 여전히 열려 있었고 유리창 하나가 깔끔하게 잘려 있었다. 새벽녘에 간단히 조사해보니 인근의 건물 공사 현장에서 가져온 사다리인 게 밝혀졌다. 적어도 도둑이 어느 길로 들어왔는지는 분명했다.

"결국 유대식 등잔 절도와 똑같은 방법이 사용된 거로군요." 앵블발 남작이 살짝 빈정거리는 어조로 말했다.

"그렇습니다. 경찰이 세운 최초의 가설이 정확하다면 말입니다."

"그렇다면 탐정님은 아직도 그 가설을 인정하지 않는 겁니까? 이렇게 두 번째로 절도 사건이 일어났는데도 첫 절도 사건에 대한 의견을 바꾸지 않는 거예요?"

"제 의견을 더욱 확신하게 됐습니다, 남작님."

"믿을 수 없군요! 간밤의 일이 외부에서 들어온 누군가가 벌인 게 분명하다는 증거가 여기 있는데도, 유대식 등잔을 집 안에 있던 누군가가 가져갔다고 주장하십니까?"

"이 저택에 사는 누군가가 가져갔지요."

"그렇다면 이 두 사건을 어떻게 설명하시겠습니까…?"

"설명할 건 하나도 없습니다, 남작님. 저는 지금 겉으로 보기에는 서로 연결된 두 사실을 확인하고 이들을 따로따로 따져본 후 그 연결 고리를 찾아낼 생각입니다."

숌즈의 신념이 너무도 확고했고 그 태도의 밑바닥에는 강력한 동기가 자리 잡고 있었으므로 남작은 숌즈의 말에 동의할 수밖에 없었다.

"좋습니다. 그럼 경찰서장에게 알리겠습니다…."

영국인이 황급히 외쳤다.

"절대 안 됩니다! 절대로요! 제가 필요로 하지 않는 한 경찰에게는 도움을 요청하고 싶지 않습니다."

"하지만 총까지 발사됐는데도…?"

"상관없습니다!"

"그래도 친구분께서…"

"그 친구는 좀 다쳤을 뿐입니다…. 의사가 함부로 입을 열지 않도록 단속해주십시오. 경찰 쪽은 제가 맡겠습니다."

그로부터 이틀 동안은 아무런 사건도 일어나지 않았다. 숌즈는 그동안 심혈을 기울여 조사를 계속했다. 자기 눈앞에서 그런 대담한 시도가 벌어진 데다 그걸 막지 못했다는 생각이 떠오르면 분통이 터지고 자존심이 몹시 상했다. 숌즈는 저택과 정원을 지칠 줄 모르고 뒤지고 다니거나 하인들과 이야기를 나누었고, 부엌과 마구간에서 오랜 시간을 보냈다. 비록 사건을 밝혀줄 아무런 단서도 찾지 못했으나 용기는 잃지 않았다. 숌즈는 생각했다.

'찾아낼 거야. 바로 여기에서 찾아내고 말겠어. 금발 여인 사건에서처럼 우연히 발길 가는 데로 가다가 알지 못했던 길로 목표에 도달할 사안이 아니야. 이번에는 내가 있는 바로 이곳이 격전지거든. 적은 붙잡을 수 없고 눈에 보이지 않는 뤼팽이

아니라 이 저택 안에 살며 활동하는 뤼팽의 공범이다. 그러니 작은 사실 하나만 찾아내면 돼.'

숌즈는 이 유대식 등잔 사건에서 정말로 작은 사실 하나로부터 엄청난 결과를 끌어냈다. 그 솜씨가 가히 천재적이었기에 이 사건은 훗날 숌즈의 탐정 능력이 최고로 발휘된 사건 중 하나라고 인정받는다. 그런데 숌즈는 아주 우연하게 이 작은 사실을 발견했다.

조사를 진행한 지 사흘째 되는 날 오후, 숌즈는 내실 위쪽의 아이들 공부방에 들어갔다. 자매 중 동생인 앙리에트가 공부하다가 가위를 찾고 있었다.

아이가 숌즈에게 말했다.

"아저씨, 있잖아요. 아저씨가 지난번에 받은 종이, 나도 만들 수 있어요."

"지난번?"

"예, 저녁 식사 끝나고요. 위에 띠가 있는 종이를 받았잖아요…. 전보 말이에요…. 나도 만들 줄 알아요."

앙리에트는 이 말을 남기고 방에서 나갔다. 다른 때였다면 아이가 무심코 하는 말이려니 하고 넘길 법했다. 숌즈 역시 이 말에 별로 신경 쓰지 않고 계속 방을 뒤졌다. 그러다가 아이가 한 마지막 말에서 문득 떠오르는 생각이 있어 황급히 아이 뒤를 쫓아갔다. 계단 위쪽에서 소녀를 따라잡고 아이에게 물었다.

"너도 종이 위에다 띠를 붙이니?"

앙리에트가 기고만장해하며 말했다.

"그럼요. 단어를 오려서 붙이는 걸요."

"누가 그 놀이를 가르쳐줬니?"

"선생님… 우리 선생님이요…. 선생님도 그렇게 하는 걸 봤어요. 신문에서 단어를 오려서 붙여요…."

"그래서 선생님이 무얼 만드니?"

"전보요, 보낼 편지요."

헐록 숌즈는 아이들 공부방으로 돌아왔다. 아이의 이야기를 듣고 의아한 마음이 들어 그 의미를 알아내려고 애썼다.

마침 벽난로 위에 신문지 더미가 보였다. 숌즈는 신문지들을 펼쳤다. 여기저기에서 몇 단어나 몇 줄을 규칙적으로 깨끗하게 오려낸 흔적을 발견했다. 하지만 없어진 단어의 앞뒤 말을 읽어보니 단어들이 아무렇게나 가위질 됐음을 알 수 있었다. 앙리에트가 한 일이다. 어쩌면 신문지 더미 속에 가정교사가 의도적으로 오려낸 신문도 있을지 모른다. 하지만 어떻게 확인한단 말인가?

숌즈는 탁자 위에서 교과서들이 꽂힌 책장을 무심코 넘겨 보다가 선반 위에 있는 책들도 훑어보았다. 그러다가 기쁨에 겨운 탄성을 내질렀다. 선반 한쪽 구석에 쌓인 낡은 공책들 아래에서 알파벳에 그림이 곁들어진 아동용 읽기 교본을 발견했기 때문이다. 교본의 한쪽에서 단어가 빈 부분을 발견한 숌즈는 자세히 들여다보았다. 월요일, 화요일, 수요일 등 한 주의 요일 이름이 나와 있는 부분이었는데 토요일이라는 단어가 빠져 있었다. 유대식 등잔을 도둑맞은 것도 토요일 밤이 아니었던가.

헐록은 심장이 죄어듦을 느꼈다. 수수께끼의 핵심이 되는 실마리를 발견했다는 가장 확실한 신호다. 진실을 포착한 게 분명함을 알려주는 이 느낌은 틀린 적이 없었다.

자신감에 찬 숌즈는 몸이 후끈 달아오르는 것을 느끼며 교본 책장을 다급히 넘겨 보았다. 조금 넘겨 보다 숌즈는 다시 한 번 놀랐다.

대문자가 나열되어 있고 그 아래로 숫자가 적힌 줄이 있는 쪽이었다. 거기에서 글자 아홉 개와 숫자 세 개가 조심스럽게 오려져 있었다.

숌즈는 자기 공책에 오려진 순서대로 옮겨 적은 후 다음과 같은 결과를 얻었다.

CDEHNOPRZ — 237

"저런… 딱 봐서는 별 뜻이 없어 보이는군." 숌즈가 중얼거렸다.

글자 순서를 바꾸거나 다른 글자를 덧붙여서 하나나 두 개, 또는 세 개의 완전한 단어를 만들어낼 수 있을까?

시도해보았으나 별 소용이 없었다.

오직 한 가지 해답만 연필 끝에서 맴돌았는데 결국 이 조합이 맞다고 확신하기에 이르렀다. 논리에 들어맞을 뿐만 아니라 전체적인 맥락과도 맞아떨어졌기 때문이다.

읽기 교본의 그 쪽에는 알파벳 글자들이 각각 하나씩만 쓰여 있으므로, 그것으로 원하는 단어를 다 만들어내지 못하고 나머지 필요한 글자들을 교본의 다른 쪽에서 오려냈을 것이다. 이런 상황에서 이 수수께끼 문장의 의미는 다음과 같을 터였다.

REPOND(　)Z―CH―237

첫 번째 단어가 무엇을 뜻하는지는 분명했다. 'REPONDEZ', 곧 답장을 바란다는 뜻이다. 'E'자 하나가 빠진 이유는 하나뿐인 E자를 이미 써버렸기 때문이다.

두 번째 미완성 단어는 숫자 237로 봐서 분명히 보내는 이가 편지를 받는 이에게 알리는 주소일 터였다. 일단 날을 토요일로 정하자고 제안한 후 주소 CH237로 대답해달라고 요청한 것이다.

CH237은 우체국 사서함 번호일 수도 있고, 아니면 C와 H가 미완성된 단어의 일부일 수 있다. 숌즈는 읽기 교본을 뒤적였다. 이후로는 더는 글자를 오려낸 흔적이 없었다. 그러니 일단 새로운 사실을 발견할 때까지는 발견한 사실에만 만족할 수밖에 없었다.

"재밌지 않아요?"

앙리에트가 되돌아왔다. 숌즈가 대답했다.

"그래, 정말 재밌구나! 그런데 네게 다른 종이는 없니…? 전에 오려둔 단어가 있으면 내가 붙여볼 수 있을까?"

"종이요…? 음… 그런데 선생님이 별로 안 좋아할 거예요."

"선생님이?"

"예, 선생님께 야단맞았거든요."

"왜?"

"왜냐하면 제가 아저씨에게 말했으니까요…. 선생님이 그러는데, 좋아하는 사람(놀이)에 관한 이야기는 절대로 하면 안 된대요."

"그래, 네 말이 맞다."

앙리에트는 인정을 받아 기쁜 모양이다. 어찌나 기뻤던지 자기 원피스에 핀으로 꽂혀 있던 자그마한 천 주머니를 뒤져 헝겊 조각 몇 장, 단추 세 개, 사탕 두 알, 그리고 마지막으로 네모난 종이쪽지를 꺼내 숌즈에게 주었다.

"여기요, 그래도 아저씨한테 줄래요."

그건 삯마차 표였고 8279번이라고 적혀 있었다.

"이 표는 어디서 났니?"

"선생님 지갑에서 떨어졌어요."

"언제?"

"일요일 미사 중에 선생님이 헌금을 내려고 동전을 꺼낼 때요."

"훌륭하구나. 이제 내가 어떻게 하면 야단을 안 맞을지 알려주마. 선생님께 나를 봤단 이야기를 하지 않는 거야."

숌즈는 앵블발 남작을 찾아가서 가정교사 아가씨에 대해 대놓고 물어보았다.

남작은 펄쩍 뛰었다.

"알리스 드묑 양 말인가요! 선생께서 하는 생각이 혹시…? 말도 안 됩니다."

"아가씨가 언제부터 남작님 댁에서 일했습니까?"

"1년밖에 안 됐지만 그 아가씨보다 더 조신하고 신뢰할 만한 사람은 없을 겁니다."

"그런데 제가 어째서 한 번도 보지 못했습니까?"

"이틀 동안 떠나 있었습니다."

"그럼 지금은요?"

"돌아오자마자 당신의 친구분을 간호하겠다고 자청했지요. 간병인으로서 아주 훌륭한 분입니다… 부드럽고… 세심한 사람이지요… 윌슨 씨께서 아주 흡족해하시는 눈치였습니다."

"아." 숌즈는 친구를 까맣게 잊고 있었다.

그리고 잠시 생각해보더니 이렇게 물었다.

"그러면 일요일 아침에 아가씨가 외출했나요?"

"도난 사건 다음 날 말씀이신가요?"

"그렇습니다."

남작은 아내를 불러 물었다. 남작부인이 대답했다.

"드묑 양은 평소처럼 미사에 가려고 아이들을 데리고 11시에 나갔어요."

"그전에는요?"

"그전이요? 아니, 아니지. 가만… 제가 그 도난 사건 때문에 워낙 정신이 없어서요…! 그래도 드묑 양이 그 전날, 일요일 아침에 외출해도 괜찮으냐고 물어봤던 게 생각나네요…. 파리에 들른 사촌을 만난다고 했던 것 같아요. 하지만 설마 드묑 양을 의심하는 건 아니겠지요…?"

"물론 아닙니다만… 그래도 한번 만나봤으면 좋겠군요."

숌즈는 윌슨의 방으로 올라갔다. 간호사처럼 긴 회색 원피스를 입은 여자가 환자 위로 몸을 수그려 마실 것을 주고 있었다.

여자가 몸을 돌리는 순간 숌즈는 파리 북역에서 자신에게 말을 건 젊은 여인을 알아보았다.

두 사람은 그 일에 대해 아무런 말도 하지 않았다. 알리스 드 묑은 당황한 기색이라고는 전혀 없이 매력적이며 나긋한 눈매로 살며시 미소 지었다. 숌즈는 말을 꺼내려다가 그냥 입을 다물었다. 그러자 여인은 하던 일을 다시 시작했다. 숌즈가 놀라 바라보는 가운데 약병을 옮겨놓고 붕대를 풀었다가 다시 감고는 또다시 숌즈에게 해맑은 미소를 지어 보였다.

숌즈는 돌아 나와 계단을 내려왔다. 뜰에 세워진 앵블발 남작의 자동차를 발견하자 곧바로 올라타 운전사에게 르발루아로 데려다 달라고 했다. 아이가 준 삯마차 표에 적혀 있던 마차 보관소가 그곳에 있다. 일요일 오전에 8279번 마차를 몰던 마부 뒤프레는 마침 보관소에 없었다. 숌즈는 남작의 자동차를 되돌려 보내고 마부 교대 시간까지 기다렸다.

뒤프레는 몽소 공원 근처에서 실제로 젊은 여자 한 명을 태웠노라고 대답했다. 여자는 검은 옷을 입었고 커다란 제비꽃 다발을 들고 있었는데 매우 흥분한 상태 같았다고 했다.

"상자를 하나 들고 있던가요?"

"예, 상당히 길쭉한 상자였습니다."

"그래서 여자를 태우고 어디로 갔습니까?"

"테른가, 생 페르디낭 광장 모퉁이요. 한 10분 머물러 있다가 다시 몽소 공원으로 모시고 왔어요."

"테른가의 그 집을 알아보겠습니까?"

"물론이지요! 그쪽으로 모실까요?"

"조금 나중에 갑시다. 일단 오르페브르 36번지로 갑시다."

숌즈는 경찰청에서 운 좋게도 가니마르 형사를 금방 만났다.

"가니마르 형사님, 시간 있습니까?"

"뤼팽 일이라면, 없습니다."

"뤼팽 일입니다."

"난 움직이지 않을 겁니다."

"뭐라고요! 그럼 포기하신다는…."

"불가능한 걸 포기하는 겁니다! 질 게 뻔한 불공평한 싸움이라면 이제 지긋지긋합니다. 겁쟁이라고 하든, 말도 안 된다고 하든 내키는 대로 말씀하시오…. 눈 하나 깜짝 안 할 겁니다! 뤼팽은 우리보다 강합니다. 그러니 굴복할 수밖에."

"굴복 따위 안 합니다."

"당신을 굴복시킬 겁니다. 당신뿐만 아니라 다른 사람 모두를 말입니다."

"이런, 형사님께서 분명히 재밌어할 구경거리일 텐데 아쉽군요!"

"아! 하긴 그렇기는 할 겁니다." 가니마르가 얼떨떨한 표정으로 대꾸했다. "게다가 당신에게는 아직 대항할 힘이 남아 있는 것 같으니, 그럼 어디 한번 가봅시다."

두 사람은 대기 중이던 삯마차에 올라탔다. 마부는 지시대로 문제의 집에 도착하기 직전 길 반대편에 있는 작은 카페 앞 테라스에 멈춰 섰다. 두 남자는 카페 테라스의 월계수와 참빗살나무 사이에 자리 잡고 앉았다. 해가 저물고 있었다.

"종업원, 여기 필기도구 좀 가져다주게." 숌즈가 말했다.

숌즈는 무언가를 적은 다음 종업원을 다시 불렀다.

"이 편지를 길 맞은편에 있는 건물 관리인에게 전해주게. 저기 대문 아래에서 챙 달린 모자를 쓰고 담배를 피우는 남자일세."

관리인이 두 사람에게 달려오자 가니마르는 자신이 형사임을 밝혔다. 숌즈는 혹시 일요일 아침에 검은 옷을 입은 젊은 여자가 찾아오지 않았는지 물어보았다.

"검은 옷을 입은 여자요? 예, 한 9시쯤에 왔습니다…. 3층으로 올라갔지요."

"그 여자가 자주 옵니까?"

"아니요, 하지만 얼마 전부터 좀 더 자주 왔고… 지난 2주간은 거의 매일 오다시피 합니다."

"그럼 지난 일요일 이후에는?"

"한 번 왔지요…. 오늘을 빼면 말입니다."

"뭐라고! 오늘 왔다고요!"

"지금 여기 있습니다."

"지금 여기 있다고!"

"온 지 10분은 족히 됐습니다. 평소처럼 마차가 생 페르디낭 광장에서 기다리고 있습니다. 여자가 들어갈 때 마주쳤거든요."

"3층 세입자는 어떤 사람입니까?"

"두 명이 사는데, 한 사람은 여성복을 만드는 랑제 양이고 신사 한 분이 가구 딸린 방 두 개를 세내서 살고 있어요. 한 달 됐는데 브레송이란 이름을 쓰더군요."

"그런데 '브레송이란 이름을 쓴다'니요?"

"제 생각엔 가명인 것 같거든요. 집사람이 그 사람 방을 청소하는데 셔츠마다 서로 다른 머리글자가 새겨져 있더랍니다."

"그자가 사는 모습은 어떻습니까?"

"오! 거의 밖에서 지내지요. 지금도 사흘 동안 집에 안 들어왔고요."

"지난 토요일에서 일요일 사이 밤에는 집에 들어왔습니까?"

"토요일에서 일요일 사이요? 생각 좀 해봐야… 그래요, 토요일 저녁에 들어와서 꼼짝도 안 했습니다."

"외모는 어떻습니까?"

"어떻게 말씀드려야 할지 모르겠네요. 매번 모습이 바뀌거든요! 키가 큰가 하면 작고 뚱뚱한가 하면 호리호리해졌다가… 갈색 머리였는데 어떤 때는 금발 머리더란 말입니다. 그러니 매번 못 알아보겠더라고요."

가니마르와 숌즈의 눈이 마주쳤다.

"그놈이야. 그놈이 확실해." 가니마르가 중얼거렸다.

노형사는 당황스럽고 갈피를 잡지 못한 듯, 하품을 하는가 싶더니 두 주먹을 불끈 쥐었다.

숌즈는 가니마르보다 자제하는 모습이었으나 심장이 죄어듦을 느꼈다.

"저기를 보세요." 관리인이 말했다. "그 여자가 나오네요."

정말 드뫼 양이 문가에 나타나더니 광장을 가로질러 갔다.

"그리고 브레송 씨도 보이네요."

"브레송 씨? 누구 말입니까?"

"팔에 꾸러미를 끼고 가는 남자요."

"여자한테는 신경도 안 쓰고 있군. 여자는 혼자서 마차에 타는데."

"아! 그거요, 한 번도 두 사람이 같이 있는 걸 본 적이 없습니다."

숌즈와 가니마르는 벌떡 일어섰다. 가로등 불빛에 뤼팽의 모습이 드러났다. 뤼팽은 광장 반대 방향으로 멀어져갔다.

"탐정님, 누구를 쫓아가시겠습니까?" 가니마르가 물었다.

"당연히 뤼팽입니다! 그쪽이 더 큰 사냥감이니까."

"그럼 내가 여자를 쫓겠습니다." 가니마르가 이렇게 제안했다.

"아니, 아닙니다. 저 아가씨는 어디로 가면 만날 수 있는지 알고 있으니… 형사님께선 제 곁에 꼭 붙어 계십시오." 진행 중인 사건을 공개하고 싶지 않은 숌즈가 황급히 말했다.

두 사람은 멀리 떨어져서 행인과 가판대 뒤로 몸을 숨기며 뤼팽을 미행했다. 추적은 그다지 어렵지 않았다. 사내는 오른발을 살짝 절뚝거리며 뒤도 돌아보지 않고 빠르게 걸었기 때문이다. 워낙 가볍게 다리를 절어서 눈썰미가 좋은 사람이 아니면 알아보지 못할 정도였다. 가니마르가 말했다.

"다리를 저는 척하는군."

형사가 다시 말했다.

"아, 이럴 때 지나가는 경찰 두세 명만 있어도 저 사내를 덮칠 텐데! 이러다 놓치겠군."

하지만 테른 문 근처 어디에도 경찰은 없었고 일단 파리 성벽 밖으로 나가면 그 어떤 도움도 기대하기 어려울 터였다.

숌즈가 말했다.

"우리 여기서 찢어집시다. 여기는 사람이 너무 적군요."

빅토르 위고 대로였다. 두 사람은 각자 다른 길로 들어서 가로수를 따라 걸어갔다.

이렇게 20여 분을 걸었을까, 뤼팽은 왼쪽으로 돌아 센 강둑을 따라 걸었다. 이내 강기슭으로 내려가는 뤼팽이 보였다. 잠시 그곳에 머물러 있었는데 무엇을 하는지는 보이지 않았다. 그러더니 다시 둑길로 올라온 뒤 왔던 길을 되짚어 걷기 시작했다. 숌즈와 가니마르는 철책에 몸을 바싹 붙였다. 뤼팽이 그들 앞을 지나갔다. 가지고 있던 꾸러미는 보이지 않았다.

뤼팽이 그렇게 멀어지고 있을 때 다른 사람이 집 모퉁이에서 슬며시 나와 가로수 사이로 미끄러지듯 사라졌다.

숌즈가 낮은 목소리로 말했다.

"저자도 뤼팽을 쫓는 것 같습니다."

"그래요. 여기 오면서도 본 것 같습니다."

미행이 다시 시작되었지만 다른 미행자 때문에 좀 더 까다로워졌다. 뤼팽은 다른 길을 따라 다시 테른 문을 통과해 생 페르디낭 광장에 있는 집으로 돌아왔다.

건물 관리인이 문을 닫으려는데 가니마르가 나타났다.

"그 남자를 보셨지요, 그자가 맞습니까?"

"예, 막 층계참 가스등을 끄는데 문에 빗장을 지르더군요."

"같이 사는 사람은 없습니까?"

"아무도 없어요. 하인도 없습니다…. 여기서 식사하는 법이 없지요."

"하인용 계단이 따로 있습니까?"

"없습니다."

가니마르가 숌즈에게 말했다.

"제일 간단한 방법은 내가 뤼팽 집 문 앞에서 망을 보고 있을 테니 당신이 드무르가에 있는 경찰서로 가서 서장에게 지원을 요청하는 겁니다. 쪽지를 하나 써주겠습니다."

숌즈가 반대했다.

"만약 그사이에 달아나면요?"

"그러니까 내가 있겠다고 하지 않습니까…!"

"일대일로 맞서면 그자가 유리합니다."

"그렇다고 가택에 함부로 밀고 들어갈 순 없어요. 그럴 권한이 없습니다. 특히 밤에는 말입니다."

숌즈는 어깨를 으쓱해 보였다.

"만약 경감님께서 진짜로 뤼팽을 체포한다면 체포 상황의 법적 절차를 들어 왈가왈부하진 않을 겁니다. 아니, 그리고 말입니다! 그저 초인종을 눌러볼 순 있지 않겠습니까? 무슨 일이 벌어질지 지켜봅시다."

두 사람은 올라갔다. 두 짝으로 이루어진 문이 층계참 왼쪽에 있었다. 가니마르가 벨을 눌렀다.

아무 소리도 나지 않았다. 다시 한 번 눌렀다. 아무도 없었다.

"들어가 봅시다." 숌즈가 속삭였다.

"좋습니다. 가봅시다."

하지만 두 사람 모두 결정을 내리지 못하고 꼼짝하지 않았다. 마치 결정적인 행동에 앞서 두려움에 휩싸인 사람처럼 망설였다. 아르센 뤼팽이 이토록 가까운 곳, 주먹 한 방이면 무너질 문짝 뒤에 있다는 사실이 있을 수 없는 일처럼 여겨졌다. 두 사람 모두 뤼팽을 아주 잘 알고 있다. 그 귀신같은 위인이 이토록 우둔하리만치 간단히 잡힐 리가 없다. 아니, 아니다. 절대 아니다. 그자가 저곳에 계속 있을 리가 없었다. 인접한 집을 통해, 지붕을 통해, 잘 준비된 통로를 통해 예전처럼 이미 빠져나가고 없을 게 틀림없다. 들어가 봤자 뤼팽의 그림자나 간신히 볼 수 있으리라.

두 사내는 몸을 부르르 떨었다. 문 너머에서 아주 가벼운 소리가 들려온 것 같았기 때문이다. 역시나 뤼팽이 저 얇은 나무 문짝 뒤에 있다는 느낌, 아니 확신이 들었다. 그들의 움직임에 귀를 기울이고 있다는 확신 말이다.

어떻게 할까? 상황은 비극적이다. 두 사람 모두 형사 사건에 잔뼈가 굵은 노장이지만, 격한 감정에 휩쓸려 자신들의 심장박동 소리마저 들리는 듯했다.

가니마르는 곁눈질로 숌즈의 의견을 물어보았다. 그러더니 주먹으로 격렬하게 문짝을 쳤다. 발소리가 들렸다. 이제 상대방은 더는 숨죽이지 않는 듯했다….

가니마르가 문짝을 흔들었다. 저항할 수 없는 충동에 사로잡혀 숌즈도 어깨를 내밀어 문으로 달려들었고 이내 문짝이 부서졌다. 두 사람이 집 안으로 쳐들어갔다.

그러다 갑자기 우뚝 멈춰 섰다. 옆방에서 총소리가 울렸던 것이다. 총소리가 한 번 더 울리더니 사람이 바닥으로 쓰러지는 소리가 났다….

두 사람이 방으로 들어갔다. 남자가 벽난로 대리석 판에 얼굴을 박고 널브러져 있었다. 몸이 한차례 경련했고 손에서 권총이 떨어졌다.

가니마르가 몸을 숙여 죽은 자의 고개를 돌렸다. 얼굴은 피범벅이고, 머리에 난 총상 두 군데에서 피가 쏟아져나왔다. 총상은 하나는 뺨에, 다른 하나는 관자놀이에 나 있었다.

"얼굴을 못 알아보겠군." 가니마르가 중얼거렸다.

"그럼 그렇지! 그자가 아닙니다."

숌즈가 말했다.

"어떻게 그걸 아십니까? 시체를 조사해보지도 않았잖아요."

"아르센 뤼팽이 자살할 인물이라고 생각하십니까?"

영국인은 빈정거리는 어투로 대답했다.

"하지만 밖에서 우린 분명 그자일 거라고…."

"그럴 거라 믿은 거지요. 왜냐하면 그렇게 믿고 싶었으니까요. 그만큼 우리 머릿속에는 그자 생각으로 가득 차 있었습니다."

"그렇다면 공범이겠군."

"뤼팽의 공범은 자살하지 않습니다."

"그럼 누구란 말입니까?"

두 사람은 시체를 뒤졌다. 헐록 숌즈는 주머니 하나에서 빈지갑을 발견했고, 가니마르는 다른 주머니에서 금화 몇 닢을 발견했다. 속옷에는 아무런 머리글자도 새겨져 있지 않았고 겉옷도 마찬가지였다.

커다란 트렁크 하나와 여행 가방 두 개가 있었는데 그 속에 든 물건도 옷가지뿐이었다. 벽난로 위에 신문 더미가 놓여 있었다. 가니마르가 펼쳐보니 모두 유대식 등잔 절도에 관한 내용이었다.

한 시간 후 가니마르와 숌즈는 자신들 때문에 궁지에 몰려 자살해버린 이 수수께끼 인물의 정보를 아무것도 알아내지 못한 채 그 자리를 떠났다.

누구였을까? 왜 자살했을까? 유대식 등잔 사건과 무슨 연관이 있는 걸까? 아까 그자를 미행한 사람은 또 누구였나? 하나같이 답을 알 수 없는 질문들이었고⋯ 의혹은 짙어지기만 했다⋯.

헐록 숌즈는 언짢은 기분으로 잠자리에 들었다. 잠에서 깬 숌즈는 속달 편지를 하나 받았다.

아르센 뤼팽은 브레송이라는 이름으로 비극적인 죽음을 맞이했음을 삼가 알려드리며 덧붙여 장례식에 꼭 참석해주시기를 바랍니다. 장례는 6월 25일 목요일에 국비로 치러질 예정입니다.

2

"이보게, 친구." 숌즈는 윌슨 앞에서 아르센 뤼팽에게 받은 편지를 흔들어대며 말했다. "이 사건에서 가장 짜증 나는 게 뭔고 하니, 이 가증스러운 자가 내 일거수일투족을 안다는 느낌이 드는 것일세. 비밀스럽게 한 생각도 모두 그자 귀에 들어간다네. 발걸음 하나까지 엄격하게 정해진 연출에 따라 움직이는 배우가 된 느낌이란 말일세. 어떤 전지전능한 존재가 이리 가라 저리 가라 연출해놓기라도 한 듯 말일세. 무슨 느낌인지 이해되나, 윌슨?"

40도와 41도를 오르내리는 고열에 시달리며 깊이 잠들지만 않았다면 윌슨은 틀림없이 이해했으리라. 하지만 윌슨이 자기 말을 듣거나 말거나, 숌즈는 개의치 않고 계속 말을 이었다.

"그러니까 진이 빠져 포기하지 않으려면 온 힘을 끌어모아 전력을 다해야 한단 말이지. 다행히 그런 시시한 장난질로 자극을 받았네. 쏘인 자리의 부기가 가라앉고 자존심에 난 상처가 아물면 난 항상 이렇게 말한단 말이지. '실컷 즐겨보라고, 이 친구야. 언젠가는 자기 덫에 자기가 걸리고 말 테니'라고 말일세. 왜냐하면 말이지, 월슨, 바로 뤼팽이 보낸 첫 전보 때문에 어린 앙리에트 기억이 되살아났고 결국 알리스 드묑과 서신을 교환하고 있다는 비밀을 스스로 드러낸 꼴이 아니었나? 이 사실을 잊고 있었다네, 친구."

숌즈는 친구가 깰까 조심하지도 않고 쿵쾅거리며 방 안을 이리저리 오갔다.

"결국은 말일세! 상황이 그다지 나쁘진 않네. 지금 따라가는 길이 좀 어둡긴 하지만 내가 어디쯤 있는지 조금씩 보이기 시작하네. 일단 이 브레송이란 인물을 알아봐야겠어. 가니마르와 센 강둑에서 만나기로 했네. 브레송이 꾸러미를 던진 곳 말이야. 그 사람이 무슨 역할을 했는지 곧 알게 되겠지. 나머지는 알리스 드묑과 나 사이의 게임이 될 거야. 그다지 강적은 아니지 않나, 월슨? 게다가 얼마 지나지 않아 읽기 교본에서 찾아낸 문장에서 따로 떨어져 있던 그 C와 H가 무엇을 의미하는지 알게 되리라는 생각이 들지 않나? 모든 해답이 바로 거기 달려 있으니 말일세, 월슨."

바로 그 순간 드묑 양이 방으로 들어왔다. 여인은 손짓 발짓을 하며 떠들어대는 숌즈를 보더니 상냥하게 말했다.

"숌즈 씨, 환자를 깨우면 제게 혼날 거예요. 그렇게 환자를 방해하면 좋지 않아요. 의사 선생님께서 절대 안정을 취해야 한다고 하셨습니다."

처음 만난 날과 마찬가지로 좀처럼 설명할 수 없는 차분함을 보여주는 여인을 숌즈는 놀란 채 말없이 응시했다.

"왜 그렇게 저를 바라보세요, 숌즈 씨? 아무것도 아니라고요? 아니에요…. 매번 어떤 생각에 잠겨 있는 것 같아요…. 대체 무슨 생각을 하시는 거예요? 제발 말씀해주세요."

여인의 얼굴은 맑았고 눈은 천진난만했으며 입가에는 미소가 떠올라 있었다. 손을 가지런히 모으고 상반신을 살짝 앞으로 내밀며 질문하는 여인은 진정 궁금해하는 것 같았다. 이토록 천진난만한 태도를 보자 숌즈는 화가 치밀었다. 그래서 여인에게 다가가 나지막한 목소리로 말했다.

"브레송이 어제저녁에 자살했습니다."

여자는 무슨 말인지 이해하지 못한 듯 숌즈의 말을 따라 했다.

"브레송이 어제저녁에 자살했다…."

얼굴에는 그 어떤 동요도 일어나지 않았고 가식적인 모습도 전혀 보이지 않았다.

"미리 알고 있었군요. 아니라면 몸서리라도 쳤을 텐데…. 아! 생각보다 강한 여성이로군요…. 하지만 어째서 그 사실을 숨기는 겁니까?" 숌즈가 짜증을 내며 말했다.

그리고 옆 탁자에 올려둔 읽기 교본을 집어들어 글자가 오려진 쪽을 펼쳤다.

"여기 없는 글자들을 어떤 순서로 나열했는지 말해주시겠습니까? 유대식 등잔을 도난당하기 나흘 전에 당신이 브레송한테 보냈던 전보의 정확한 내용을 알고 싶습니다."

"어떤 순서로…? 브레송…? 유대식 등잔 도난…?"

여자는 이 단어들에서 어떤 의미를 끌어내려는 것처럼 느릿느릿하게 따라 말했다.

숌즈가 몰아붙였다.

"그렇습니다. 이 종이에서 오려낸 글자 말입니다… 이 글자를 사용했지요. 브레송한테 무슨 말을 했습니까?"

"사용한 글자… 제가 무슨 말을 했느냐고요…."

갑자기 드묑 양이 깔깔 웃음을 터뜨렸다.

"아, 그렇군요, 이제 알겠어요! 그러니까 제가 도난 사건의 공범이란 말이군요! 브레송이란 사람이 유대식 등잔을 훔쳐갔는데 자살했단 말이고요. 그리고 제가 그분의 친구고. 오, 참 재밌네요!"

"그럼 어제저녁에 테른가에 있는 집 3층에 누구를 만나러 갔습니까?"

"누구냐고요? 제 양재사 랑제 양이에요. 그럼 제 양재사와 브레송 씨가 동일 인물이란 말씀인가요?"

이쯤되자 숌즈는 자신의 생각에 의심이 들기 시작했다. 속마음을 속일 목적으로 공포, 기쁨, 걱정, 그 어떤 감정도 꾸며낼 수 있지만 무심한 태도나 행복하고 태평한 웃음을 꾸며낼 수는 없는 법이다.

그래도 다시 한 번 이렇게 물었다.

"마지막으로 묻겠습니다. 지난번 저녁때 파리 북역에서 왜 내게 말을 걸었습니까? 어째서 이 도난 사건을 맡지 말고 당장 떠나라고 부탁한 겁니까?"

"아, 호기심이 지나치군요, 숌즈 선생님."

여인은 줄곧 태연하게 웃으며 말했다.

"그 벌로 제 대답을 들으실 수 없을 뿐 아니라 제가 약국에 다녀오는 동안 환자를 좀 봐주셔야겠어요…. 급한 처방전이 있어서요…. 그럼 다녀오겠습니다."

이 말을 남기고 방을 나갔다.

"당했군. 아무것도 못 알아낸 데다 내가 무엇을 알고 있는지 들켜버렸으니."

숌즈가 중얼거렸다. 문득 푸른 다이아몬드 사건과 클로틸드 데스탕주를 상대로 벌였던 신문이 생각났다. 방금의 태도는 금발 여인이 보였던 그 침착한 태도와 같지 않은가. 뤼팽의 영향력 아래에서 보호받으며 위험한 상황 속에서도 놀라울 정도로 침착한 그런 인물과 다시 한 번 맞서는 것인가?

"숌즈… 숌즈…."

월슨이 부르는 소리에 숌즈가 다가가 월슨에게 몸을 수그렸다.

"무슨 일인가, 친구? 고통스러운가?"

월슨이 입술을 달싹였으나 아무런 소리도 나오지 않았다. 드디어 엄청나게 애를 쓰더니 이렇게 더듬거렸다.

"아닐세…. 숌즈… 드묑 양이 아니야…. 그건 불가능하네…."

"대체 무슨 말을 하는 건가? 저 여자라고 내가, 바로 내가 말하지 않는가! 오로지 뤼팽이 훈련하고 기른 사람 앞에서만 정신을 못 차리고 이렇게 멍청하게 군다네…. 이제 저 여자가 알파벳 읽기 교본 이야기까지 다 알아버렸으니… 한 시간 후면 뤼팽도 전부 알게 될 거라고 장담하네. 한 시간이라고? 무슨 말인가! 아니, 당장 알겠지! 약국, 급한 처방전… 전부 거짓말이야!"

숌즈는 재빨리 방에서 나가 메신가로 내려갔다. 약국으로 들어가는 가정교사의 모습이 보였다. 10분 후 여자는 흰 종이로 포장된 약병 몇 개와 유리병 하나를 들고 약국에서 나왔다. 그리고 길을 따라 걷고 있는데 한 남자가 따라오며 챙 모자를 벗어 손에 들고 지나치게 공손한 태도로 말을 걸었다. 적선이라도 부탁하는 모양이었다.

드묑 양은 멈춰서 동전을 꺼내 주고는 다시 걷기 시작했다.

'저 사내에게 알려준 거야.' 영국인은 이렇게 생각했다.

확실한 사실이라기보다는 직관에 가까웠다. 하지만 이 느낌이 너무도 강해서 전략을 바꾸기로 했다. 여자를 따라가는 대신 가짜 걸인의 뒤를 밟기 시작했다.

두 사람은 차례차례 생 페르디낭 광장에 도착했다. 사내는 한참 동안 브레송의 집 주변을 빙빙 돌며 3층 창문 쪽으로 가끔 눈길을 주어 그 집에 들어가는 사람들을 감시했다.

한 시간이 지나자 남자는 뇌이로 향하는 노면전차에 올라 지붕 위 좌석에 앉았다. 숌즈도 따라 올라타 남자와 조금 떨어진 뒤쪽에 앉았다. 옆에는 한 남자가 신문을 펼쳐 들고 얼굴을 파묻은 채 앉아 있었다. 성벽 부근에 이르자 옆자리 남자가 신문을 내렸다. 가니마르였다. 가니마르가 숌즈에게 아까 그 사내를 가리키며 귓속말을 했다.

"어제저녁 바로 그 사내입니다. 브레송을 쫓던 자 말입니다. 저자가 광장 주변을 거의 한 시간 동안 배회했습니다."

"브레송에 대해 새로운 사실을 알아냈습니까?" 숌즈가 물었다.

"있습니다, 오늘 아침 그 사람 집으로 편지 하나가 도착했어요."

"오늘 아침이요? 그렇다면 우체국에서 어제 발송한 거로군요. 보내는 사람이 브레송이 죽은 줄 모르고 말입니다."

"그렇습니다. 지금 예심판사에게 그 편지가 있습니다. 내용을 기억해두었는데 대략 이러했습니다. '그자는 어떤 거래도 용납하지 않는다. 처음 건의 물건뿐 아니라 두 번째 건의 물건까지 전부 원한다. 그러지 않으면 그자가 행동에 나설 것이다.' 그리고 서명은 없었습니다. 보시다시피 이 편지에서 알아낼 건 별로 없을 것 같군요."

"저는 의견이 다릅니다, 가니마르 형사님. 반대로 이 몇 줄이 매우 흥미롭게 보이는군요."

"대체 왜 그렇습니까?"

"개인적인 이유 때문이지요."

특유의 오만한 태도로 숌즈가 대답했다.

전차는 종점인 샤토가에 이르러 멈추었다. 사내는 전차에서 내려 느긋하게 걸어가기 시작했다.

숌즈가 그 뒤를 따라갔는데, 그 거리가 너무도 가까운 나머지 가니마르가 걱정했다.

"저자가 뒤돌아보면 우린 들킬 겁니다."

"지금 돌아보진 않을 겁니다."

"그걸 어떻게 아십니까?"

"저자는 아르센 뤼팽의 공범입니다. 아르센 뤼팽의 공범이 호주머니에 손을 찌르고 이렇게 느긋하게 걸어가는 이유는 일단 미행당하는 걸 안다는 뜻이고, 둘째는 두려울 게 없다는 뜻이지요."

"하지만 우리가 이렇게 바짝 따라가고 있는데!"

"1분 만에 우리 손아귀를 빠져나가지 못할 만큼 바짝 따라붙지는 않았습니다. 저 사람은 빠져나갈 수 있다는 확신에 차 있어요."

"여봐요! 그건 말도 안 됩니다. 저기 카페 문 쪽에 자전거를 세워둔 경찰이 있습니다. 저 경찰들에게 부탁해 이 사내를 붙잡으라고 한다면 저자가 어떻게 빠져나가겠습니까?"

"저자가 그런 상황을 별로 겁낼 것 같진 않군요. 자기가 먼저 경찰에게 말을 걸고 있지 않습니까!"

"이런 젠장, 대담하군!" 가니마르가 내뱉듯 말했다.

경찰 두 명이 자전거에 올라타려고 하는데, 사내가 정말로 그들에게 다가갔다. 몇 마디를 하더니 카페 문에 기대어 세워진 세 번째 자전거에 잽싸게 올라타고 경찰 두 명과 함께 금세 멀리 가버렸다.

숌즈가 웃음을 터뜨렸다.

"이런! 제가 말씀드렸잖습니까? 하나, 둘, 셋 하더니 납치되었군요! 누구에게요? 바로 형사님 동료분들에게 말이지요. 아! 정말 부러운 사내로군요, 아르센 뤼팽! 자전거 경찰을 매수하다니! 저자의 태도가 너무 침착하다고 하지 않았습니까!"

"아니, 그럼 이제 어떻게 할 겁니까? 웃기만 하다니 속도 편한가 봅니다."

기분이 상한 가니마르가 내뱉었다.

"아이고, 저런, 화내지 마십시오. 복수를 해줘야겠지요. 일단은 지원을 요청해야 합니다."

"폴랑팡 형사가 뇌이가 끝에서 기다리고 있습니다."

"좋습니다. 그럼 형사님을 데리고 내가 가는 방향으로 따라오십시오."

가니마르는 멀어져갔고 숌즈는 자전거의 흔적을 따라갔다. 도로에 먼지가 쌓인 데다 자전거 바퀴에 줄무늬가 있어 쉽게 눈에 띄었다. 흔적은 센 강둑까지 이어졌고 전날 저녁에 브레송이 꺾어 들어간 그 자리에서 역시 꺾어졌다. 이렇게 따라가다가 가니마르와 자신이 몸을 붙여 숨어 있던 철책 부근까지 이르렀고, 좀 더 나아가자 바퀴 자국이 서로 뒤얽혀 있는 것으로 보아 자전거를 멈춰 세운 게 분명한 자리가 나왔다. 바로 그 맞은편의 센 강 기슭에 강 쪽으로 불쑥 튀어나온 부분이 있었고 그 끝에 낡고 작은 배가 매여 있었다.

브레송이 들고 있던 꾸러미를 던졌던 곳이 바로 여기다. 던졌다기보다는 가라앉혔다고 해야 할까. 숌즈는 비탈을 내려갔고 경사가 완만한 둑과 얕은 강물 덕분에 쉽게 꾸러미를 찾아낼 수 있을 것 같았다…. 물론 뤼팽 일행 세 사람이 먼저 가져가지 않았다면 말이다.

숌즈는 생각했다.

'아니지, 아니야. 그럴 시간이 없었어…. 고작 15분이 지났을 뿐이니…. 그렇다면 왜 이쪽으로 지나갔을까?'

낚시꾼 한 명이 배에 앉아 있었다. 숌즈가 그 사람에게 물었다.

"혹시 자전거를 탄 세 사람을 보셨습니까?"

낚시꾼은 못 봤다는 시늉을 했다.

숌즈가 다시 물었다.

"아니요, 보셨을 겁니다… 남자 세 명이고… 지금 계신 곳 바로 옆에서 멈춰 섰습니다."

낚시꾼은 낚싯줄을 겨드랑이에 끼더니 주머니에서 수첩을 꺼내 뭔가를 적은 다음 그 장을 찢어 숌즈에게 내밀었다.

숌즈는 등골이 오싹할 정도로 전율했다. 사내가 내민 종이 한가운데에 적힌 글자를 단숨에 알아보았기 때문이다. 바로 읽기 교본에서 오려낸 글자들이었다.

CDEHNOPRZEO—237

강가에는 햇볕이 강하게 쏟아졌다. 사내는 널찍한 밀짚모자 챙으로 햇살을 가린 채 하던 일로 돌아갔다. 옆에는 윗옷과 조끼가 개켜 놓여 있었다. 낚시꾼은 물의 흐름에 따라 흔들리는 낚싯대 찌를 주의 깊게 바라보았다.

1분은 족히 지나갔다. 엄숙하고도 끔찍한 침묵에 찬 1분이었다.

'그자일까?' 불안해서 고통스러울 지경이 된 숌즈가 속으로 질문했다.

그러다가 마침내 진실을 깨달았다.

'그자다! 뤼팽이야! 오직 뤼팽만이 무슨 일이 벌어질지 겁내지 않고 아무 걱정 없이 이렇게 차분할 수 있어. 게다가 그 읽기

교본 이야기를 뤼팽이 아니면 누가 알겠어? 알리스가 심부름꾼을 시켜 알려준 거야.'

숌즈는 저도 모르게 권총으로 손이 갔다. 눈은 사내의 등, 목덜미 약간 위쪽을 주시했다. 몸짓 한 번이면 모든 사건이 끝날 터, 이 기묘한 모험가의 삶은 비참하게 끝날 판이었다.

낚시꾼은 움직이지 않았다.

방아쇠를 당겨 모든 것을 끝장내고 싶은 강렬한 충동이 일어 초조하게 권총을 그러쥐었지만 동시에 자신의 기질에 맞지 않는 행동을 한다는 생각에 끔찍했다. 상대는 반드시 죽을 터였다. 그러면 모든 게 끝이다.

숌즈는 생각했다.

'아, 일어나서 방어라도 했으면 좋겠는데⋯. 왠지 딱하군⋯. 이제 1초만 기다렸다가⋯ 방아쇠를 당긴다⋯.'

이때 발소리가 들려 고개를 돌려보니 가니마르가 형사들과 함께 돌아왔다.

숌즈는 갑자기 생각을 바꿔 펄쩍 배 위로 뛰어올랐는데 그 충격으로 배를 묶어둔 밧줄이 끊어졌다. 숌즈는 사내에게 달려들어 두 팔로 사내의 허리 부분을 조였다. 배 밑바닥에서 두 사람은 엎치락뒤치락하며 뒤엉켰다.

뤼팽이 몸을 빼내려 안간힘을 쓰며 소리쳤다.

"이제 다음 차례는 무엇입니까? 무엇을 증명하고 싶은 겁니까? 우리 중 한 사람이 상대를 꼼짝 못하게 한다 해도 별도리가 없을 겁니다! 당신은 날 두고 어떻게 할지 모를 테고 나 역시 마찬가지니까요. 두 사람 모두 바보 꼴을 하고 앉아 있을 수밖에요….”

두 자루의 노가 물속으로 미끄러졌다. 배는 물살의 흐름에 따라 떠내려갔다. 강둑에서 고함이 들려왔다. 뤼팽이 말을 이었다.

“대체 무슨 짓입니까. 맙소사! 사리 판단도 흐려진 겁니까…? 그 나이에 이런 멍청한 짓을 하다니! 다 큰 어른이 말입니다! 쯧쯧, 참 잘났군요…!”

뤼팽은 숌즈에게서 벗어나는 데 성공했다.

화가 머리끝까지 나서 무슨 짓이라도 할 작정이었던 헐록 숌즈는 주머니에 손을 넣었다. 그러나 곧 욕설을 내뱉었다. 뤼팽이 권총을 가져간 것이다.

숌즈는 무릎을 꿇고 손을 뻗어 노 하나를 잡으려 했다. 강기슭으로 가기 위해서였다. 한편 뤼팽은 강 한복판으로 가려고 나머지 노를 잡으려 했다.

뤼팽이 말했다.

“잡을 거다, 잡지 못할 거다…. 어떻게 되든 별 소용없는 짓입니다…. 설사 노를 잡는다 해도 내가 노를 못 젓게 할 겁니다…. 당신도 마찬가지겠지요. 살면서 우리는 행동하려고 애씁니다…. 그 이유도 모른 채 말입니다. 모든 건 운명이 결정하는 법…. 자, 보십시오. 운명은… 그러니까 뤼팽 편이란 말입니다…. 내가 이겼습니다! 내게 유리하게 물살이 흐르는군요!”

정말로 배가 기슭에서 멀어져갔다.

“조심하는 게 좋을 겁니다.” 뤼팽이 외쳤다.

강기슭에서 누군가 총을 겨누었다. 뤼팽이 머리를 숙이는가 싶더니 총성이 울렸다. 숌즈와 뤼팽 가까이에서 물이 튀어 올랐다. 뤼팽이 껄껄 웃기 시작했다.

"오, 맙소사, 친구 가니마르 양반이로군! 가니마르, 지금 정말 나쁜 짓을 하는 겁니다. 정당방위가 아닌 다음에야 총을 쏠 권리가 없을 텐데요…. 이 딱한 아르센 때문에 의무를 잊을 만큼 가혹해지셨습니까? 어라, 다시 해보시겠다고요…! 안될 말이지만 우리 탐정님 먼저 잡겠군요."

뤼팽은 숌즈를 방패막이로 앞세운 채 배 위에 버티고 서서 가니마르를 마주 보았다.

"좋습니다! 이제 됐어요…. 가니마르, 여길 겨누세요, 심장 한가운데 말입니다…. 좀 더 위로… 왼쪽으로… 아이쿠, 빗나갔군요…. 그리 서툴러서야 원…. 한 번 더 쏴보세요! 아니, 떨고 계십니까, 형사님…. 발포 명령이 필요하겠군요, 아닌가요? 냉정함을 유지하시고요…! 하나, 둘, 셋, 발사! 이런… 빗나갔군요! 제기랄, 정부에서 권총이 아니라 애들 장난감을 준답니까?"

그러더니 뤼팽은 표면이 납작하고 묵직한 긴 권총을 꺼내 겨누지도 않고 발사했다.

가니마르는 자기 모자로 손을 가져갔다. 권총 구멍이 나 있었다.

"어떠십니까, 가니마르? 이야! 정말 좋은 물건입니다. 여러분, 경의를 표합시다. 바로 내 귀한 친구 헐록 숌즈 탐정님의 권총입니다!"

그러더니 팔을 휘둘러 가니마르의 발밑으로 권총을 던졌다.

숌즈는 찬탄에서 우러나온 미소를 짓지 않을 수 없었다. 이얼마나 생기발랄한 인물인지. 삶의 기쁨이 드러나는 젊은이 특유의 본능적인 태도라니. 게다가 이토록 즐기다니! 누가 봐도 위기 상황에 맞닥뜨린 게 분명했으나 뤼팽은 더욱 생기 있고, 이 별난 사내에게 삶의 목적이란 그저 위험을 찾아 나섰다가 이를 이겨내는 것인 듯했다.

그러는 동안 강기슭으로 사람들이 몰려들었으며 가니마르와 그 부하들은, 기슭에서 멀어지며 서서히 물살을 따라 떠내려가는 배를 따라왔다. 뤼팽이 잡히는 건 피할 수 없는 일이었다.

뤼팽이 숌즈 쪽으로 몸을 돌리며 외쳤다.

"솔직히 인정하십시오, 탐정 선생. 트란스발(현재의 남아프리카 공화국 자리에 1902년까지 존재하던 트란스발 공화국을 일컬음. 이곳에서 대규모 황금 광산이 발견되었음 – 옮긴이)에서 나는 황금을 전부 준다고 해도 지금 이 자리를 포기하지 않겠다고 말입니다. 마치 일등석에 앉아 있는 셈이지 않습니까! 지금은 서막에 불과하지요…. 그런데 여기서 바로 제5막으로 훌쩍 넘어갈 겁니다. 아르센 뤼팽이 체포되거나 아니면 탈출하겠지요. 친애하는 탐정님, 이런 상황이니 질문 하나만 하겠습니다. 서로 오해하지 않으려면 '예'나 '아니오'로 분명히 답해주시길 바랍니다. 이 사건에서 그만 손을 떼도록 하세요. 지금 포기하시면 탐정님이 망쳐놓은 걸 그나마 되돌릴 수 있을 겁니다. 더 늦어지면 저로서도 어찌할 수 없을 테니까. 그렇게 하시겠습니까?"

"싫습니다."

뤼팽의 표정이 굳었다. 숌즈가 완강히 나오니 심기가 불편한 것이다. 뤼팽이 이어 말했다.

"간청하겠습니다. 나를 위해서가 아니라 당신을 위해서지요. 다시 한 번 말씀드리자면 아마 탐정님이 먼저 후회하실 겁니다. 마지막으로 묻겠습니다. 그렇게 하시겠습니까?"

"안 할 겁니다."

뤼팽은 쭈그려 앉아 배 바닥의 널빤지 하나를 들어내더니 몇 분 동안 무언가를 했다. 숌즈로서는 그 꿍꿍이를 알 수 없었다. 하던 일이 끝났는지 뤼팽은 일어나 숌즈 옆에 앉으며 말했다.

"탐정님, 우리가 강가에 온 이유는 같습니다. 브레송이 두고 간 물건을 건지러 온 게 아니겠습니까? 나로 말할 것 같으면 간소하게 차려입은 걸 봐서도 아시겠지만, 센 강 바닥에 들어가서 찾아보려던 참이었습니다. 그때 마침 내 동료가 탐정님이 오신다고 알려온 겁니다. 뭐, 놀라진 않았습니다. 탐정님의 일거수일투족을 매 순간 꿰고 있었거든요. 꽤 간단한 일이지요. 뮈리요가에서 내가 관심을 둘 만한 무슨 일이 하나라도 일어나면 전화로 알려주었으니까요! 그러니 생각해보십시오. 이런 상황에서…"

뤼팽이 문득 말을 멈추었다. 아까 벌려놓았던 널빤지가 들리더니 그 주변으로 물줄기가 새어들기 시작했다.

"이런, 내가 무슨 짓을 했는지 모르겠지만 이 낡은 배 바닥에 구멍이 나서 물이 들어오는 것 같습니다. 겁은 안 납니까, 탐정님?"

숌즈는 어깨를 으쓱해 보였다. 뤼팽이 말을 이었다.

"그러니까 이런 상황에서 내가 탐정님과 대결하지 않으려고 할수록 탐정님은 더 끈덕지게 대결하려 한다는 걸 알고 있었단 말이지요. 그러니 모든 패를 내가 쥔 이 게임을 당신과 벌이는 게 퍽 기분 좋은 일이었습니다. 그래서 우리의 대결을 크게 선전하려고 했지요. 당신의 패배가 널리 알려지면, 앞으로 제2의 크로종 백작부인이나 제2의 앵블발 남작 같은 사람들이 나를 상대로 당신에게 도움을 청하지 않을 테니까요. 게다가 친애하는 탐정 선생, 아시다시피…."

뤼팽은 문득 말을 멈추더니 두 손을 반쯤 말아쥐고 쌍안경처럼 만들어 강가를 살펴보았다.

"제기랄, 저자들이 훌륭한 배를 빌려 왔군요. 무슨 전투용 선박 같습니다. 열심히도 노를 저어 오는군요. 5분만 있으면 여기까지 닿겠고 나는 붙잡히겠지요. 숌즈 씨, 충고 하나 하겠습니다. 나를 공격해서 꽁꽁 묶어 우리나라 사법기관에 넘기세요…. 그렇게 하는 게 마음에 드십니까…? 물론 그전에 배가 가라앉지 않는다면 말입니다. 그럴 땐 유언장이나 써야겠지요. 어떻게 생각하십니까?"

두 사람의 시선이 마주쳤다. 숌즈는 뤼팽이 아까 쭈그리고 무엇을 했는지 이제야 깨달았다. 배 바닥에 구멍을 뚫었던 것이다. 점점 물이 들어찼다.

물은 신발 밑창을 적시더니 이내 발을 뒤덮었다. 두 사람은 꿈쩍도 하지 않았다.

차오른 물이 발목을 넘어섰다. 숌즈는 담배쌈지를 꺼내 담배를 한 대 말아 불을 붙였다.

뤼팽이 다시 말을 꺼냈다.

"알아듣겠습니까? 친애하는 탐정님 앞에서 겸손하게 내 무능력을 고백하고 있단 말입니다. 유리하지 않은 대결을 피하려고 내가 승리할 게 뻔한 싸움만 받아들인 것 자체가 이미 패배를 인정한 게 아니고 뭐겠습니까. 뤼팽이 두려워하는 유일한 적수인 당신이 내 앞길을 가로막는 한 마음을 놓을 수 없음을 확실히 증명하고 있단 말입니다. 존경하는 탐정님, 운명의 뜻이었는지, 이렇게 당신과 대화할 영광을 누리게 되었으니 이참에 하고 싶었던 말을 하는 겁니다. 단지, 이런 대화를 족욕을 하면서 나눠야 한다는 게 유감스러울 따름이지요…! 솔직히 말씀드려서 진중해지기 좀 어려운 상황입니다…. 족욕이라고 했던가요! 이런… 그새 좌욕이 됐습니다!"

물은 앉은 자리까지 차올랐고 배는 점점 가라앉았다.

숌즈는 목석처럼 앉아 입에 담배를 물고 명상에 잠겨 하늘을 바라보았다. 무수한 사람에게 둘러싸이고 경찰 무리에 쫓겨 다니며 끊임없는 위험 속에서 살아가는 이 사내 앞에서, 세상이 두 쪽 난다 해도 숌즈는 초조해하는 기색을 보이고 싶지 않았다.

뭐라고! 이런 하찮은 일 따위에 동요한다고? 사람이 익사하는 건 매일 일어나는 일이 아니던가? 그런 일 따위에 관심을 둘 필요나 있나? 이런 태도로 한 사람은 실컷 지껄였고 다른 사람은 몽상에 빠져 있었는데, 사실 이렇듯 태평스러워 보이는 각자의 태도는 자부심 강한 두 사람이 맞부딪쳐 발생한 충격에 대한 나름의 반응이었다.

이제 1분 정도 지나면 두 사람 모두 물에 잠길 터였다.

뤼팽이 말을 꺼냈다.

"중요한 건 정의의 수호자님들께서 우리가 가라앉기 전에 도착하느냐 그 후에 도착하느냐 하는 문제입니다. 그게 관건이지요. 배가 가라앉을 건 뻔한 사실이니 말입니다. 탐정 선생, 유언을 남겨야 할 엄숙한 순간이 왔습니다. 나, 뤼팽은 영국 국민인 헐록 숌즈 씨에게 전 재산을 유산으로 물려주고 그 처분을 맡기겠습니다. 아니, 세상에, 그런데 우리 정의의 수호자님들께서 참 빨리도 오시는군요! 아, 듬직하기도 하지! 보기만 해도 기분이 좋아요. 노를 젓는 손놀림이 얼마나 정확한지! 어허, 이게 누구신가, 폴랑팡 경사님 아니신가? 훌륭하십니다! 전함을 끌고 오겠다는 생각은 정말 기발하군요. 폴랑팡 경사, 상관한테 추천하겠습니다…. 표창을 받고 싶은가요? 좋습니다…. 표창은 떼놓은 당상입니다. 그런데 단짝인 디외지 형사는 어디 계십니까? 센 강 왼쪽 기슭에 100여 명의 경찰을 동원하고 서 계신 분이 디외지 형사 아닙니까…? 그래서 내가 살아남아 왼쪽 기슭으로 가면 디외지와 그 일당이 반겨주시겠고, 오른쪽으로 가면 가니마르와 뇌이 주민이 기다리고 있단 말이지요. 정말 난감한 상황이군요…."

이때 역류가 밀려왔다. 배가 제자리에서 빙빙 도는 바람에 숌즈는 노를 걸어놓는 고리를 붙잡아야 했다.

"탐정님." 뤼팽이 불렀다. "제발 외투 좀 벗으세요. 헤엄치기 더 편하실 겁니다. 아닌가요? 거절하신다고요? 그렇다면 나도 옷을 다시 입겠습니다."

뤼팽은 벗어둔 외투를 걸치고 숌즈처럼 단추를 완전히 끝까지 채우더니 한숨을 푹 쉬었다.

"정말 지독하신 분이군요! 그리고 그런 사건에 고집을 부리다니 유감입니다… 탐정님은 한껏 재능을 발휘하고 계시지만, 결국 참으로 헛된 일이지요! 정말이지, 탁월한 능력을 썩히고 있는 겁니다…."

"뤼팽 씨." 숌즈가 드디어 침묵을 깨고 입을 열었다. "말이 너무 많군요. 자신감이 넘치고 경솔해서 자주 실수를 저지르지요."

"질책이 엄하군요."

"이번에도 그러느라, 당신은 방금 내가 여태껏 궁금해하던 정보를 주었습니다."

"뭐라고요! 정보를 찾고 있었으면서 내게 말하지 않았던 겁니까!"

"도움 따윈 필요 없습니다. 이제 세 시간 후면 앵블발 부부에게 이 사건의 수수께끼를 풀어드리겠습니다. 수수께끼의 답은 바로…."

숌즈는 말을 마칠 수 없었다. 배가 갑자기 물속으로 빨려 들어갔고 두 사람도 함께 물에 빠졌다. 배는 금세 다시 떠올랐지만 뒤집힌 배는 바닥이 먼저 드러났다. 양쪽 기슭에서 외침이 들려왔다. 모두 불안감에 젖어 잠잠해졌다가 이내 환호성이 터져 나왔다. 물에 빠진 사람 중 한 사람이 다시 모습을 보였던 것이다.

헐록 숌즈였다.

수영 솜씨가 좋았던 숌즈는 팔을 크게 휘저어 폴랑팡이 있는 배로 헤엄쳐 왔다.

"기운을 내십시오, 숌즈 씨. 거의 다 오셨습니다…. 마지막 힘을 내십시오…. 뤼팽은 바로 다음에 처리하지요…. 놈은 잡은 거나 다름없습니다. 자… 조금만 더, 숌즈 씨… 줄을 잡으세요…."

숌즈는 내미는 줄을 붙들고 배 위로 기어 올라갔다. 뒤에서 자기에게 하는 말이 들렸다.

"탐정님, 수수께끼의 해답은 물론 알게 되실 겁니다. 진작 알아내지 못했다는 게 더 놀랍습니다…. 하지만 그 이후는요? 그 해답이 당신에게 무슨 소용입니까? 수수께끼를 푸는 순간 당신이 질 텐데…."

뤼팽은 거들먹거리는 투로 말하며 뒤집힌 배 동체 위로 기어 올라가 말을 탄 자세로 편히 걸터앉았다. 마치 청중을 설득하려는 웅변가처럼 엄숙한 손짓까지 섞어가며 말을 이었다.

"친애하는 탐정 선생, 잘 알아두세요. 할 일은 아무것도 없습니다. 전혀 없지요…. 지금 당신은 퍽 딱한 사정에 처해…."

폴랑팡이 뤼팽에게 총을 겨누었다.

"항복해라, 뤼팽."

"정말 무례하신 분이군요, 폴랑팡 경사. 말을 하는데 끊다니요. 어떤 말을 하던 중이었느냐면…."

"항복해라, 뤼팽."

"빌어먹을, 폴랑팡 경사, 항복은 위험에 처했을 때나 하는 겁니다. 혹시나 지금 내가 위험에 처해 있다고 생각하는 건 아니겠지!"

"마지막으로 말한다. 뤼팽, 당장 항복해라."

"날 죽일 생각이 전혀 없군. 기껏해야 다치게 하는 정도겠지. 그만큼 내가 도망칠까 봐 겁이 나는 겁니다. 게다가 혹여 상처가 치명적이면 어떻게 합니까? 안 되지요. 후회할 걸 한번 생각해보세요, 딱한 친구 같으니라고! 노년이 쫄딱 망할 게 아닙니까…!"

총성이 울렸다.

뤼팽의 몸이 휘청하더니 배 끝에 잠깐 매달려 있다가 이내 사라져버렸다.

이 일이 일어난 시각이 정확히 3시였다. 정각 6시, 헐록 숌즈는 자신이 예고했던 것처럼 뮈리요가 저택의 응접실로 들어섰다. 그사이에 앵블발 부부에게 면담을 요청해두었다. 숌즈는 뇌이의 한 여관 주인에게서 빌린, 자기 몸에 맞지 않게 깡똥한 바지와 꼭 끼는 조끼, 비단 끈이 달린 플란넬 셔츠를 입고 챙 모자를 썼다.

앵블발 부부가 도착했을 때 숌즈는 이리저리 서성였다. 이상한 옷차림까지 하고 있어 너무도 우스꽝스러운 광경이라 부부는 웃음을 참느라 무척 애써야 했다. 숌즈는 생각에 잠긴 표정으로 구부정하게 등을 구부리고 꼭두각시 같은 모양새로 창가에서 문간으로, 문간에서 창가로 왔다 갔다 했다. 매번 오가는 발걸음 수는 똑같았으며 몸을 도는 방향도 한결같았다.

숌즈는 멈춰 서더니 장식품 하나를 집어들고 기계적으로 살펴본 후 다시 걷기 시작했다.

이윽고 앵블발 부부 앞에 서더니 숌즈가 물었다.

"드묑 양은 집에 있습니까?"

"예, 정원에 있습니다. 아이들이랑 같이 있어요."

"남작님, 지금 이 면담이 마지막이라 드묑 양도 함께했으면 좋겠습니다."

"그렇다면 정말로…?"

"조금만 참고 기다려주십시오, 남작님. 여러분께 명확한 사실을 설명해드리면 진실도 훤히 드러날 겁니다."

"좋습니다. 쉬잔, 당신이 불러오겠어요…?"

앵블발 부인이 일어나 나가더니 알리스 드묑과 함께 금세 돌아왔다. 가정교사는 평소보다 좀 더 창백해 보였는데, 자기가 불려 온 이유도 묻지 않고 탁자에 몸을 기대어 섰다.

숌즈는 가정교사를 못 본 것 같았다. 갑자기 앵블발 남작 쪽으로 몸을 돌리더니 강압적인 어조로 말을 시작했다.

"며칠간 조사를 진행하면서 몇몇 사건이 일어나는 바람에 사건을 바라보는 시각을 좀 바꿔야 했지만, 지금 이 자리에서 제가 처음부터 드렸던 말씀을 다시 한 번 드립니다. 유대식 등잔은 이 저택에 사는 사람이 훔쳐갔습니다."

"범인은 누구인가요?"

"누군지 알고 있습니다."

"증거는 있습니까?"

"지금 가진 증거라면 빠져나갈 수 없을 겁니다."

"그것만으로는 부족합니다. 우리한테 돌려주어야…."

"유대식 등잔 말인가요? 그건 제가 갖고 있습니다."

"오팔 목걸이는? 담뱃갑은요…?"

"오팔 목걸이, 담뱃갑뿐만 아니라 두 번째로 도둑맞은 물건들 모두 제가 갖고 있지요."

자신이 승리했음을 알릴 때 숌즈는 이런 식의 단도직입적인 연출 방식을 즐기는 편이었다.

남작과 남작부인은 어안이 벙벙해져서 그저 호기심에 찬 눈으로 말없이 숌즈를 바라보았다. 숌즈를 향한 더없는 찬사의 표현이었다.

탐정은 지난 사흘 동안 자신이 했던 일을 소상히 전했다. 읽기 교본을 발견한 일을 전하면서 교본에서 오려낸 글자로 조합해낸 문구를 종이에 적었다. 뒤이어 브레송이 센 강 기슭에 갔던 일과 뒤이어 자살한 이야기, 마지막으로 뤼팽을 상대로 방금 벌였던 대결과 배가 난파된 일, 뤼팽이 사라진 일 등을 이야기했다.

숌즈가 이야기를 마치자 남작이 나지막이 말했다.

"이제 범인의 이름을 이야기해주는 일만 남았군요. 대체 누가 범인이라고 보십니까?"

"바로 교본에서 글자를 오려내고 그 글자로 아르센 뤼팽과 편지를 주고받은 사람이지요."

"편지를 받는 사람이 아르센 뤼팽이라는 걸 어떻게 아십니까?"

"뤼팽이 직접 확인해주었습니다."

그러면서 물에 젖고 구깃구깃해진 종이쪽지를 내밀었다. 뤼팽이 자기 공책에서 뜯어준 종이였고 그 위에 문제의 문구가 적혀 있었다.

숌즈는 만족스러운 듯 말했다.

"보이십니까, 뤼팽이 이 종이를 내게 굳이 줄 필요는 없었어요. 그렇게 하는 바람에 정체를 드러낸 꼴이 됐지요. 그자가 장난삼아 한 짓이 결국 단서가 된 셈이지요."

남작이 말했다.

"단서가 된 셈이라… 전 무슨 말씀인지 도통…."

숌즈는 방금 꺼낸 종이 위에 적힌 글자와 숫자를 연필로 짚었다.

CDEHNOPRZEO—237

"그래서요? 아까 당신이 적었던 것과 같은 글자들이군요." 앵블발 남작이 말했다.

"아닙니다. 만약 직접 그 글자들을 주의 깊게 보셨다면, 제가 그랬듯 한눈에 아까의 글자와 다르다는 걸 알아채셨을 겁니다."

"어떻게 말인가요?"

"글자 두 개가 더 있지요. E와 O입니다."

"정말이군요. 못 봤는데…."

"읽기 교본 글자 중 'REPONDEZ'를 이루는 글자를 제외하면 C와 H 두 개가 남습니다. 이걸로 만들 수 있는 단어는 딱 하나, '에코ECHO'뿐이지요."

"그 뜻은?"

"바로 〈에코 드 프랑스〉입니다. 뤼팽 공식 보도 신문이라 할 수 있는데 뤼팽은 소위 자신의 '공식 성명'을 그곳에만 싣지요. 〈에코 드 프랑스〉 광고란에 237번'으로 답장 바람. 이게 바로 제가 그토록 찾아 헤매던 해답이었는데 친절하게도 뤼팽이 알려준 겁니다. 그래서 방금 〈에코 드 프랑스〉 사무실에서 오는 길입니다."

"그래서 발견하셨습니까?"

"아르센 뤼팽과… 그 공범 여인 사이의 관계를 밝혀주는 자세한 기록을 찾아냈지요."

이렇게 말하고 숌즈는 신문 일곱 부를 펼쳐 네 번째 쪽에서 각각 한 줄씩 오려냈다. 그 내용은 다음과 같았다.

1. ARS. LUP. 여자. 보호. 요청. 540.

2. 540. 설명 바람. A. L.

3. A. L. 협박받음. 적. 파탄.

4. 540. 주소 요청. 조사 예정.

5. A. L. 뮈리요.

6. 540. 공원 3시. 제비꽃.

7. 127. 접수. 토. 일. 아침. 공원.

"당신은 이걸 두고 자세한 기록이라 말하는 건가요!"

앵블발 남작이 외쳤다.

"물론이지요. 조금만 주의 깊게 보시면 동감하실 겁니다. 우선 자칭 540이라 하는 여인이 아르센 뤼팽(ARS. LUP.)의 도움을 요청합니다. 이에 대해 뤼팽은 설명해달라고 답하지요. 여인은 적의 협박을 받고 있다고 합니다. 브레송이 틀림없지요. 그러면서 아무도 도와주지 않으면 자신이 파탄을 맞을 거라고 합니다. 뤼팽은 일단 경계하고 낯선 여인을 직접 만나지는 않지요. 주소를 알려달라며 조사해보겠다고 합니다. 여인은 사흘 동안 망설였지요. 광고 날짜를 보면 알 수 있습니다. 그러다 브레송의 협박을 받고 상황이 다급해지자 저택 주소의 길 이름인 뮈리요를 알려줍니다. 그다음 날, 아르센 뤼팽은 자신이 몽소 공원으로 3시에 와 있을 거라 전하며 낯선 여인을 알아볼 수 있도록 제비꽃 한 다발을 들고 오라고 하지요. 이때부터 일주일 동안은 광고가 없습니다. 아르센 뤼팽과 여인이 신문을 통해 소식을 주고받을 필요가 없으니까요. 직접 만나거나 편지를 주고받았을 겁니다. 그렇게 브레송의 요구를 들어줄 계획을 세우지요. 일단 여인이 유대식 등잔을 훔치기로 합니다. 날짜를 정하는 일만 남았지요. 여인은 신중을 기하느라 오려서 붙인 글자로만 서신을 작성했는데, 마침내 토요일로 날짜를 정하고 'REPONDEZ ECHO 237(에코 237 답변 바람)'이라고 적습니다. 뤼팽은 알겠다고 답한 후 일요일 아침에 공원에 있을 거라 덧붙이지요. 그리고 일요일 아침에 도난 사건이 일어난 겁니다."

"정말이지, 앞뒤가 전부 맞는군요. 과연 완벽히 딱 맞아떨어집니다." 남작이 수긍했다.

숌즈가 다시 이야기를 이었다.

"도난 사건은 이렇게 일어났습니다. 여인은 일요일 아침에 밖에서 뤼팽에게 자기가 한 일을 전한 후 브레송에게 유대식 등잔을 가져다줍니다. 그 이후 일은 뤼팽이 예견했던 대로 벌어지지요. 열린 창문이며 땅에 난 네 개의 팬 자국, 테라스 난간의 긁힌 자국을 보고 사법 당국은 가택 침입 절도 사건이라고 잘못 판단합니다. 여인은 걱정할 필요가 없어졌지요."

남작이 말했다.

"좋습니다. 참으로 논리적인 설명이라 인정할 수밖에 없군요. 하지만 두 번째 도난 사건은…."

"두 번째 사건은 첫 번째 사건 때문에 벌어진 겁니다. 유대식 등잔이 어떻게 사라졌는지 신문에서 보도해놓은 터라 누군가 같은 방법으로 저택에 침입해서 도난당하지 않은 다른 물건들도 가져갈 생각을 했지요. 이번에는 위장된 도난 사건이 아니라 진짜 절도, 즉 가택 침입 절도가 이루어졌습니다."

"물론 뤼팽 짓이겠지요…."

"아닙니다. 뤼팽은 그렇게 무식하게 행동하지 않습니다. 쉽게 사람에게 총을 쏠 자가 아니지요."

"그럼 누구였습니까?"

"당연히 브레송의 짓입니다. 자신이 협박한 여인 모르게 일을 저지른 겁니다. 여기 들어왔던 자가 브레송이었고 내가 쫓아갔던 자도, 가엾은 친구 윌슨을 찌른 자도 바로 그자였지요."

"확신하십니까?"

"물론입니다. 브레송의 공범이 어제, 브레송이 자살하기 전에 브레송에게 편지를 보냈습니다. 그 편지를 보면 저택에서 도난당한 모든 물건을 되돌려주기 위해 뤼팽과 이 편지를 쓴 사람 사이에 협상이 시작됐다는 걸 알 수 있습니다. 뤼팽은 전부 돌려받길 원했습니다. '처음 건의 물건(유대식 등잔을 일컫는 겁니다)뿐 아니라 두 번째 건의 물건까지 전부 원한다'라고 적혀 있지요. 게다가 뤼팽은 브레송을 감시하고 있었습니다. 브레송이 어제저녁 센 강으로 갔을 때 뤼팽의 부하 중 한 명이 우리와 동시에 브레송을 미행하고 있었지요."

"브레송이 센 강에는 왜 갔을까요?"

"내 조사가 어디까지 진행됐는지 알고서…."

"누가 알려주었단 말입니까?"

"유대식 등잔을 훔친 여인과 같은 사람입니다. 유대식 등잔이 발견되면 자신의 불미한 과거가 드러날까 봐 두려웠던 건데, 잘 이해할 수 없는 걱정이지요…. 아무튼 브레송은 미리 경고를 받고 범행의 증거인 훔친 물건을 한데 모은 다음 꾸러미 하나로 만들어 강기슭에 던져놓았습니다. 일단 위험이 지나가면 다시 찾아낼 수 있는 곳에 말입니다. 하지만 집으로 돌아오는 길에 가니마르와 제게 추적당한다는 걸 알자 이성을 잃고 자살해버립니다. 물론 양심에 걸리는 다른 중죄도 저질렀을 겁니다."

"그 꾸러미에는 무엇이 들어 있었습니까?"

"유대식 등잔과 남작님 집에서 훔친 다른 골동품들입니다."

"그럼 탐정님이 그것들을 가지고 계십니까?"

"아까 뤼팽이 사라지자마자, 그 작자 때문에 물에 빠진 김에 브레송이 물건을 던져놓은 장소로 헤엄쳐 갔습니다. 밀랍을 입힌 천에 싸인 남작님 물건들을 찾아냈습니다. 여기, 탁자 위에 있습니다."

남작은 말없이 꾸러미의 끈을 자르고 젖은 천을 북 찢어 등잔을 꺼내 들었다. 등잔 밑바닥에 있던 나사를 풀고 두 손으로 등잔의 기름 용기를 붙들고 힘을 주어 끄집어낸 후 전체를 두 쪽으로 열어젖혔다. 그 안에는 루비와 에메랄드가 박힌 금 키메라상이 들어 있었다.

물건은 전혀 손상되지 않았다.

그런데 겉으로 보기에는 숌즈가 단순하게 사실을 설명하는, 지극히 자연스러운 이 상황 전체에는 끔찍하게 비극적인 무언가가 서려 있었다. 숌즈는 드묑 양이 범인이라고 말 한마디 한마디마다 공식적이고 직접적이며 반박할 수 없는 주장을 펼쳤던 것이다. 그럼에도 알리스 드묑은 이상하리만치 잠자코 있어서 더욱 비극적으로 느껴졌다.

작은 증거들이 하나하나 쌓여가는 이 길고도 잔인한 과정이 진행되는 동안에도 드묑 양의 얼굴은 근육 하나 움직이지 않았고 분노나 두려움이 스쳐 지나가는 기색도 없었다. 여인의 눈빛은 침착하고 맑았다. 대체 무슨 생각을 하는 걸까? 대답을 피해 갈 수 없는 엄숙한 순간이 오면, 자신을 그토록 철저히 가둔 숌즈의 울타리에서 빠져나가기 위해 스스로 변호해야 할 순간이 오면 이 여인은 대체 뭐라고 말할까?

마침내 그 순간이 왔으나 젊은 여인은 침묵할 뿐이었다.

"대답해요! 대답하란 말입니다!" 앵블발 남작이 참지 못하고 소리쳤다.

그러나 여인은 말이 없었다.

남작이 재촉했다.

"한마디면 해결될 겁니다…. 아니라는 한마디면 당신을 믿겠습니다."

하지만 아니라는 말은 나오지 않았다.

남작은 부산스럽게 방을 가로질러 갔다가 되돌아오기를 두 번 반복하더니 숌즈에게 말했다.

"아니, 아닙니다, 탐정님! 그 사실을 믿을 수 없습니다! 불가능한 상황이란 게 있는 법이니! 이거야말로 여태껏 1년 동안 내가 알고 봐온 것과 정반대인 상황입니다."

그리고 숌즈의 어깨에 손을 얹었다.

"당신이 실수했을 리가 없다고 확신하십니까?"

숌즈는 뜻밖의 공격을 받자 바로 반응하지 못하고 망설였다. 하지만 이내 미소를 지으며 말했다.

"제가 범인으로 지목한 사람만이 남작님 댁에서 차지한 지위 덕분에 유대식 등잔 안에 그 훌륭한 보물이 들어 있다는 사실을 알 수 있었습니다."

"당신 말을 믿을 수 없습니다." 남작이 중얼거렸다.

"그럼 직접 물어보시지요."

직접 물어보는 것이야말로, 남작이 그 젊은 여인을 맹목적으로 신뢰하고 있기에 차마 하지 못한 일이었다. 하지만 증거에 떠밀려 더는 이 일을 피할 수 없었다.

남작은 여인에게 다가가서 눈을 똑바로 들여다보았다.

"당신이 했습니까, 드묑 양? 보석을 훔친 게 당신입니까? 아르센 뤼팽과 서신을 주고받아 도난 사건으로 꾸민 게 당신이었어요?"

"저였습니다, 남작님."

여인은 고개를 숙이지 않았다. 그 얼굴에는 수치심도, 당혹스러움도 없었다.

앵블발 남작이 중얼거렸다.

"가능한 이야기입니까! 믿을 수 없습니다…. 다른 사람이면 몰라도 당신만은 의심할 생각도 하지 않았습니다…. 딱한 아가씨 같으니라고, 대체 어떻게 된 겁니까?"

"숌즈 씨가 말씀하신 그대로입니다. 토요일에서 일요일 사이 밤에 내실로 내려가서 등잔을 훔쳤고, 그다음 날 아침에 그걸… 그 남자에게 가져다주었어요."

"아니지, 그랬다고 말하지만 그건 말이 안 됩니다." 남작이 반박했다.

"말이 안 된다고요! 아니, 왜 그렇지요?"

"그날 아침에 내실로 통하는 문에 빗장이 질러져 있었으니 말입니다."

그 말을 듣자 드뫙 양은 얼굴을 붉히더니 침착성을 잃고 숌즈를 바라보았는데, 마치 도움이라도 청하는 것 같았다.

숌즈는 남작의 반박보다 알리스 드뫙이 당황하는 모습을 보고 더 깜짝 놀랐다. 그렇다면 이 여인이 뭐라고 대답해야 할지 모른단 말인가? 유대식 등잔 도난 사건에 대해 숌즈가 설명한 사실을 수긍하며 한 자백이 실은 거짓이었단 말인가?

남작이 말을 이었다.

"그 문은 잠겨 있었습니다. 전날 저녁에 내가 빗장을 질러놓은 그대로였습니다. 만약 아가씨가 지금 말한 대로 그 문으로 지나갔다면, 누군가 안에서 문을 열어줘야 했습니다. 즉 내실이나 우리 방에서 말입니다. 하지만 그 두 방에는 아무도 없었지…. 내 아내와 나 말고는 아무도 없었단 말입니다."

숌즈가 황급히 몸을 굽혔다. 그리고 붉어진 모습을 들키지 않으려고 두 손으로 얼굴을 감쌌다. 한순간 너무도 강한 빛이 숌즈를 강타한 것처럼 한동안 눈을 뜨지 못했고 움직일 수도 없었다. 별안간 밤이 물러나고 어두컴컴했던 주변 풍경이 제 모습을 드러낸 듯 모든 사실이 분명해졌다.

알리스 드묑은 결백했다.

알리스 드묑은 결백했던 것이다. 확실하고도 분명한 진실이었다. 이 젊은 여인에게 끔찍한 혐의를 두던 그 첫날부터 숌즈가 아련히 느낀 불편함이 이제야 설명되었다. 이제야 숌즈는 진실을 똑똑히 보게 됐다. 이제야 알았다. 지금 숌즈가 취할 행동 하나로 무너뜨릴 수 없는 증거가 확보될 것이었다.

숌즈는 고개를 들고 잠시 기다렸다가 최대한 자연스럽게 앵블발 부인에게 눈길을 주었다.

부인은 창백했다. 살면서 혹독한 순간이 왔을 때나 떨 법한 창백함이다. 부인은 미세하게 떨리는 손을 감추려고 애썼다.

'조금만 있으면 부인 스스로 털어놓고 말 거야.' 숌즈는 생각했다.

탐정은 부인과 남작 사이를 가로막고 섰다. 자기 실수 때문에 그 남자와 여자가 파탄 날 상황을 막아보려는 간절하고도 다급한 시도였다. 하지만 남작을 바라보니 마음 깊이 전율이 흘렀다. 자신을 강타했던 그 명백한 진실을, 앵블발 남작도 이 제야 깨닫고 있었다. 남편의 머릿속에서도 숌즈와 같은 생각이 펼쳐졌다. 남작 역시 이제야 깨달았다! 이제 알았다!

알리스 드묑은 명백해진 현실에 대항하려고 필사적이었다.

"남작님 말씀이 맞습니다. 제가 잘못 말했어요…. 사실 여기 로 들어온 게 아니라 현관을 거쳐 안뜰로 들어왔어요. 사다리 를 타고…."

진정으로 헌신적인 노력이었다…. 하지만 그 얼마나 무의미 한 노력이었는지! 한마디 한마디가 공허하게 울렸다. 목소리에 는 확신이 없고 온화하던 여인이 늘 보이던 맑은 눈빛이나 신 실하기 그지없는 태도는 온데간데없었다. 마침내 여인은 자포 자기한 채 고개를 푹 수그렸다.

끔찍하기 그지없는 침묵의 순간이 흘렀다. 앵블발 부인은 불 안과 고통에 사로잡혀 납빛 얼굴을 한 채 꼼짝도 않고 기다렸 다. 남작의 내부에서 격렬한 싸움이 벌어졌다. 여태껏 쌓아온 행복이 무너지는 걸 믿을 수 없다는 듯이.

마침내 남작이 더듬거렸다.

"말해보세요! 설명해보란 말입니다…!"

"할 말이 없어요, 가엾은 사람." 부인의 목소리는 아주 낮았 고 얼굴은 고통으로 일그러져 있었다.

"그럼… 드묑 양은…."

"절 구해준 거예요…. 헌신적인 마음으로… 나에 대한 애정 으로… 제 죄를 뒤집어쓴 거예요…."

"무엇으로부터 구했다는 겁니까?"

"그 남자요."

"브레송 말인가요?"

"그래요, 그자가 협박한 사람이 바로 저였어요⋯. 한 친구 집에서 그자를 알게 되었는데⋯ 그 사람의 말을 곧이듣는 실수를 하고 말았지요⋯. 오, 당신이 용서치 못할 만한 일은 아무것도 없었지만⋯ 편지를 두 통 쓰고 말았지요⋯. 당신도 그 편지를 보게 될 거예요⋯. 제가 다시 사들였으니까요⋯. 어떻게 사들였는지는 당신도 아시겠지요. 오, 제발 절 가엾게 여겨주세요⋯. 얼마나 눈물을 흘렸는지!"

"당신이! 당신이! 쉬잔!"

남작은 자기 아내를 향해 불끈 주먹을 쳐들었다. 때려죽일 기세였다. 하지만 이내 팔을 내리고 다시 중얼거렸다.

"당신, 쉬잔⋯! 당신이! 이게⋯ 가능한 일인가⋯!"

뚝뚝 끊기는 짧막한 말을 이어가며 남작부인은 자신이 겪었던 딱하고도 평범한 사연의 전모를 이야기했다. 이 고약한 인물의 행태 앞에서 갑자기 정신을 차리고 후회했으며 공포에 사로잡혔던 일을 전하며 알리스의 훌륭한 태도도 이야기했다. 이 아가씨는 주인의 절망적인 상황을 감지하고 캐물어 사실을 알아낸 후 뤼팽에게 글을 써 도난 사건을 위장해 남작부인을 브레송의 손아귀에서 구해내려 한 것이다.

"당신, 쉬잔, 당신이⋯ 어떻게 그런 짓을 할 수가⋯?" 앵블발 남작은 얼이 빠진 채 웅크리고는 계속 같은 말만 되풀이했다.

그날 밤 칼레와 두브르 사이를 운항하는 빌드롱드르 증기선이 잔잔한 바다를 천천히 가로질렀다. 사방은 캄캄하고 고요했다. 배 위로 고즈넉한 구름이 언뜻언뜻 지나갔고, 사방에는 옅은 안개가 끼어 달과 별이 흰빛을 퍼뜨린 무한한 창공과 배 사이를 가로막았다.

승객 대부분은 선실이나 휴게실로 돌아간 뒤였다. 하지만 대담한 몇몇 승객들은 갑판 위를 거닐거나 두툼한 모포를 덮고 널찍한 흔들의자에 파묻혀 잠을 청하기도 했다. 여기저기에서 시가 불빛이 반짝반짝 빛났으며 이 엄숙한 적막 속에서 차마 목소리를 높이지 못하고 두런대는 말소리가 살랑바람에 실려 떠돌았다.

승객 한 사람이 규칙적인 발걸음으로 뱃전 난간을 따라 걸어가다가 긴 의자에 누워 있는 사람 곁에 멈춰 서더니 상체를 숙여 들여다보았다. 그 사람이 살짝 몸을 움직였다. 숌즈가 말했다.

"주무시는 줄 알았습니다, 알리스 양."

"아닙니다, 숌즈 씨. 잠이 안 와서 생각하는 중이었어요."

"무슨 생각을 하셨습니까? 이런 질문을 해도 실례가 되지 않는다면 대답해주시겠습니까?"

"앵블발 부인을 생각하고 있었어요. 지금 얼마나 상심이 크실까요! 그분의 인생이 망가졌어요."

숌즈는 황급히 말했다.

"아닙니다, 결코 아니지요. 차마 용서할 수 없는 실수를 저지른 게 아닙니다. 앵블발 남작은 곧 잊을 겁니다. 우리가 떠날 때 이미 아내를 바라보는 시선이 부드러워져 있었습니다."

"그럴지도 모르지요…. 하지만 그 일이 잊히려면 얼마나 오랜 시간이 걸릴까요…. 부인은 고통을 받을 거예요."

"부인을 많이 좋아하셨나 보지요?"

"무척이나 좋아했습니다. 그래서 선생님 앞에 선 순간에도, 눈길을 피하고 싶을 정도로 겁이 나는 순간에도 미소 지을 수 있었지요."

"남작부인을 떠나야 해서 슬프시겠군요?"

"무척 슬픕니다. 친척도, 친구도 없는 처지거든요…. 오직 부인밖에 없었는데."

여인이 이토록 슬퍼하는 걸 보고 마음이 흔들린 숌즈가 말했다.

"친구들을 사귀실 겁니다. 약속드리지요…. 아는 사람들도 있고… 저는 영향력도 꽤 있습니다…. 아쉽지 않게 지낼 수 있으리라고 약속드립니다."

"그럴 수도 있겠지만, 그 자리에 앵블발 부인은 안 계시겠지요…."

두 사람의 대화가 끊겼다. 헐록 숌즈는 갑판을 두세 바퀴 더 돌더니 여행 동반자인 여인 곁으로 돌아와 앉았다.

안개 장막이 걷히고 하늘에 뜬 구름이 선명히 드러났다. 별이 반짝거렸다.

숌즈는 입고 있던 망토 외투 깊숙한 곳에서 파이프를 꺼내 입에 물고 성냥 네 개를 차례로 그었으나 불을 붙이지 못했다. 성냥이 다 떨어지는 바람에 일어나서 바로 몇 발짝 떨어진 곳에 있던 한 신사에게 말했다.

"불 좀 빌릴 수 있을까요?"

남자는 성냥갑을 열어 성냥을 그었다. 바로 불꽃이 피어올랐다. 불빛에 아르센 뤼팽의 모습이 보였다.

영국인 탐정은 미세하게라도 움찔하는 움직임조차도 없었다. 적수에게 손을 내미는 태도가 어찌나 편안하고 침착한지, 뤼팽은 자신이 이곳에 와 있음을 숌즈가 미리 알고 있었다는 생각마저 들었다.

"여전히 건강하십니까, 뤼팽 씨?"

"훌륭하십니다!" 극도로 자신을 통제하는 모습에 감명받은 뤼팽의 입에서 감탄사가 터져 나왔다.

"훌륭하다니…? 무엇이 말입니까?"

"뭐라고요, 무엇 때문이냐고요? 내가 당신 눈앞에서 센 강에 빠졌고 지금은 이렇게 귀신같이 홀연히 나타나지 않았습니까. 영국인 특유의 오만함이 이뤄낸 기적이라고 해야 할까요? 놀라는 기색 하나, 말 한마디 내비치지 않으니 정말 훌륭하지요! 다시 한 번 말씀드리지만 훌륭합니다, 대단히 존경스럽군요!"

"존경스러울 게 없습니다. 배에서 떨어지는 모습을 보고 폴랑팡의 총에 맞지 않았으면서 일부러 떨어졌다는 걸 알아챘습니다."

"그런데도 내가 어떻게 됐는지 알아보지 않은 채 자리를 떴단 말입니까?"

"당신이 어떻게 됐는지요? 알고 있었습니다. 강 양쪽 기슭을 따라 1킬로미터를 500명이 지키고 있었지요. 당신이 살아난다

해도 체포될 건 확실한 일이었습니다."

"하지만 여기에 와 있지 않습니까."

"뤼팽 씨, 무슨 일을 한다 해도 놀라지 않을 사람이 이 세상에 두 명 있습니다. 한 명은 나고, 다른 한 명은 당신입니다."

이들 사이에 평화 협정이 체결되었다.

숌즈는 아르센 뤼팽을 체포하지 못했다. 숌즈에게 뤼팽은 체포를 포기해야 할 만큼 어려운 적수였으며 맞붙는 과정에서 번번이 뤼팽에게 우위를 내놓았다. 하지만 이 영국 탐정은 끈질긴 집념으로 결국 유대식 등잔을 찾아냈다. 푸른 다이아몬드를 찾아냈던 일과 마찬가지로. 이번 사건에서 숌즈의 공적은 덜 빛났다. 유대식 등잔을 되찾은 정황도 그렇고 범인의 이름도 모른다고 발표해야 했으므로 대중이 보기에는 더욱 그랬다. 하지만 사나이 대 사나이, 뤼팽 대 숌즈, 도적 대 탐정으로서 볼 때 이 대결은 승자도 패자도 없는 막상막하의 싸움이었다. 두 사람 모두 승리자인 셈이다.

그리하여 두 사람은 무기를 내려놓은 채 서로의 정당한 가치를 알아보는 맞수로서 점잖게 이야기를 나누었다.

숌즈의 질문을 받고 뤼팽은 자신이 탈출한 이야기를 해주었다.

"그걸 탈출이라고 해야 할지 모르겠군요. 너무도 간단했으니까요! 내 친구들이 주변에서 지키고 있었습니다. 유대식 등잔을 건져내려고 약속을 잡아놓았으니 당연하지요. 뒤집힌 배 밑에서 30분은 족히 있었을 겁니다. 그 후에 폴랑팡 형사와 그 수하들이 강가를 따라 내 시체를 찾는다며 자리를 뜬 순간을 이용해 배 위로 올라왔습니다. 내 친구들이 모터보트를 타고 와서 나를 데려가기만 하면 됐지요. 500명이 놀라 바라보는 가운데 빠져나왔던 겁니다. 가니마르와 폴랑팡 형사가 보는 앞에서 말입니다."

숌즈가 탄성을 질렀다.

"훌륭하군요! 걸작입니다…! 그래, 이번에는 영국에 볼일이 있습니까?"

"그렇습니다. 좀 처리해야 할 일이 있지요…. 그런데 잊고 있었습니다. 앵블발 남작은 어떻게 되었습니까?"

"다 알게 됐습니다."

"아! 탐정님, 내가 뭐라고 했습니까? 이제 엎질러진 물이니 돌이킬 수 없군요. 내가 하는 대로 그냥 내버려 두는 게 낫지 않았겠습니까? 하루나 이틀 후면 브레송에게서 유대식 등잔과 다른 골동품들을 되찾아 앵블발 댁에 보내려던 참이었는데 말입니다. 그랬으면 그 정직하신 양반들이 함께 오순도순 살았을 겁니다. 그런데 그 대신…."

숌즈가 냉소적으로 받아쳤다.

"그 대신 내가 온통 패를 뒤섞어 당신이 지키려던 한 가정에 파탄을 몰고 왔지요."

"세상에, 그랬습니다. 내가 지키려고 했지요! 매번 훔치고 속이고 나쁜 짓만 하란 법은 없지 않습니까?"

"그래서 좋은 일도 한단 말씀인가요?"

"시간이 있으면 말이지요. 게다가 그런 일은 재밌습니다. 지금 이 사건에서 정말 재밌는 게 무엇인지 아십니까? 도움을 주고 사람을 구하는 착한 사람이 바로 나고, 반면 당신은 절망과 눈물을 가져오는 악당이란 사실입니다."

"눈물! 눈물이라고!" 숌즈가 반박했다.

"그렇지요! 앵블발 부부는 이제 파탄이 났고 알리스 드묑 양은 울고 있지 않습니까."

"드묑 양은 더 머무를 수 없었습니다… 가니마르가 발견해내고 말 테니…. 그럼 앵블발 부인에게까지 거슬러 올라갔겠지요."

"동의합니다, 탐정 선생. 하지만 그게 누구 탓입니까?"

두 남자가 앞으로 지나갔다. 숌즈가 조금 달라진 어조로 뤼팽에게 말했다.

"저 두 신사가 누군지 아십니까?"

"한 사람은 선장인 것 같군요."

"다른 사람은요?"

"모릅니다."

"오스틴 질레트라는 사람입니다. 영국에서는 당신네 치안국장 뒤두이 같은 사람이지요."

"아, 운이 좋군요! 내게 소개해주실 수 있습니까? 뒤두이 국장은 나와 절친하거든요. 오스틴 질레트 씨와도 그런 관계를 맺을 수 있으면 좋겠군요."

두 신사가 다시 나타났다.

"그럼 부탁하신 대로 한번 해볼까요, 뤼팽 씨?" 숌즈가 일어나며 말했다.

그러더니 아르센 뤼팽의 손목을 무쇠 같은 손으로 그러쥐었다.

　"어째서 이리도 세게 힘을 주는 겁니까? 안 그래도 따라갈 텐데."

　실제로 뤼팽은 아무런 저항도 하지 않고 끌려갔다. 질레트 일행이 멀어지고 있었다.

　숌즈는 발걸음을 더 빨리 재촉했다. 손톱이 뤼팽의 피부를 파고 들어갔다.

　"갑시다…. 가자고요…. 어서! 좀 더 빨리 움직여요." 숌즈는 최대한 빨리 모든 걸 끝장내고 싶은 마음에 황급히 막무가내로 내뱉었다.

　그러다가 우뚝 멈춰 섰다. 알리스 드묑이 따라오고 있었다.

　"왜 그러십니까, 아가씨! 오실 필요 없습니다…. 오지 마세요!"

　대답은 뤼팽이 했다.

　"잘 보세요, 탐정 선생. 아가씨는 자기 의지로 오는 게 아닙니다. 지금 내 손목을 쥐고 계신 꼭 그만큼 힘을 주어 내가 아가씨 손목을 붙들고 있거든요."

　"왜 그러는 겁니까?"

　"왜냐고요! 드묑 양도 꼭 같이 소개하고 싶으니까요. 유대식 등잔 사건에서 드묑 양의 역할이 내 역할보다 크지 않았습니까? 아르센 뤼팽의 공범이자 브레송의 공범인 아가씨도 앵블발 남작 사건을 직접 이야기해야겠지요. 사법 당국에서 엄청난 관심을 보이겠군요…. 그러면 당신이 끼어들어 벌어진 그 잘난 상황의 여파를 끝까지 밀고 가실 수 있을 겁니다, 너그러운 숌즈 탐정님."

숌즈는 뤼팽의 손목을 놓았다. 뤼팽도 여자의 손목을 놓아주었다.

세 사람은 그렇게 서로 마주 보며 잠자코 서 있었다. 잠시 후 숌즈가 먼저 자기 자리로 돌아와 앉았다. 뤼팽과 여인도 각자 자기 자리로 돌아왔다.

세 사람은 자신만의 침묵 속으로 빠졌다. 먼저 침묵을 깬 사람은 뤼팽이었다.

"아시겠습니까, 탐정 선생. 우리가 무슨 짓거리를 해도 같은 편에 서 있을 순 없을 겁니다. 당신이 개울 한편에 서 있다면 나는 그 반대편에 서 있습니다. 서로 인사하고 손을 뻗으며 잠시 이야기를 나눌 순 있지만 여전히 물줄기가 우리를 갈라놓고 있지요. 당신은 언제까지나 탐정 헐록 숌즈고 나는 도둑 아르센 뤼팽으로 남을 겁니다. 그리고 헐록 숌즈는 언제고 어쩔 수 없이 자신의 탐정 본능을 따를 터인데, 그 본능이란 바로 도둑을 집요하게 쫓아가서 가능하다면 도둑을 '교도소에 처넣는' 것입니다. 아르센 뤼팽 또한 자신의 도둑 본능에 충실할 겁니다. 탐정의 손길을 피하면서 실컷 비웃어주는 일이지요. 바로 이번이 그런 경우였습니다. 하! 하! 하!"

뤼팽은 웃음을 터뜨렸는데 교활하면서도 잔인하고 소름 끼치는 웃음이었다….

그러더니 별안간 심각한 표정으로 드뫙 양에게 몸을 기울였다.

"내 말을 믿어주십시오, 아가씨. 궁지에 몰렸어도 끝까지 아가씨를 배신하지 않았습니다. 아르센 뤼팽은 절대 배신하지 않습니다. 특히 좋아하고 존경하는 사람이라면 더더욱 말이지요. 용감하고 사랑스러운 당신을 참으로 좋아한다는 말을 전하고 싶습니다."

그러더니 자기 지갑에서 명함을 한 장 꺼내 반으로 찢어 그 한쪽을 여자에게 내밀며, 여전히 감격 어린 정중한 목소리로 말했다.

"만약 숌즈 씨가 사람을 소개해주는 게 여의치 않다면 스트롱버로우 양을 찾아가세요(그분 주소는 쉽게 찾을 수 있을 겁니다). 이 명함 반쪽을 전하며 '생생한 추억', 이 두 마디만 전하십시오. 스트롱버로우 양이 마치 친자매처럼 맞아주실 거예요."

여인이 말했다.

"고맙습니다. 내일 바로 이 숙녀분을 찾아가지요."

이 말에 뤼팽은 의무를 다한 신사처럼 만족스러운 어조로 말했다.

"탐정 선생, 좋은 밤 보내십시오. 도착하려면 아직 한 시간이 남았군요. 눈 좀 붙여야겠습니다."

그러더니 몸을 뻗고 누워 머리 뒤로 두 손을 괴었다.

하늘이 달빛 아래 펼쳐졌다. 하늘의 별 무리와 바다 표면 위로 쏟아진 달빛에 눈이 부셨다. 달은 수면에 동동 떠 있었으며 마지막으로 남은 구름 몇 자락마저 사라져버린 무한한 창공을 온통 차지한 듯했다.

어두운 수평선 너머로 해안선이 드러났다. 승객들이 다시 위로 올라오기 시작하더니 이내 갑판은 사람들로 가득 찼다. 오스틴 질레트가 남자 두 명과 함께 지나갔다. 숌즈가 보니 두 사람은 영국 경찰이었다.

그리고 저 긴 의자 위에는 뤼팽이 곤히 잠들어 있었다….